作者
黃崇※凱

文藝
春↓秋
夏
冬

出版社※衛城

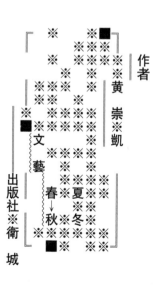

目次

當我們談論瑞蒙·卡佛，我們談些什麼

有個星期天下午，李有吉和他太太到我們常去的咖啡店。那時我正為了準備寫篇瑞蒙・卡佛的小說集評介，手上拿著《需要我的時候給個電話》在讀，書包還擺著卡佛的簡體版詩集、另外的三本小說集。我正在翻讀那篇〈需要我的時候給個電話〉，時不時盯著書腰文案。我老婆坐在對面，一邊看著閱讀架上的外文書，一邊一字一句轉換成中文敲在電腦裡。

「還在村上春樹，煩不煩哪？」李有吉一把抓起我手上的書，批評起書腰文案。他太太在他後頭舉手打了招呼。

「臺灣的出版社太不長進了吧，村上春樹好用這樣常常拿出來用也不好吧。」李有吉把書塞回我手上，我對他們點點頭，起身幫他們要了menu。

「在翻譯啊，什麼書？」李有吉還沒坐下就開口問了我老婆。不過他自己已經從閱讀架上看到封面，還沒等我老婆回答，他接著說：「Cambodia，柬埔寨，啊？」

李有吉對他太太說：「外面這麼熱，來罐啤酒吧？」

「我不想下午就喝酒，要喝你自己喝。」

「好，來罐伯丁罕，給她冰拿鐵不加糖。」李有吉說著把menu還給店員。

「你是怎麼回事，我出國前你在讀瑞蒙・卡佛，我回來了你還在讀瑞蒙・卡佛？」

「剛好有篇約稿，也得做點功課。」

「這兩年他老兄在大陸倒是挺紅的，出了不少本。」

李有吉和我的關係有點微妙。我們讀同一所國中、同一所高中，後來又讀同一所大學，不過似乎總是差一點點抵達那種可以直接殺到彼此家裡而不用先打電話的交情。儘管這樣，我們大學畢業後，大概一年還是會見個一兩次面。印象中我們從沒約到彼此家裡聚在一起哈啦，喝杯小酒、嗑嗑瓜子什麼的。他們的飲料來了，李有吉啪擦打開啤酒罐，冰涼的玻璃杯有一層厚沫爬升上來，他含了一口，嘴唇上沾了一圈白沫。他太太捏著吸管攪拌冰拿鐵，冰塊哐啷哐啷撞擊玻璃杯。

「嘿，想像得到嗎？我們十五歲的時候在鄉下每天騎腳踏車來回六公里上下學，二十年後我們竟然坐在這裡吹冷氣喝啤酒喝咖啡。」

「誰想得到，你大概也沒想過自己有一天要到大陸工作吧。」

「對啊，我也想不到有同學變成了大作家。」李有吉又喝了一大口啤酒。

「你喝咋快呢。」他太太小波白了他一眼。

我一直為李有吉娶了個大陸太太感到不可思議。以他家深綠的本土教義派，還有他自己對臺獨的狂熱支持，竟然跟中國女人結婚了。我非常好奇他們在家會怎麼討論兩岸議題。有些中國人真的很熱愛美麗寶島（還有阿里山日月潭么零么誠品這些），嘴裡嫌臺北跟開封一個大小，耳朵追著聽周董的歌哼哼哈嘻，心裡深深覺得臺灣獨立，從祖國分割出去是傷害了廣大祖國人民的感情。這也不過是我第二次見到小波。

李有吉抹抹嘴，「這裡不錯嘛。北京有個地方叫『老書蟲』去過沒？那裡滿滿都是外文書，好像很多作家會去。改天你來，我帶你去喝一杯。」

我老婆看了我一眼，我說：「上次去北京，跟她朋友就在那邊碰面聊天。是還不錯。」

其實那是我第二次去。第一次是○九年的時候，那時我有個大陸女友在北京讀研究所，她高中同學聽說我要過去待一星期，二話不說一定要請我們吃頓飯，還找了家正宗北京烤鴨餐館吃大桌菜。

整段晚餐我說的話大概只有十來句，多半在旁陪笑聽他們說高中時的故事。有個同學在新華社專門翻譯外電，最近要考G考托準備出去一陣；有個同學在上海的廣告公司工作，據說主管是臺灣人，不過最近辭職了；有個同學在北京機場當公安，半年前才結了婚，高中時候是個文藝青年，還主動跟我聊臺灣作家蔡智恆的小說（雖然我只看過《第一次的親密接觸》，而且還是網路上看的）；還有個同學談起他幾個月前去河內玩了一趟，他呼了一口煙，點點菸灰缸：「我在那兒還開摩托呢，你們臺灣是不是挺多人開摩托？」坐他旁邊的男生在這頓晚餐同我一般沉默，只是不斷抽著菸，點頭微笑對越南消費便宜又好玩的話題表示贊同。

老同學聚餐話題很快又回到「你有沒聽說誰誰咋了」的交換近況資訊狀態。那一星期我的胃口不大好，吃得不多，每道菜夾了兩筷意思意思，倒是一杯接一杯喝著熱茶，然後像個腎虧老人跑了好幾次廁所。

那時已經十一月，北京開始供暖了，碰巧遇上提早降臨的大雪。我到的時候，街道兩側到處是緩慢消融的雪塊，看起來很髒。餐館裡的暖氣讓我的臉頰酡紅像喝多了，兩隻耳朵尤其紅得難受，尿尿後我總要讓臉頰、耳朵沾點水降溫。有點想把身上的毛衣脫下，又怕只穿著衛生衣和法蘭絨格子衫待會到外面又會冷，每次小便都要考慮一回，毛衣還是沒脫掉。

我最後一次上完廁所回到包廂，裡頭爆出笑聲，當下閃過我腦子裡的想法是：也許我該就這麼走掉，讓他們一桌老同學好好聊天敘舊。不過我還是回到座位上，李娜說機場公安同學有話想問我。

「你說，『輕舞飛揚』有沒有擔任過你的夢中情人？」

「呃，我比較喜歡短頭髮的女孩兒。」不知為什麼在北京的時候，我會不自覺加重捲舌音，好像被認出是臺灣來的會很丟臉似的。當時我心裡甚至覺得萬一被看破手腳，也要堅持自己是福建來的，絕不承認自己是臺灣人。

其他同學聽了我的回答，馬上攻擊機場公安同學說看吧人家跟你不一樣為啥要拖人下水。他是個溫和的大個子，跟李娜特別要好，那天下午還陪我們一起打車去七九八亂逛。其實他早上才執勤完，匆匆睡了幾小時就說要先來跟我們碰面。李娜說高中時候，機場公安同學對她很好，她也知道他的心意，不過他們始終沒說破。就這樣他們各自上了不同地方的大學，認識各自的男女朋友，漸漸少聯絡了。

壓軸菜北京烤鴨上桌，我的胃口仍然不好，隨意夾了幾塊沾了醬汁配蔥吃。有同學說這烤鴨還可以的，比起全聚德坑爹的質量要強多了。接著李娜提到高中有回幾個同學結伴搭火車遠征首都，成天在天子腳下走來走去卻忘了吃烤鴨，臨走前好不容易排隊買了全鴨外帶車上吃，結果大失所望，那油膩呀，最後大半隻沒吃完就扔在火車上。

出了餐館，準備散了的時候，李娜勸機場公安同學早點回家休息，別再陪我們了。去河內玩耍過的二人組跟大家說了再見，隨即新華社同學看著他們消失在轉角的背影說他倆感情倒真是好啊。我問說他們不就是你們的高中同學嗎，他說其中一個不是，他們是同性戀來著。外面的氣溫只有攝氏一、兩度，都市風吹得我身體瑟縮顫抖，我的臉則是被室內暖氣烤得過熟的熱氣未消。原本讓我覺得廣漠的北京街道在那瞬間令我感到更龐巨，清澈的夜空顯得更加高深。

待過上海廣告公司的同學說，不如我們再找個地方喝點什麼吧。機場公安同學說那這樣他還是要陪我們去。我跟李娜借了手機打給在北京工作的老陳，問他三里屯附近能去待一會的咖啡店。

我們後來就去了老書蟲。這事我似乎沒跟老婆提起過，關於李娜我也都模糊帶過。然後幾年過去，現在我拿著《需要我的時候給個電話》做功課，還是會想到李娜跟我討論在大陸叫做「雷蒙德・卡佛」寫的《大教堂》，她甚至在寫給我的信裡附了〈談寫作〉全文。她知道我想寫作，她說卡佛那篇文章很有底氣，很踏實，她讀了特別感動。而現在李有吉跟我說起老書蟲。

「有次我去那兒，我同事跟我說外國作家去北京都會去老書蟲喝酒聊天，有個土耳其作家叫什麼克的，得過諾貝爾，據說也去過。還有莫言也是。」

「你說的那個應該是帕慕克吧，他是二〇〇六年拿諾貝爾獎的，在那之前他也來過臺灣。」

「不愧是大作家，連人家幾年得獎都這麼清楚。總之你明白我意思。」

「那裡就是專給外國人去的感覺，你不覺得周圍都是外國人嗎？我朋友帶我去一家在南鑼鼓巷的咖啡店，感覺比較自在隨性。」

「你們在臺北久了，不知道我們在北京生活不容易哪。哪像你們隨便走幾步路就有這種咖啡店可以待。」李有吉很快喝光了杯裡的啤酒，又叫了一罐，嘴裡嚼著零卡鹹餅乾。

「說真的，上次去北京讓我印象更壞了，連搭個計程車都麻煩得要命，塞車塞成那樣，去哪裡都要個一小時跑不掉，我真的很佩服你們可以在那種地方討生活。」

李有吉和小波互看了一眼，笑了，李有吉斂起一半笑容說：「你才知道我們他媽的在北京生活多累啊。我都不敢生病了。」

「要是生病怎麼辦？」我老婆問。

李有吉拉開拉環，斜斜倒了啤酒到杯子。「很簡單，就是吃成藥。然後走在馬路上照子放亮點不要被什麼瞎眼冒失鬼撞了，祈禱自己不要得癌症或什麼慢性病，感冒拉肚子都靠普拿疼解決。那些沒聽過的牌子一概不要買。不過說起來，我吃的那些藥也是臺灣帶過去的就是。」

「哪這麼誇張。別聽他的。看病當然還是可以的，就是很花時間。」小波補充。

「對啦，就是很花時間，去醫院堵車，回來也堵車，在候診室還是堵得要命。那個人山人海啊。

你想想北京人口就整個臺灣那麼多，我去過一次就怕了，比我們小時候回家過年的車站返鄉人潮還恐怖。」

我老婆拍了我後背一掌，說：「這傢伙上回去北京真是拉慘了。我們吃的明明都一樣，某天半夜他突然肚子痛起來，烙賽烙得嘴唇發白，也不曉得到底吃到什麼不乾淨的東西。」

「去一般餐廳吃飯應該都還好，盡量別吃路邊攤。我剛到大陸的時候，看到路邊賣烤羊肉串一串一元還會一次吃個五串哩，小波看我這樣吃羊肉串都嚇死了，連她都不敢這樣吃。」

「是啊，我跟他說那些肉都不知打哪來的，連冰塊保鮮都沒有就放塑料袋，看起來髒呀。」

「唉可惜你們來的那幾天，我正好到重慶出差了，不然該帶你們去嘗嘗王府井的涮羊肉，真的很讚。」

那幾天我和老婆吵了架，她不喜歡北京，也不喜歡我們倉促的行程安排，除了跟她兩三個朋友碰面，其他幾乎都是拜訪北京作家和編輯的場子。因為回程留了一天待香港吃飲茶，在北京趕場似的一直塞在路上。結果要去的單向街書店找不到（剛從藍色海灣搬走），在萬聖書園買書雖然很有支持北京人文書店的意味，回旅館卻發現所有書在網上買都只要六七折。

簡直像上回我來北京的翻版，只不過這次我的角色就是上次的李娜。那一星期本來約了老陳要痛快地徹夜聊天的，結果大多數時候我像個跟班隨著李娜介紹我這誰那誰，最後只草草跟老陳吃了一頓短促的午餐。回想那個十一月天真是寒冷，至少這回是在九月，北京地面鬧烘烘，天空倒是乾乾淨淨的瓷藍，好像隨便一敲就會破掉。

「臺灣現在吃的東西也到處作假啦，什麼順丁烯二酸的，好像不能再以前那樣放肆亂吃一通了。」我老婆說。

「以我們的年紀是該節制一下了，一不小心就會發胖、痛風之類的。」我補充。

「拜託，跟大陸還是不能比啊。有回跟我大陸同事聊起黑心食物，有個重慶來的說他們路邊小食店都是用餿水油搞出來的。」

「說到這，卡佛正好比喻婚姻就像壞掉的冰箱裡冰起來的魚，」我翻開手上的書，「化了冰就會腐壞。」

李有吉嚼著餅乾咔茲咔茲，「這話不用卡佛來說，我也可以告訴你。」

「這本還不錯，你有空可以看看。」

「你上次推薦的余華我都還沒讀哩。」

「我覺得《兄弟》不錯，挺好看的。」小波說。

「他最近出了新小說，我是不怎麼喜歡。」

「因為你老兄整天說卡佛，我還真找了一本看。你不覺得他寫的都一樣嗎？都是些婚姻破裂的夫妻，要不就是快要破裂的夫妻。這對婚姻生活好像不太健康。」

「你不覺得很真實嗎？」

「真不真實我不知道。我只是覺得一直把婚姻生活寫得那麼慘，實在沒意思。社會問題那麼多，怎麼不關心一下勞工和弱勢族群，不要只寫那些家務事嘛。你要是生活在大陸你就知道你們在臺灣多幸福。」

我老婆眼睛一亮，插話進來：「我正在翻譯這本柬埔寨的書，也常跟他說我們在臺灣很幸福。他們紅色高棉時期超可怕的，全國七百萬人死了兩百萬。真慶幸我不是柬埔寨人。」

我接著話：「我也很慶幸我不是黑人或猶太人。」

李有吉再接：「還有西藏人和維吾爾人。」

「他們有什麼不好嗎？」小波反問李有吉。

「他們整天想自治想獨立就給他們去搞就好了，我就搞不懂阿共仔幹嘛管他們。整天要維穩花了不知幾百億人民幣。就給他們機會獨立嘛。他們混得差，自然就會投靠，混得好就祝福他們囉。」一瞬間我覺得這個戴無框眼鏡、留一頭中長卷髮帥透了的傢伙應該叫李察．吉爾而不是李有吉。

「你明知不可能的呀。算了，別說這個。」小波的語氣聽起來跟他就這些話題吵過很多次了。

「哈哈，你看你們祖國的人民好敏感喔。別這樣嘛。」李有吉突然想到什麼似的說：「我跟你們說，我們剛開始交往的時候，有次聊起彼此喜歡的金庸小說，小波問我最喜歡哪部，我當然說《笑傲江湖》啦，令狐冲那麼帥拜託。接著她要我猜她喜歡哪部，你們猜是哪部？」

小波瞪了李有吉一眼。

「《鹿鼎記》。」我說。

「那是你自己喜歡的吧。不對。不對。」

「《神鵰俠侶》？」我老婆說。

「不對。她喜歡的是《射鵰英雄傳》。很訝異吧？射鵰三部曲我倒過來猜都想不到她會最喜歡《射鵰》。我本來還要跟她討論下去，她就說金庸的電視劇最早在大陸播映就是從《射鵰》開始。這是他們八〇後的共同記憶呢。」

「你咋說這個呢？你們不要理他。」

「我的意思是說，這就是歷史記憶的問題了嘛。」李有吉喝了口啤酒，略微往椅背一靠，「我記憶力超差的，可是我小時候的記憶就是跟小波不一樣。我們才不過差兩歲，談到成長經驗幾乎什麼都不一樣。」

李有吉又在闡述他的臺獨理論：兩個完全不同文化背景的人怎麼可能是同一國的？而這以他娶了大陸太太的身分說出來更有說服力。

我老婆有些疑惑：「這很奇怪嗎？我從小在臺北長大，他在雲林長大，不同的家庭環境、不同的成長過程本來就不可能一樣。」

「是沒錯。不過我們至少還是在同一套教育體制下成長的，唱的國歌還是同一首，身分證、健保卡的size都一樣。我們用的文字也不一樣啊，小波看繁體字認不了幾個，我剛開始看簡體字也霧沙沙。」

「我覺得你很無聊欸。我嫁給你不就像一美國人嫁給一英國人？我們都說普通話，腔調不一樣，有些用詞也不同。文化背景是不大一樣，也不礙著我們結婚。何況我早跟你說了，我對政治沒興趣，要統要獨跟我這等小民沒關係。你幹嘛每次回臺灣就非要講這些。」小波有點惱怒，我能理解李有吉這人真的很煩。

要是當年我跟李娜繼續走下去，她是否現在就坐在我身旁，大聲響應小波對《射鵰英雄傳》的喜歡？李娜讀的是社會學博士，自然不可能對兩岸政治問題不敏感。不過她是屬於擁有開放心態的研究生，沒什麼不能談論的話題，六四或法輪功，臺獨、疆獨或達賴喇嘛，她一概可以聊。某回跟她去見親近的教授，是個說話實在、認真思考嚴肅問題的學者，每次跟她碰面總要問最近讀了什麼書或看了什麼電影。教授突然岔出來對我說：「小黃，你要知道，李娜這樣的女孩兒不只在我們這兒很少有。她的品味是真的跟大多數中國女孩不同檔次的。」李娜和我乾笑幾聲，都喝了口茶，接著他們繼續聊一些所上師生近況。

回想李娜的模樣，她的確有點不一樣。跟其他研究所同學或師姊妹擺在一塊，她看著就是特別亮眼。無關先天的容貌身材，應該是後天的教養質感和品味差異。她會愛惜自己，該擦的保養品、基本的化妝技巧都不馬虎，穿著和配件都好好思考過怎麼搭配，可也不會讓人覺得太張揚。

李娜愛看電影（她喜歡楊德昌的《一一》），讀過不少文學作品，似乎比較喜歡老派的東西，尤其是珍．奧斯汀（她在某年生日為自己買了一套英文版的珍．奧斯汀小說集）。

她爸媽很少來看她，恰好我到北京時，就來了那麼一趟。見父母對我一向是很焦慮的事，不管那是誰的父母。李娜的爸媽跟李娜毫不相似，李媽媽一身素樸的裝扮，像還活在七〇年代，不戴飾品沒做頭髮也沒有任何試圖遮掩臉上皺紋的痕跡，李爸爸戴著大鏡片眼鏡，白襯衫西裝褲，像是公務員中階主管。他們夫妻的話很少，時不時與李娜說著蘇州話，偶爾穿插普通話用語，我在一旁沉默聽著陌生的語言，胃口很差地隨意吃幾口菜，喝幾口茶。

當然我不是以男朋友的身分登場，李娜只說是之前到臺灣訪學三個月，我特別照顧她，領著她走了好些地方。他們自然也不知道我當時住在李娜的宿舍裡。一整天下來，李娜說我展現的是臺灣男人的不體貼，沒幫忙提包包拎東西，沒努力跟她爸媽聊天說話，沒體諒她爸媽難得來一趟北京看女兒的用心，竟然整天都苦著臉到底誰犯著你了呢。當晚我們吵架了。本來一起躺在同張床上，李娜愈說愈氣起身躺上宿舍單人床。

那時我才意識到，原來我們的小爭吵會上綱到「臺灣男人」與「中國女人」的全稱式國族爭吵。我們是各自的族群派出的代表，關在房裡研討所謂的生活、愛情和嘿咻的姿勢該怎麼符合兩邊的期望和需求，然後不斷地談判與妥協，直到雙方都可以接受。這似乎不是偶然。就我突兀出席李娜高中或研究所同學們的聚餐桌邊之時，我時常被迫成為臺灣同胞發言人，對一大串我根本沒那麼熟悉的政黨選舉戰略或媒體亂象表達意見，他們大多只是想印證原本已經知道的事：好比馬英九很帥很有範兒、周杰倫真的很紅、五月天是臺灣最火紅的樂隊；還有很多是屬於固定透過PPS收看每天的《康熙來了》、《全民最大黨》會知道的臺灣演藝圈和流行話題，這些我就支支吾吾說不上什麼了。

那時我往往希望談話內容可以轉向更大範圍的世界級話題，比如說NBA總冠軍賽、網球公開賽（當時打網球的李娜正在起飛）或好萊塢電影。接著我會慶幸至少李娜的朋友們都是文科社科背景，跟他們聊重量級的思想家，像是沙特、卡繆、祁克果（他們一般翻做克爾凱郭爾，我一時搞不清怎麼多了個存在主義先驅）、李維史陀、傅柯、漢娜・鄂蘭（他們叫做阿倫特，據我會德語的朋友說德文發音Arendt比較接近阿倫特）、蘇珊・桑塔格、班雅明還有李娜研究的布赫迪厄。光是對照、翻譯兩方常用的學術慣用語，我們就可以花掉許多時間，這真是件弔詭的事（包括paradox這個詞該叫做臺式「弔詭」或中式「悖論」，我們也討論過）。

擔任臺灣事務發言人的日子很短，卻很疲憊，畢竟要暴露自己從沒仔細想過某些臺灣的事很累，試圖要敷衍過去則會更累。

李娜的爸媽回去後，我們才又睡在一起，回復到先前的狀態。接近午夜的時候，我會到房間外的小陽臺，倚在洗衣機旁陪李娜抽兩根菸，在這個緯度比較高的大城市，夜空很清爽，空氣冷得沒什麼懸浮塵埃，李娜吐出的菸味特別清晰，充滿形狀地飄進我的鼻腔。她不想讓同學和父母知道自己抽菸，好像抽菸是壞女生才幹的事。那段時間我們都不曉得怎麼繼續下去，我們喜歡跟彼此漫無目的地聊著天，陪在對方身邊，但現實不過暫時被我們隔絕在這個房間外，我們還有好多個夜晚要度過，還有好多天的未來迫不及待要被消耗。

「你們什麼時候生小孩？」我問李有吉。

他皺了眉：「什麼嘛，我媽每天打電話跟我催也就算了，你也來這招？有事嗎？」

「預產期估計在明年初吧。」小波回答。

「原來已經有了，恭喜啊要當爸爸了。」

「恭喜恭喜，小波都看不出來懷孕了呢，身材還是非常好說。」

「唉唷不是說懷孕沒滿三個月不能說嗎。」

「哪有什麼不能說，你這麼迷信，你媽要你回家先拜個祖先牌位都不情不願的。」小波補充。

李有吉伸出手要摸小波的肚子，被小波輕輕擋回去，「其實現在比較煩惱要在哪裡生。我是想還是回來臺灣生比較好，我爸媽他們想抱孫子，順便也讓小波去坐月子中心。回來這邊我比較放心。接下來就麻煩啦，要帶孩子要考慮小孩在哪上學什麼的，我勸你們還是不要生比較好。」

「要是你跟瑞蒙·卡佛說別生小孩，他大概也會贊同。他不到二十歲就結婚、生小孩，他那時的太太還在念書，他們得做許多工作才能勉強養家餬口。」

「因為這樣他才成了小說家嘛。這樣的話，可能你還是生個小孩好了，比較有機會成為優秀的小說家。」

「卡夫卡連婚都沒結，還不是成了偉大的小說家。」

「拜託，他寫的小說我連一行都看不下去，你好歹也成為那種我看得下去的小說家吧。」

「拎北寫小說又不是寫給你看的。」

「你搞清楚，我才是普通讀者好嗎。你光寫那些小說給少少的人看，跟打手槍有什麼兩樣。」

李有吉笑嘻嘻又喝了兩口啤酒。

「你知道卡佛為什麼都寫短篇小說嗎？」我老婆在旁白了我一眼，像在說喔又來了，說不膩啊。

「我最討厭人家這樣問我為什麼，要說就快說。」

「他的理由是因為他太早有了家庭。他十八歲就結婚，太太那時十七，還懷孕。然後一發不可收拾生了兩個，他們每天都為生活所逼，有點過不下去。你想想，要是我們高三就結婚，老婆是你高二的學妹，家裡又不凱，這一生大概就只能當個水泥工吧。」

「這倒是。你那學妹後來去哪知道嗎？」李有吉岔題說。

「我怎麼知道。」

「有次我去西門町附近，看到她好像在靠近國賓戲院的騎樓做問卷調查，那應該是直銷吧？不過我也只看過那麼一次。你繼續說。」

「我是有聽說她去做直銷。總之，卡佛在那種經濟壓力下，還是去大學上課學寫作。他的考量很實際，他要寫的是那種可以很快寫完的東西，在他屁股底下的椅子被抽走前可以寫完的。他沒空花兩三年經營一個長篇，所以他幾乎都寫短篇和詩。」

「等等，為什麼他屁股底下的椅子會被抽走？他老婆幹的嗎？」

「那只是個比喻。意思是說，他老婆或小孩可能會常常需要他起身去做些什麼。」

「那我想，我的椅子不久後也會常常被抽走。這個故事告訴我們椅子不用買太好的設計師高檔貨。」李有吉看了小波一眼，小波只是攪拌著冰塊逐漸化掉的濃濁液體，杯緣冒著汗。

「反正卡佛運氣不錯，在大學遇到個好老師，教他怎麼閱讀、怎麼寫作，該投哪些刊物，儘管寫的不多，他算是入門了。不過與此同時，他和妻子還是過著打工生活，常常搬家，每天能寫作的時間只有一點點。後來他的小說真的被某個雜誌編輯看上，修修改改後終於刊登，拿到一筆很不錯的稿費。重要的是，那雜誌是*Esquire*耶！你能想像臺灣《君子》雜誌刊登短篇小說嗎？這個編輯就是後來幫他建立極簡風格的推手，以前出過的那本《當我們討論愛情》，英文書名是*What We Talk About When We Talk About Love*，直譯是『當我們討論愛情，我們討論的是什麼』。這個標題後來很紅，不少人拿來作哏，村上春樹有本叫做《關於跑步，我說的其實是……》就是向卡佛致敬，最近出的美國小說《當我們談論《安妮日記》時，我們在談些什麼》也是致敬。後來這個標題像造句遊戲一樣，很多人用，不過這個標題也不是卡佛那篇小說的原標題。那篇小說被編輯刪改不少，後來出的那本《新手》就是未刪節版原稿……」

「好，可以了、可以了，別上課了。」李有吉打斷我，喝了一口啤酒。小波嘖了他一聲，再看我們：「別理他。」

一時之間要繼續談瑞蒙・卡佛顯得有些尷尬，我們四個都沉默沒說話，頭頂上的音樂像是挑準時機嘹亮起來，鄰桌細碎的談話內容被切得更輕，變成音樂的背景聲。

「現在身體會覺得有什麼變化嗎？」我老婆問小波。

「還好。我算是症狀不太明顯的。連孕吐也幾乎沒有。」

「你看起來就很健康。」

小波托著下巴，慵懶地拿吸管攪了攪咖啡，「不過要過來臺灣生孩子，還是會有點兒擔憂。」

「我真的不懂你擔憂什麼。不是說好了嗎，在臺灣我比較放心，我爸媽也可以就近幫忙。」

「就是這樣才擔憂呀。我們結婚後，我沒跟你爸媽相處過這麼久。而且你也不能一直待在臺灣陪我。」

「他們很好相處的，國語說得不是很好，應該還可以溝通吧。」李有吉對著我們：「我說啊，你們真好，沒有小孩要煩惱。孩子還沒生出來，我就焦慮得不得了。講這些你們也無法體會，等你們有了就知道。」

「沒孩子也有沒孩子的煩惱啊。」我接著說，「每天上臉書看到以前的同學有孩子了，發文內容全部都是些親子照。你不可能整天繞著孩子轉又想保有自己的獨立空間，這一定的嘛。」

「我媽就是整天跟我說夫妻在一起沒有目標，久了會無聊，要我們生個孫子給她玩。結果她跟我說不幫我帶孩子，偶爾照顧可以，但保母要我們自己想辦法。」

「你知道這邊保母費一個月多少？」

「多少？」

「聽說有執照的一萬八，沒執照的大概一萬五。」

李有吉嘆了一聲，整張臉像吃酸梅皺了起來，「簡直像在外面買了間小套房嘛。」

「還是兩岸合作的呢。」我老婆笑著，拍了我的大腿一下。

李有吉側過臉對著小波，「可能也只有釣魚臺能讓兩岸聯手了是吧？」

「哪有你說的這麼誇張，在臺灣的大陸配偶挺多的不是？」小波回了一句。

「認真說起來，臺灣很多人都嘛是大陸配偶生的，外省老兵跟本省女人生了不少是真的。」

「小波知道這個嗎？外省人和本省人的問題。」

「知道一點。他跟我說過，不過我還是有些隔膜就是。」

「就是被你們偉大的毛主席趕來臺灣的國民黨啦，他們一大票人跑來臺灣，本來要反攻大陸，後來知道沒希望了，久而久之就住下來結婚生子了。再簡單講一遍。」

「我想，這就像山東人跟江蘇人結婚吧？一北一南，生活習慣當然很不一樣，總是需要琢磨琢磨的。我有個大學同學是東北那兒的朝鮮族，皮膚特別白，特別愛乾淨。每回去她宿舍老看她在擦地，她說她媽媽在她上大學前交代每天都要搞一下清潔，不要像漢人那麼髒。」

「跟你說過了不只那麼簡單好嗎？兩邊的權力關係根本就不對等，不是單純的習俗問題。加上那個時候臺灣被日本殖民五十年，國家認同的落差很大的。」

我看李有吉似乎想接著講下去，趕緊說：「好、好，STOP！我不想再聽臺灣近代史。聊點別的吧。」通常有人這麼說的時候，表示場面已經有點冷，而這句話會讓氣氛變得更冷，話題也很難真的滑溜轉換。小波隨即起身去廁所，李有吉乾脆拿起啤酒罐把剩下的酒倒進嘴裡，我拿著手邊的小說集隨意翻頁，我老婆打開手機，漫不經心地瀏覽臉書頁面。

李有吉問起我們什麼時候結婚。我跟老婆對這個問題很熟悉，確實有些朋友會問，我們一向都回答：有必要的時候再去登記吧。不過應該不會有婚宴，也不打算生孩子。

李娜和我交往那時候不過二十六、七，在大陸就算大齡姑娘了。她的同學們不少都結婚生子、工作好幾年有了點成績，像她這樣讀博的很少。我們那段時間常困擾什麼時候要完成人生大事，而我們分隔兩岸的生活如何走到一起。簡單的選項是我到中國去，或她到臺灣來，要不就得找第三地。這段感情沒有維持太久，我們都過了靠想像力支撐遠距離戀愛的年紀。我握了握身旁被我稱為「老婆」的女人的手，被咖啡店的冷氣吹得有些冰涼，不大能想起李娜的手握起來的感覺。為什麼我們當時那麼快就走到一起？或許跟我們都長期處在面對單調生活的時間感有關。我不能說自己很瞭解她，只是清晰記得那段跟她在北京的時日，晚上走在回宿舍的路上總是很陰暗，周遭的冰冷空氣把正在移動的事物都放慢了，不管什麼聲音聽起來都很遙遠、很鮮明。校園裡偶有一兩輛腳踏車經過，我在寒冷漆黑的空間裡走著走著，尿意愈來愈明顯。巨大城市中的廣闊校園，尿急尖銳抹消我對其他事物諸如融雪、樹木、建築、湖泊和一起並肩走的女生，種種細膩觀察的機會。但我確實覺得當時我們需要彼此，就像憋尿一樣真實。

不過幾年，我變成身邊這個女人的男友，同樣覺得我們需要彼此。

李有吉略微收斂鬆垮的表情，小聲說：「小波其實流產過一次。」我們沒搭話，不過眼睛都撐大不少。本來他還想說下去，廁所的門打開，放出馬桶沖水聲，他拿起空掉的杯子要再喝一口。小波坐回李有吉旁邊的位子說：「上衛生間的次數多了現在。」

「這什麼時候要交？」李有吉指指我手上的小說集。

「大概過幾天吧。」

「其實我很好奇你要怎麼寫。你不覺得不管要瞭解一個人還是一本書都很難嗎？何況還要寫給別人看。那你說說看，為什麼他要寫這些小說？」

「他也寫詩。嗯，怎麼說，」我有點不知該怎麼回答，「他就是想寫吧。」

「真的？你是這麼想的？」李有吉接著問：「有這麼簡單？你剛才不是說他經濟拮据，他們夫妻得到處打工養家餬口，那他怎麼不先拚經濟再寫作？」

「問題就是，他們沒辦法把經濟弄好。他們好像一直滿身債務，還申請破產。」

「你不覺得很詭異嗎？寫作賺不了什麼錢，還要花很多時間，他大可以把那些時間拿來好好工作。」

「他還酗酒。他老婆後來也是。」

「那真的很糟。」

「可是他現在有中文版。」我晃晃手上的書，「而且還不只一個版本，簡體版和繁體版都有不同譯本。他死了二十多年，現在所有作品都有中文版。他最後成功了，而且很成功。」

「我們如果把事情倒回來看，所有的成功都嘛有理由，你這種說法跟說比爾·蓋茲要輟學才能創辦微軟不是一樣？我是說，在他還在寫、還不紅的時候，他怎麼知道自己以後會功成名就？他也可能喝到酒精中毒就廢掉或掛了。」

「他的確很有那個機會。但他最後是死於肺癌。當然他也抽很多菸就是。他酗酒那時候，大概在愛荷華寫作班一起混的作家和學生都跟他喝，那裡簡直是酒鬼大本營。他差點毀掉自己的婚姻和寫作生涯。」我邊說邊想，不太明白為什麼這個來自奧瑞崗州的小胖子小時候會想當個作家，他還真的持續下去，不管那是為了什麼，「上天有很多毀掉優秀小說家的辦法，酗酒是常見的一招，但他挺過去了。說起來可能還是運氣好，他真有那個實實在在的天賦吧。」

「你還是沒回答到我的問題。」

我說不上來。

小波親暱地捏著李有吉的肩膀：「幹啥非要人家回答你不可呀？」

我頓了頓，繼續：「你聽過日本攝影師森山大道嗎？沒聽過也沒關係。他是日本超大咖攝影家，剛好跟卡佛都是一九三八年出生的。總之在他還是小咖的時候，有次另外一個作家寺山修司問他：『你要用鏡頭改變什麼嗎？』森山一時毫無準備不知怎麼回答，就說：『我想改寫森山家的家譜。』搞不好卡佛也是這麼想的。他讀到高中畢業就已經是家裡學歷最高的人了。你想，一個美國鄉下伐木工人的小孩能想得到用什麼方式改變自己的命運？唱歌跳舞嗎？當運動員嗎？還是當個作家？可能這是他能想到最有希望的辦法，也是沒有辦法的辦法。」

「你這說法，跟很多人生小孩的理由一樣嘛。你要問人家說為什麼要生小孩，他們可能說不出為什麼，小孩生了就是生了。他們一樣是改寫家譜。」

「不然這樣好了，你們說說為什麼要生小孩。」

李有吉撥了撥頭髮：「這個嘛，我是怕我爸媽太煩，早生早交差。蔣公不是也說過嗎，創造宇宙繼起之生命囉。」

小波似乎不滿意李有吉的答案說：「年紀再大了，生孩子就辛苦啦。現在體力比較好，趁早完成這個人生任務。他媽媽都說了，不會幫我們帶孩子，何況我們在北京，還是得想辦法自己帶。」

「所以你們覺得這是生物本能。不過你們不覺得想起來就可怕？你們把那麼多資源和精力都投注在一個孩子上，要是有個三長兩短，不是哭死了？」

「真的這樣也是沒辦法的事。」

「要是你們發現其實不愛自己的孩子呢？」

李有吉詭笑起來：「幹，我現在知道為什麼你們不生小孩了。嘿，辛苦了，跟這怪人在一起應該很累吧。」

我跟李娜在北京的時候，跟李有吉吃過一頓飯。他當時就說過一樣的話，包括「你們什麼時候結婚」和「跟這怪人在一起很辛苦吧」。李有吉當時外派到中國跑業務不久，大多時候在上海，常跑北京和重慶，他們百貨業欣欣向榮。為了他方便，我們就近約了朝陽區的百貨商場美食街，在一片嘈雜人聲中草草吃了飯，再移到星巴克喝咖啡。大約是在李娜去上廁所的時候，他問我是不是認真的，我說當然。他嘖嘖兩聲說沒想到你還真的反攻大陸了，我說你怎麼不交個女友啊，他說交女友多麻煩，我到哪都得陪客戶喝酒、洗桑拿，趁定下來之前，多玩一點比較實在。

「那我跟你說卡佛是怎麼看待他的小孩。他在一篇文章提到，他欽佩的美國小說家佛蘭納里·歐康納說，作家到二十歲之後，生活就不需要發生太多事，許多可以寫進小說的事都已經發生了。這對一個作家綽綽有餘。卡佛覺得他自己不是這樣。他甚至不記得二十歲前發生過什麼重要的事，可是到他二十歲結婚生子後，事情開始發生了。

他說了個自助洗衣店的故事。一九六三年的時候，卡佛運氣不錯，申請到愛荷華作家工作坊，他們一家四口帶著家當開車遷往愛荷華。不過他在那邊似乎不太自在，沒真正交到什麼朋友，寫的東西也不太受人欣賞。總之那時他老婆得出去工作，當服務生什麼的，所以他週末要幫忙整理家務、帶兩個小孩。有個週六他在自助洗衣店裡，得洗五、六籃髒衣服，然後等著哪臺烘衣機有空隨時要把一大堆洗好的溼衣服塞進去。他大概等了有三十分鐘，焦躁地覺得自己耗費了整個下午在洗衣服和烘衣服，而他等等還要趕去接兩個小孩。終於見到一臺烘衣機逐漸停止運轉，一個女人搶在他前頭打開烘衣機，摸了摸衣服，又蓋上烘衣機，投下硬幣，烘衣機運轉起來。卡佛在那個當下，覺得一切事物都在他眼前崩潰了，包含他的家庭、寫作和夢想，都隨著他在洗衣店等不到烘衣機可用而崩解。他有兩個孩子，他們將會籠罩他的一生，那是一輩子的責任，沒完沒了的困擾。

他說，很長一段時間，他和妻子都懷著堅定的信念和夢想，只要他們夠努力，盡量把事情做對，他們就會心想事成。他妻子為了他，長期半工半讀還要照顧兩個孩子，做過服務生、推銷過百科全書，花了八年讀五所大學才拿到大學文憑。這樣忠心支持丈夫寫作夢想的太太，甚至在卡佛拿不到在愛荷華第二年的獎助金時，自己跑去說服作家工作坊主持人保羅．安格爾，跟他說，『你以前還不是對田納西．威廉斯看走眼，我相信我丈夫應該拿到獎助金。』就這樣，卡佛獲得被重新考慮的機會，考核他們作品後，工作坊甚至打算給他更多獎助金，可是卡佛實在不想繼續待在那裡，全家離開了愛荷華。後來卡佛沒有任何章法地斷續寫作，同時養育兩個小孩，大概維持了二十年。其中很長的時間他還酗酒、外遇，什麼鳥也寫不出來。最後他跟妻子離婚，人生的最後十年跟另一個女人度過。」

「聽起來真的很慘。」

「再說個八卦好了。卡佛的第一任老婆，在當百科全書業務時，挨家挨戶推銷。有次遇到個中年男子，就在她拿出文宣和樣書講解時，當著她的面掏出老二打手槍。」

「你很無聊欸。」我老婆拍了我的臂膀一下。

「他老婆很正嗎？」李有吉問。

「是滿漂亮的。但他老婆的妹妹更正，還當過演員。」我接著說：「卡佛人生最風光的時候，就是在生命的最後十年。他只活到五十歲，可是他整個人生夢想的東西都在最後十年實現了。就連還算年輕的村上春樹都跑去美國登門拜訪。認真說起來，出版社一直把村上春樹跟卡佛擺在一起不算錯，村上真的翻譯了所有卡佛的小說，卡佛也寫過一首詩給村上春樹。本來卡佛打算接受村上夫婦邀請，到東京找他們玩。據說村上還訂製了特大號的床要給身材高大的卡佛睡哩。可是會跟卡佛一起去的是誰？沒錯，是後來的第二任妻子，不是跟他共患難的那一個。」

「這要怎麼說，算她運氣不好囉。」李有吉隨口搭話。

「但卡佛說，那過去顛沛流離的時光，到最後都成了『肉汁』，讓飯變得更好吃。你覺得你能對小波說這樣的話嗎？」

「他要敢這樣說我就滅了他！」

「看吧，這種話真的會讓人很生氣。可是卡佛真的這樣說了。不知他的孩子是怎麼想的。」

小波不讓李有吉點第三罐啤酒，加上之後還有飯局，就先離開了。不知為什麼，看到他們消失在咖啡店門口的背影，我突然輕鬆起來。

我們請服務生簡單整理了桌面，點了一塊起司蛋糕，換成兩人對坐。她打開筆電，架好書本，準備接著翻譯；我繼續做我的功課，把書包裡的卡佛作品都拿出來放在椅子上以便隨時翻找。

想到剛才提到的保羅．安格爾。卡佛第一次待在愛荷華作家工作坊是在一九六三年，那一年安格爾為了工作坊掏空了自己的腰包，想盡辦法籌款。同樣在這年，安格爾去了臺灣，在臺北遇見聶華苓。那時聶華苓還處在《自由中國》被查禁後的餘波，主辦人雷震被關，而她只得去大學兼課，還帶著兩個女兒，維持一段似有若無的婚姻。安格爾對聶華苓一見如故，追求熱烈，力邀她隔年到愛荷華去（也在不久後拒絕再給卡佛獎助金）。一直覺得自己不可能去的聶華苓在一九六四年秋天抵達愛荷華，從此留了下來。同一年卡佛離開愛荷華，沒遇見聶華苓，也沒遇見他推崇的作家理查．葉慈。大約十年後卡佛才又重返愛荷華，這次他回來教寫作，即將陷入重度酗酒的沉淪期。

每個作家都有幾個關鍵詞可以概括。如果這個詞是「酗酒」，瑞蒙．卡佛、理查．葉慈和約翰．契佛可以輕易連成一線，加上「愛荷華寫作工作坊」，他們親上加親。這三個人都在那邊待過，並且高大的卡佛和瘦小的契佛在愛荷華時是一起買酒的酒友。我從來沒讀過契佛的小說，據說也是跟卡佛同樣擅寫美國中產生活的小說家。理查．葉慈則是因為那部被改編成電影的《真愛旅程》才獲得出中文版的機會，我跟李娜聊過那電影和小說。

我記得自己是這麼說的：「你不覺得這電影很妙嗎？李奧納多和凱特．溫絲蕾演一對夫妻，簡直像是《鐵達尼號》續集，告訴觀眾就算傑克和蘿絲最後結婚生活在一起，大概也就是這樣。再怎麼相愛的人，在一起久了就是會窒息，兩個人都失去自我，為了不知所云的妥協過活，變得平庸。婚姻和孩子就是這樣慢慢毀掉任何人的生活。」

那是一通很長很長的電話，我跟李娜還沒在一起，我們還在討論關於彼此的愛情觀、婚姻觀、小說和電影品味。我們還沒進入彼此的生活，只是在外頭探頭探腦討論這些話題。李娜很清楚真實人生和小說或電影是不一樣的，她說我們能夠對這些感同身受有所共鳴沒錯，但難道就真的不用結婚不生孩子了嗎？我好像回說至少現在不想。電話是怎麼結束的、有沒有好好的結束，我不記得了。

直到現在我仍保留當年我們的通信，雖然我幾乎不曾重看。有些事就像二流電影，你看過一次卻絕不會再看第二次。後來李娜有一兩個朋友還偶爾想到寫信來打招呼，好像說好了一樣，從不提到李娜的近況。她畢業了嗎？有沒有留在學院裡工作？沒有的話又是去哪工作？有新戀情嗎？結婚了沒？她好不好？這些在我偶然想起她的時候，全都搜不到線索，總是被中國第一位拿下職業網球大滿貫賽冠軍的李娜完全遮蔽了。李娜活在歷史性的運動員陰影中，活在兩千萬人的超級都市裡，已經不活在我的世界了。

外面淅瀝淅瀝下起雨的時候，我老婆停止面對螢幕，問我對於李有吉提到小波流產是怎麼回事。我說之前也沒聽他提起過。

「他幹嘛突然說這個？」她停了一拍，「該不會是說小波跟他在一起之前，有懷孕過？」

「不曉得耶，他有時就這樣神神祕祕的。」

「對了，你之前是不是有說過一篇卡佛寫的小說？就是有兩對夫妻在家裡喝酒聊天，好像其中一個女人的前夫會打她，抓著她在地上拖來拖去，可是她還是覺得那個男人是深深愛她的。有嗎？」

「是她的前男友。有，有這篇，就是原本叫做『新手』，後來被改名為『當我們討論愛情，我們討論的是什麼』。」

「我覺得後面這個標題比較吸引人。我剛才想到，我們四個在這裡聊天，有點像這篇小說。」

是啊，我們都曾經跟什麼人在一起，覺得自己投注了全部的情感認真地要跟對方相處。我坐在這裡翻讀卡佛的小說，隨意看幾首他的詩，試著拼湊他為什麼寫了這些東西，又寫出了什麼，愈看愈覺得自己虛妄。當我跟李娜分手的時候，我們甚至沒有辦法當面談，沒有視訊也沒有電話，只有扁平的文字顯示在螢幕說，我們就各自上路吧。愛情這麼的老，不管我們此生會經歷幾次，我們永遠都只是新手。

她發出詭笑，準備把螢幕轉向我：「你看這個、你看這個，你一定超愛的。」螢幕轉過來是個金髮的誇張豪乳妹照片。

「我想說 Google 一下『卡佛』，結果跳出一堆這個巨乳妹的照片。你其實是愛這個卡佛吧，你看你最愛的喬丹和卡佛合為一體，變成你最哈的巨乳洋妞。」

我看著卡佛樸實的臉龐被包圍在一張張色彩鮮豔的比基尼寫真照，想著那些打算搜尋這個乳皇卡佛的男人，會怎麼看待那幾張夾在雙乳間的中年男子黑白照？搞不好他被以為是巨乳卡佛的老爸。

雨愈下愈大，漸漸覆蓋店內的搖滾樂聲和人聲。她繼續做翻譯，我繼續看書。

四周總算安靜下來了。

三輩子

我恨作家。恨他們出版的每一本書，恨他們寫的一字一句。

但我卻是他們最忠實的讀者。我待過的單位有一屋子滿滿的書刊和剪報本，分門別類，按照每個作者的ㄅㄆㄇ順序整理的檔案夾，收藏他們發表的每一行字和所有相關評論，製作他們的人際網路圖表。在那裡工作的人比文學史家還勤奮，致力蒐羅當代全部的文學創作，精讀、分析還寫下言簡意賅的批語。一開始大家當然是工作需要，但有些人也會在閱讀過程中變得很接近文學讀者，甚至可能迷上。道理很簡單，常常精讀同一個人的文章到最後就好像跟他本人交往，知道他認識哪些人，到哪些地方去，想些什麼，對什麼事可能有什麼反應和感覺（這就是我們基本訓練要求的「人事時地物」和「為什麼」）。不過，敝人所見，所謂的文學家呢，其實沒幾個值得一提，要不吟哦風月、發點無關痛癢的生活小牢騷，要不故作姿態，大多內在貧乏得很，唬唬沒讀過多少書的一般讀者還可以，可沒法騙過我眼睛。更別說有些不怎樣的還四出鑽營，教人看了嘆氣啊。

那天在國家圖書館的會議廳，我見到當年那個女作家。說也奇怪，多年來她的檔案卷宗不管我到哪總擱在手邊，時不時就翻開讀幾則。我還是喜歡那時候翻閱資料的感覺，紙張逐漸變舊的氣味和觸摸的手感，好像有累積。現在叫做檔案的東西都變成磁碟片和電腦裡的東西，看得著摸不著。我知道那對工作很方便，但我不再需要工作了。我知道她對這個「女作家」稱號是有意見的，作家就作家嘛，何必非要前頭加個「女」字強調。她真是老了，曾經飽滿的雙頰消陷，頭髮稀疏，戴著老花眼鏡，可那派手姿還挺爽颯，老得挺好看。我隔著幾百人的距離，遠遠看著，她跟我一樣都被歲月踐踏得縮水乾癟，小小的，被周圍一大票什麼去過愛荷華的作家環繞。從前我也隔著距離見過她幾次。到他們編輯部，她松江路住處巷子口，或者她外出跟其他女作家（我總是改不了口）吃飯、打牌，七嘴八舌聊天。我當然不可能在場，只能在外面打發時間，把有關她的報刊材料摺成口袋大小，趁著這些聚會結束前，盡可能讀一點。有時太暗，附近找不到掩護的地方，就把讀過的內容在腦子裡翻出來想想。那些個作家在臺上講的都是我有些陌生的她了。那些她在美國的日子，我算算，四十幾年了都。她在這兒不過十五年。時光飛逝啊。那時我遠遠看著她孤身一人在松山機場，揮別送機的家人，搭上前往美國的飛機，還真他媽有點難過，畢竟跟了那麼久，就算養條狗相處個兩三年也會有感情的罷。後來斷斷續續有她的消息，聽說跟個美國詩人在一起，創辦了什麼國際寫作計畫。反正人不在國內，影響有限，就隨便，她的檔案夾沒再增加什麼材料。我仍舊幹我的事，偶爾盯著幾個作家舞文弄墨。

那會兒我們有好幾組人在跟他們雜誌社，大多是些菜鳥在盯，他們只知道上頭說的「防範未然，弭禍無形」，根本不知道「田雨專案」的實質內容，甚至跟個人都會跟丟。說真格的，心理不夠強健的人最好還是別知道太多，無知者無畏，一個口令一個動作最輕鬆。有人的跟法小流氓似的，緊迫盯人，時不時打電話、出現在人家面前；我也知道有人會直接向對方要些無關緊要的文稿，當做情蒐資料交差。都是些討厭的蒼蠅。當年我也沒法知道太多，上面交代下來，我就得負責組織工作，那時其他單位、頂頭長官實際做些什麼，都要到很後來才約略曉得是怎麼回事。但也不可能完全掌握，畢竟我們這行單位又多又複雜，大家活動各有圈子，有功大家搶，有過大家推，那就表示很多細節不可能清楚明白，也別想追究得清楚明白，等看多了就猜得出八九不離十。

我壓根沒想到，民國五十二年訪臺的美國詩人跟她吃的那頓飯，竟然成了改變她一生的契機。在國家圖書館那個研討會前不久，她的增訂版回憶錄出版，我買來看，裡面描述她跟那個保羅怎麼度過那一夜的情節，我真是百看不厭。從她寫《鹿園情事》到《三生三世》再到這部《三輩子》，那個夜晚反覆被重寫，彷彿永遠沒有天亮，他們肩並肩坐在計程車裡，在臺北街道繞來繞去，我英語不大通，不知道他們低聲嘰咕些什麼，倒是感覺得到他們頗為開心。他們以為我是背景，只有他們感受得到空氣中的甜味，好像面無表情的街景都光鮮亮麗起來了。後來她下車，我只能從後照鏡看著她慢慢變小，走進巷子，接著把詩人載回旅館。我記得詩人歪歪的大鼻子在暗影中掛著笑容，滿布微醺醉意。我敢說他從那時候就想得到她了。

本來隨著她離開臺灣，我早該把她的資料夾歸檔了，卻還是會翻出她的著作不時溫習，好像她是我研究的主題，準備要寫篇論文似的。我知道她那部長篇小說在《聯合報》連載被腰斬，轉到香港《明報》刊完，後來在香港出了刪節版。不是我說，那小說確實寫得好，把我們中國人幾十年來的大變動和心路歷程都講出來了。那時候她寫得大膽還帶點黃，結果看看現在，每天的新聞沒有腥羶色就不叫新聞了。還是以前的新聞有焦點，報紙三大張，每天的副刊版就是作家集散地，一望即知道誰要出頭、誰正當紅。哪像現在的報紙，厚厚一大疊，圖片愈來愈大，文章愈來愈短，副刊得翻找很久才找得著，卻都是些不大認識的名字。我保持翻看各大文學報刊的習慣一輩子了，多年來只要有到訪愛荷華的作家寫關於她的文章我就剪貼保存，繼續為她的卷宗增添材料。我知道民國六十三年她回來過幾天（查核過後列在第三級管制名單），跟老上司雷震碰面，說實話，他們還能搗亂嗎，都老啦，正符合老頭子當年的算計，沒那力氣弄出亂子了。

要我說，所有的事情儘好在書裡發生，在書裡結束。他們雜誌那時批評國民黨、批評老頭子，事後看來不算什麼，雷震就是太自信了，以為接近過權力核心就不會被動麼，中國民主黨是個不適合被實踐的夢想，留在夢中最好。可惜這個夢被太多人看到了，老頭子可不准誰跟他同床異夢。有回我扮成滿腹苦水的軍人忠實讀者到他們編輯部訴苦，小個子傅正很熱心接待我，試著跟我談，我表現出一點厭世、一點憤慨，加上對軍中體制的不滿，他馬上就一副過來人的模樣，告訴我即使退伍也沒關係，他以自己做例子鼓勵我多讀書、充實自己，日後好好貢獻社會。我本來想把話題轉移到林海音的《城南舊事》、徐訏那篇漏刊一頁的文章之類的藝文瑣事，好吸引坐在另外一側的她加入談話。不過沒成，傅正還沉浸在鼓勵我的青年導師幻想中，我只能擺出虛心受教的表情聽他說話。最後離開時，只記得她穿旗袍坐著低頭看稿的姿勢。

說起來，或許她在那一年就死過了。這個歸來的不是同一個女作家。她是雜誌唯一的女編輯，負責的又是與政治無關的文藝欄，雖然沒進監牢，我們得讓她知道外頭始終有人徘徊。讓她知道深夜隨時可能有人破門闖入，只是為了查看戶口名簿。我們，不，該直接了當地說就是我要她覺得自己像被關在閣樓的女子，夢魘，擁擠的恐懼，只能扭曲地待在暗無天光的狹小空間，空氣一絲絲被慢慢抽乾（沒錯，跟她後來寫在《桑青與桃紅》的閣樓段落感受差不多）。她能做的只是拿出稿紙、翻開洋文書，一字一句轉譯，在碼字爬格子的過程裡忘卻現實。

她在自己的房裡，不時會聽到遠遠近近的腳步聲和壓抑的呼吸聲，她會不時想起這屋子在九月四日那天上午九點湧入一堆穿藏青西裝的男人，兇巴巴地拍門、問話，他們隨後進入傅正的房裡，轟地關起門。她跟她媽臉色刷白，她女兒藍藍正在彈琴玩兒，樂聲忽高忽低，穿插那房間傳出的吼聲和對話，藍藍皺著眉，手指遲疑，望著她無話。她要藍藍繼續彈，〈銀色聖誕〉輕快響起，像一張薄膜覆蓋瞬間陷入寂靜的屋子。琴音反覆踟躕，藍藍問媽媽，他們在幹什麼。她要藍藍繼續彈，別管。音符正在掏空她，而她被擁擠的情緒填滿。藍藍乏了停住，跑過來抱住她，沒有樂音的掩護，肅殺立刻在屋裡現形。悶悶的翻找文件、抽屜、櫥櫃聲響，交談，隱隱約約。她們一家人在客廳不響，盲人聽戲似的，猜想門的另一邊。

中午左右，門開啟，瘦小的傅正被層層包圍走出來，他看上去有些疲倦，掏出一串鑰匙請她母親代為保管。她們看著傅正的背影隱沒在人堆，消失在外面矮牆巷口。屋子霎時空曠起來。藍藍和薇薇應該餓了，也該弄點什麼給她們吃。她想他們會再回來的，外面還有好些人沒走，但也只能等了。要逃嗎，又能逃到哪裡。一家人又該怎麼辦。等吧。那個下午是她此生度過最漫長的午後，甚至可以清楚看到陽光的腳步，怎樣一公分一公分位移。她毫無胃口，姆媽勸她多少吃點，她沒辦法，就算喝了幾口水，嘴裡始終苦苦的。枯坐期間有同事進院子，人未到聲先到喊著雷先生抓走了！馬之驌也抓走了！劉子英也抓走了！自由中國社抄了！文件稿子全拿走了！她想下一個就是我了。等過晚餐，等過安撫兩個女兒睡覺，等過姆媽陪她等，直到通宵，看到窗外的天空逐漸由黑轉白，等到她竟然還能看到早上的報紙送來頭條新聞：雷震涉嫌叛亂。

天啊我真是愛死了這段描述。我好愛這欺負孤兒寡女的戲碼，我覺得自己就是文學家，我把一些想像直接寫在她回憶錄的邊角，就能完全進入她的生活、她的身體、她的思想，一一蒐證。這感覺真是棒透了。我特地把她回憶錄的這幾頁打了貓耳摺。這是一道邊界，越過這天，她的世界就一分為二，一個原本屬於她但現在不再屬於她的世界，跟一個她不得不封閉起來的世界。這是工作最美妙的時刻：別人生命中的大事，只是我舉手之勞的小事。

她的生活當然要整個碎裂。碎成一枚枚方塊字，她得盡量讓自己泡在這些字詞裡，在虛構的世界練習呼吸。所以她開始寫苓子的故事，重新梳理過往三斗坪的艱苦歲月，唯有透過這樣的重寫，才能再活一次，再活下去。不會有什麼比那時更苦。至少還活著，還跟家人依偎著。她讓自己很忙，比往常去工作、會朋友、看電影、寫稿都自由的時候還要忙。忙出了一本長篇小說、編譯了美國小說選輯、編譯了介紹給海外華人的中國女作家小說選輯。不是我說，沒有這案子，她幾時肯好好靜下來寫點東西，她要浪費自己的才華到什麼時候？她不知道我這是在幫她。助人的最高境界就是不讓人知道自己被扶了一把。

她哪想得到她媽病了，在通宵打牌和沉思之間，她媽的肺臟悄悄布上陰影。她死命不讓她媽知道那是癌症。太殘酷了是吧。一個女人，三十二就沒了丈夫，最疼愛的兒子也沒了，好不容易拉拔幾個孩子成人，在這遙遠的異鄉連六十歲都跨不過去。我簡直開心得不得了啊，丈夫遠走他鄉，母親罹患絕症，女兒還小，身邊朋友不敢接近，比我原先設想的橋段好多了。

在她陪著母親就醫期間，臺大的臺靜農親去拜訪，邀請她去開一門小說創作課。那是一根浮木，讓她近乎滅頂的生命稍微有了點支援，她倚著這根木頭漂到教室裡，跟一群年輕得還不知怎麼擺放自己手腳的學生，聊點寫作、遠方的幾個洋名字。東海的徐復觀也捎來邀請，讓她有機會離開臺北，每週五跟余光中一塊搭著火車晃到臺中，轉乘公共汽車上大度山，路過施工中的路思義教堂，在漆黑林蔭中的課室，對著一張張青春的臉孔說話，討論敘事人稱的問題（真有個叫陳少聰的後來也成了作家）。我當時寫給上頭的報告說，派人去聽課查證過了，她確實恪守著文學歸文學的底線，不曾提起過去的雜誌同事，也沒跟學生灌輸任何有關《自由中國》遺留的毒素。故毋須理會，聽其自為。本來嘛，寫作雖然是在孤獨之中，若是全然封閉隔離也會失去生氣的。

倒是有次她忍不住恨恨地瞪著家門附近的人，對方眼神與她交會隨即別過去，自顧自抽菸。聽了屬下彙報，我曉得她肯定知道這沒用，但就是忍不住對小嘍嘍發點脾氣罷了。那都是些最底層打下手的聽差，做不了主，也不可能做主，下雨時候還得撐著傘倚在矮牆邊呢。

這段紀錄是整部回憶錄中我最喜愛的段落：

一天，她疲累靠在醫院病床邊陪著母親，門口傳來沉沉一聲「聶——伯——母——」。竟是兩年沒見的殷海光。她心裡開心見到他，接著發現他頭髮全白了，像是枯萎的盆栽，臉色昏沉。姆媽笑開了焦黃的臉，卻連坐起力氣都沒有，只能輕輕握著殷先生的手，說著你來了，我很高興。我會好的。我好了，一定請你們全家到松江路來吃飯。不要醬油，不要辣椒。殷海光勉強微笑，沒多說什麼，只是望著她姆媽。他整個人像被巨掌握住，連呼吸都沉重不已，她看著眼前兩個正在流逝的生命，無能為力。他待了會，笨拙起身，「聶伯母，我，我，我得走了。」站到床前，他定眼再看，一個字一個字地說：「聶——伯——母，好——好——保——重。」她送他到醫院大門口。他說好久沒上街了，上街有些惶惶的。她問你知道怎麼回家嗎？他回我想我知道吧。沉默。聶伯母，唉，我再來看她。她說你來看她，對她很重要。但是，請不要再來了。他笑笑，來看聶伯母，對我也很重要。

她望著他遠去的背影，過往殷海光跟他們一家老小同住在松江路家裡的種種瑣事，隨著返回病房的腳步逐一浮現。他細心栽種玫瑰，遠離辣椒，痛恨醬油，餐桌上大談美、愛情、婚姻、中國人的問題、未來世界、昆明時期生活、金岳霖。他極為疼愛她兩個女兒，陪她們說話玩耍，偶爾享受他奶色瓷杯裡的Maxwell黑咖啡。她永遠記得他說起夢想的神情：我夢想有一天，世界上有一個特出的村子，住在那兒的人全是文學家、藝術家、哲學家。我當然是哲學家囉。哈哈大笑。我的職業呢，是花匠，專門種高貴的花。那個村子裡，誰買到我的花，就是最高的榮譽。我真想發財，好造出這麼一個莊園呀！

我真想把她寫到殷海光的部分全摘抄下來，放在口袋裡時時拿出來玩味。現在方便多囉，只要拿起手機拍照下來，想看就看，還能隨意放大字體。想到當初為了學情報攝影，整天關在暗房裡吸藥水味做配方、沖印、晾乾，不見天日，這些技術現在一點用都沒有了。還有用米湯、眼藥水或血的密寫傳訊，要記暗號、要知道用什麼方法顯影（火烤或是特殊藥水），現在大概都用不上了。

殷海光注定要成為後世傳頌的典範人物。正因為他得扮演這樣重要的悲劇角色，我們就必須得迂迴而婉轉地干擾他，一點一滴挫折他，把他從最合適的位置拔除，讓他漸漸當不了青年導師，失去發生影響的機會，讓他有志難伸，最後讓他壯志未酬、抑鬱而終。那些沒能實踐的夢想永遠最美，不僅不會褪色，還可能隨著時間變得愈發吸引人。他無庸置疑要在人格和知識成為一座紀念碑。某種程度上，雷震和殷海光都是必要的存在，沒有他們負隅頑抗，我做這工作就太沒意思啦。

我不禁推想，之所以後來她提過好多次跟保羅在愛荷華乘在水波晃漾的小船上，靈光一閃，建議在愛荷華大學原有的作家工作坊之外，再創辦一個國際性的寫作計畫應該是受了殷海光的啟發。據說保羅當時支吾了幾句，用手摀著嘴，示意她別作聲，指著一隻梅花鹿在岸邊看著靜靜流水。或許她曾經盼望著，在那遙遠的異鄉，有機會招待殷海光好好喝無限供應的香濃麥斯威爾咖啡。問他，您看這裡是不是跟您夢想中的村子很像呢？我們這兒文學家、藝術家都不缺，還欠個哲學家花匠，您來了正好。想必他一定會仰頭朗聲大笑。這夢想真是美麗。但很可能，這世上只剩下我一個人知道要這麼想，連她都不會。再過幾年，這個夢想也被我遺忘後，人們只會記得殷海光的傲然風骨。

我讀到大陸女作家遲子建見過她一襲水紅緞子嫁衣，那是她準備與保羅黃泉再會的華服。這老太婆真不容易，這把年紀還有這種幼稚念頭。她不是應該很清楚，人死了就是死了，躺在土裡，日漸腐朽，魂飛魄散，一點不存？她快要死了，但還得等等，就像她在紀念母親的文章裡引用過美國詩人羅伯特．佛羅斯特的詩句：「這森林真可愛，黝黑而深邃。／可是我要去趕赴約會，／還要趕好幾哩路才能安睡。／還要趕好幾哩路才能安睡。」

是啊，我們都要趕好幾哩路才能安睡。她不知道我才是陪她一生的遙遠同伴。那些真正跟她當朋友的都一一安睡了，她還醒著走著。她不知道我也醒著走著。要我說，真正的友誼就是這樣：我甚至不讓她知道有我這個朋友的存在。在她生前死後，在她的親朋後人之間，沒人知道她有這麼個隱密的朋友。這才是貨真價實，堅若磐石的友誼。我不是沒想過，有幾回真是想搭上飛機到愛荷華轉轉，親眼看看她後半生的所在地。我真不是特例。比方說吧，從前有個同事被交辦從柏楊書裡找毛病。結果他整整讀了幾個月的柏楊著作，跟我聊起來眉飛色舞，一副書迷模樣。柏楊之後因為翻譯《大力水手》漫畫被抓，招供參與叛亂組織中國民主同盟被判刑十年。好些年後，說巧不巧，我看到柏楊在北京跟中國民主同盟的招牌合照登在副刊，旁邊寫著「我是在調查局三張犁偵訊室參加中國民主同盟的」。我隱約記得當年柏楊被定罪，那同事讀他的書更勤，後來還訂購了一套柏楊版《資治通鑑》，柏楊花了十年翻譯《通鑑》，他就跟著整整讀十年呢。

時間是這麼回事，你一個個數來寶似的數很清楚，漏了幾拍忘了數就會混成一大片。我翻著回憶錄和一篇篇文字紀錄（她那卷宗在我退休那天跟我回家了），放任心思在她家裡的紫檀木大桌邊，回到十年前、二十年前、三十年前、四十年前、五十年前，眼前的人重疊了。看見還不叫楊牧的花蓮青年自我介紹說葉珊，二十五歲，處男；看見白先勇說起他父親，交換他們身為桂系子女的心得；看見冬夜與她窩在糖果店二樓的租賃小屋，在她缺了腿的寶座、堆滿書的桌旁，跟著葉珊、白先勇、王文興看窗外撒落的雪片。保羅那時還得照料妻子瑪麗，收拾一天的剩餘。她則常接到瑪麗的電話，聽她絮絮叨叨幾個鐘頭罵保羅的不是；才掛下電話，換女兒的爸爸打來，又是幾個鐘頭罵保羅老色狼。那時候女兒還在臺灣等著她想辦法籌到路費，梁實秋借給她出國的路費還沒著落，只有她一個人在深沉安靜的小城，亮著燈，靠在桌前，醒著寫著煩惱著，她變成漆黑中的一隻眼。或許隔天保羅會跟她提起瑪麗渾身酒氣又恍惚，他在家門外聽著傳出的電視聲音，遲疑了好一會才整理好自己的心情開門進去。或許她會以玩笑口吻提起那兩通電話，或許不會。

匆匆五十年過去，女兒來了，長大，離家，有了自己的孩子。我發現跟著她的回憶錄慢慢讀過去，像在拼圖。比如我從來不可能知道，二樓的鴨舌帽掛在保羅離去那天的位置，牆上的各色面具原樣掛著，雷震送的結婚紀念鼎在桌上，壁爐上的銅鐘不再隨著保羅洋腔中文喊著「吃飯啦」被敲響，園子裡逗樂過無數訪客的浣熊和鹿似乎罕見了，鞦韆還掛在樹枝上隨風擺動。

她老了，不能開車，不再能寫很多信，接到的電話和郵件都在關心健康，沒有夠多體力處理會面、生活。其實從他們第一年建立國際寫作計畫，她就在循環裡。年復一年，籌措經費、諮詢聯繫、敲定名單、確認行程，讓四面八方的作家相遇，在他們家的客廳談天、飲酒和唱歌。直到保羅退休，直到她也退休，他們會一次又一次不厭其煩地說起關於文學、關於寫作計畫，關於她，關於他，關於他們的故事，直到剩下她成為唯一述說的人。就這個層面來看，幹我們這行的也是如此。以前是不能說、不敢說，現在是沒人聽。知道那麼多有什麼用，最後還不是跟我進墳墓。

我畢竟也老了，沒有辦法再像過去那樣撲天蓋地完成工作又抽空關心這些瑣瑣碎碎的文學動態。記憶力不行了，很多事想不起來，只能等它自己出現。像是從國圖回家的途中，我坐在輕輕搖晃的捷運博愛座，車廂擠滿人，突然想到以前搭著搖晃更厲害的公務車南下高雄支援處理美麗島事件的往事。上面要我們到處去勸退有意圖參加遊行的核心人物。我在高雄的同事奉命去熱線接觸在中油工作的作家楊青矗。那同事當面拜訪，好說歹說，希望對方以家人安全為重、以國家安定為重，不僅被人拒絕，好像還弄得不歡而散。我這同事就是心軟，居然想盡辦法說動楊的上司，讓他在遊行當天臨時出差到臺北，誰想得到楊青矗快快辦完事就包車殺回來高雄參加遊行。

我跟同事說，你看看，人家可不領情。不過我們還是可以稍微尊重人家的意志。既然他想壯烈犧牲，就讓他求仁得仁。那之前我讀過他寫的幾個短篇，還有點意思。這下好了，押進監牢真成了「在室男」啦。楊青矗放出來沒幾年，就被邀請到愛荷華國際寫作計畫，如今想來也可能是她的苦心。不過嘛，他們絕不可能在文學上、政治上站在同一邊的。他呢是絕不想當「中國」作家；她呢則是沒人把她當「中國」作家，她基本上就是個美國人了。

這些什麼「身分認同」、「本土意識」之類的詞彙，大概都是近二十年來的新玩意兒。把這些拿掉，你說國家、社會有變得比較好嗎？我看未必。就像當年美麗島動亂，明明我們軍警同仁收到的指令是絕對不准流血，我們甚至做到打不還手罵不還口，居然還有人說我們「先鎮後暴」。不過我還真是第一次認識到社會上真有那麼多反國民黨的民眾。現場看真是心驚肉跳。他們真的想搞大事情。其實我們早收到情資，知道他們會帶火把，也把許多棍棒藏在車子裡，隨時準備生事。局裡發下兩百臺照相機就為了蒐證，結果我們只要有人拿出相機，這裡一棍那裡一棒招呼上來，完全沒法拍照。還好靠我同事事先打過招呼，請現場記者幫忙拍照，記錄所有衝突場面，開價一張一千元。

那個晚上我們為了控制場面、調度人力兵荒馬亂。以美麗島雜誌社服務處為中心的區域，棍棒齊飛，吵吵鬧鬧，很多軍警人員都掛彩，暴動簡直要沸騰起來了，大家焦頭爛額之際，我同事打了電話到臺北請示局長是否要調動陸戰隊來維持秩序。可惜局長拒絕採納這個建議。我心裡想的是，時機在這瞬間錯失了。歷史就往後來的方向發展，直到現在。如果當時真的出動了陸戰隊，我們現在還會是這樣國不成國，沒有個國家的樣子嗎？後來雖然有補救的大逮捕措施，也不過亡羊補牢。不只那些煽動的黨外人士壓不住，居然連幫他們打官司的律師團都出頭了。從那時候起，我就覺得這個國家在快速墮落、沉淪。我對黨感到失望、對政府無能感到失望、對領導人無能感到失望。我的內心實在糾結。沒想到我日後會不斷回想起那種糾結的感覺。我在幾次中正紀念堂學生示威那會兒、紅衫軍包圍總統府那時，都沒到現場。我太明白那些糾結的感受是無用的。世道變化得太快，我這把老骨頭真是跟不上，但許多道理我多少還明白的。哪知道這幾年變本加厲，大學生竟然占領立法院，高中生也敢衝教育部抗議，我真不明白我那些後輩到底為什麼儘吃飯卻不幹點事。我們過去怎樣執行任務，他們都不知道也沒興趣了。一群廢物。這讓我想起民國八十年的時候，涉嫌叛亂的獨臺會案。那是調查局最後經手的叛亂案，從那以後，再也沒有像老高那樣敢直接在記者會說出真心話的了。本來嘛，根據我們掌握的實證，這種根本已經「著手實施」的叛亂案竟然都不能好好辦，還整天被社會輿論罵什麼白色恐怖、羅織罪名。大學教授跟大學生都在起鬨，居然跑去占領中正紀念堂和臺北火車站。這個社會的顛倒黑白、是非不分從那時就能看出端倪，整個國家的幸福前途大概從那時就斷送了。看看現在，當年那些滋事分子一個個都上了臺，整個案子被拿來當做政治鬥爭的工具。但老高當時那話說得真漂亮：「我要告訴各位，中華民國的公務員，不是每個都是窩囊廢。」

那是個徵兆。因為我最著迷的時刻幾乎不再發生。隨著老高放話辭職，我也退休了。工作變得太乏味平淡，人人都說要照規矩來、依法行政，而我再也不能在別人的重大時刻當個無關的旁觀者。

我真想說我錯了。但日後所有的事情都證明我是對的。包括這個國家、這個社會，包括她的寫與不寫。

那回我到戲院看她的紀錄片，稀落三兩人，冷氣好冷。導演跟著她從愛荷華一路拍回臺灣。沒想到她在人生的尾聲，有機會回到文學生涯的出發點。作家李渝陪她回到松江路住宅舊址，只見建築工事鋪張展開，坑洞滿布，鋼筋林立，故人已矣，故居是片瓦不留了（當年我不知走過那附近幾回）。隔兩年，她再次受邀回臺參加百年小說研討會（就是我也在現場的國圖會議廳），見到許多訪問過愛荷華的作家。我看她這趟回愛荷華，再不會回到臺灣或中國大陸了。那班回愛荷華的飛機，照例也得在芝加哥轉機吧。我想到她回憶錄寫民國七十九年那會兒，她跟保羅來去乘不同飛機到邁阿密領獎。在芝加哥轉機時，兩架飛機分別降落在不同航廈，她的飛機誤點，竟在出口看到等著她的保羅，他們開開心心到酒吧喝了一杯。往愛荷華的飛機即將開放登機，他們約好愛荷華見，她先到可以接他。結果她的飛機又誤點，一出來又見到保羅得意地說：啊哈！又是我先到！又是我接你！沒料到吧！

誰知道保羅當年就是死在芝加哥機場裡。所以她終究還是會回到沒有保羅的愛荷華，點亮紅樓，上二樓書房。樓梯轉角擺著一疊泛黃報刊，全是報導保羅倒下那天的報紙。靠窗的位置有臺打字機捲上了紙，似乎還在等著被敲出下一個字母。她輕撫斑駁用舊的桌面，跟這些遺跡在一起令她平靜。我發現是我想像得太多了，回神的時候，漆黑的戲院裡正在跑幕後工作人員名單。我緩緩起身移動，想著這老太婆在異鄉怎麼度過每一天。紀錄片拍得實在不怎樣，不僅無法深入她的作品，最重要的問題也根本沒問出來：為什麼她不寫了？其實不用問我也猜得出答案，可我就想看她親口說出來。寫完了。不想寫了。她說保羅總在身旁陪著說話，寫累了，就走到他書房聊幾句。一起去買報紙，買菜，買一釘一錘，餵鹿，在小船上等他游完泳上來遞出一杯酒。她愈來愈覺得，其實自己以前此後沒有任何一部作品是成功的，但她跟保羅已經成功寫出了二十七年的美好生活。

太美好了。一定有鬼。我不明白當個過氣的作家是什麼感覺，當個不再寫作的作家又是什麼感覺。作家自己會感到創造力像骨質疏鬆一樣的逐漸消逝嗎？她的話，要我說，那絕對是因為我離得太遠，使不上力，無法刺激她繼續穩定創作。她在民國七十三年寫出最後一部長篇小說基本上就等於沒在寫了（這書甚至沒在臺灣出版）。自己不寫也算了，居然還跟保羅翻譯毛匪的詩詞，我想不通。至於辦那個國際寫作計畫更可笑，保羅的詩寫得怎樣我不明白，她浪費大量時間在一堆瑣事和作家身上，怎麼有時間寫作？想也知道只要有人的地方就一定有爭吵、嫉妒、勾心鬥角，不然就男女關係混亂，為什麼要每年花錢讓這批所謂文學家清談不事生產？寫作一定是在孤獨之中才可能產生，就像當年我張羅出來給她的條件。沒有那段時間的孤絕，她不可能靜下心來挖掘自己的過往，寫出書來。除了那些雜文遊記，五十年來真正算作品的只有兩本小說。保羅走了二十多年，她不管事了，只能在一部回憶錄翻來覆去，修修改改。我還看不出來她在做什麼？她這是在陪葬。她早就放棄自己獨立活著的可能性了，她要全部的生活都保持在保羅給出來的模樣，包括她的寫作，包括她自己。這老太婆。唉。

「昨天傍晚，我想著她；我和她談話，一如往昔，在幻想中比與她本人交談更為容易；突然間，我自語著：但她已經死了……。

是的，我以前常常長時間的離開她，然而在兒時，我就養成了習慣，把我一天的收穫帶回給她，在精神上我的憂愁與歡樂無不與她有關；昨天傍晚當我突然想起她已死去時，我就是那樣的。

一切立刻失去了光彩，一切變得黯淡了——我遠離她的那段時間的記憶，以及把那些記憶再來回想一下的目前這一刻，都變得黯淡了。因為我在心中再那麼體驗一遍只不過是為了她。我立即感覺到，失去了她，我就不再有存在的理由了。我不再知道為何我還活下去。」

這是她翻譯紀德《遺悲懷》的開頭前兩段。紀德那時死了老婆，如今換掉女字偏旁，也就跟她的日子差不多。她回憶錄最後說：生活似乎是老樣子，很生動，很豐富。但是沒有了保羅的日子，回想起來，只是一片空白，不寫也罷。我想她已經死了。過往寫出的全部字句都在回流，穿過她，匯成一條河，所有的事情都發生過了，她只是在死前的一刻回溯著，她活在回憶裡，也死在回憶裡，該寫下的都寫完了。我都不敢相信我會寫出這樣的句子。

這可恨的老太婆。唉。

如何像王禎和一樣活著

那原本只是課堂作業，老師要我們每人深入探究一個作家，我抽中了王禎和。看到他生年是兩百年前，死在一百五十年前，實在有夠麻煩，只好去問我們家生年最接近王禎和的阿公。伊是從地球來養老的，一百五十七歲，電光拉皮修復過，看上去年歲跟我差不多，時常穿著夏威夷花衫和短褲，成天讀冊，是那種真的整本有重量要翻頁的冊喔，全部攏是伊特地從地球運過來。伊是古早時代的業餘作家，只會用文字表達，不像現此時作家能編寫整個情境，讓讀者直接進入想像世界體驗作家寫出來的一切感覺。阿公有點不歡喜我們那樣看冊，伊說，看冊就是光讀文字就好，這樣才有想像空間，攏寫便便給人感受，一點意思都嘸。說歸說，伊從來不會叫我們不要讀電子冊，就是希望有機會可以跟伊借冊去讀，用最古老原始的方法讀冊。

當我跟伊提到作業要做王禎和，伊好高興，親像我說要讀伊的小說。伊說，乖孫，你眼光不壞（伊不知這是抽籤的），王禎和很趣味，雖然是做功課，讀看覓應該會有收穫。伊邊說邊從書架上抓了好幾本珍本書給我，恁爸其實有點抖，全是一百幾十年前的骨董冊，要是有什麼閃失，破頁或摺到，恁爸就賠到脫褲囊也賠不起。阿公說，免驚啦，這攏是複製品，原版我也買不起，你拿去好好看，只有照古早方法看你才能體會王禎和的小說趣味在哪。我說，阿公你有所不知。其他同學的作業題目，很多都有大腦資料備份，他們有什麼問題只要問作家本人就解決了，哪有像我這麼工夫，還得讀冊，再還原時空背景，我嘸是只有這科要顧。阿公嘆了口氣，孫仔，我也算寫字的，我跟你說，大部分的問題去問作家本人也是嘸任何答案的，又嘸是自動販賣機。而且，嘸是啥人的阿公寫過字的囁，你比別人方便多了，有什麼問題就來問我，先讀過這幾本再來討論。伊抓了王禎和的書推給我。

阿公真是不瞭解。我的地球史和地理都不太好，怎麼有辦法理解一個兩百年前的臺灣古人，寫的還很多是伊小時候的風土故事，連阿公都沒經歷過，也只能猜個大概。結果一翻開那本《嫁粧一牛車》，第一頁寫著「生命裏總也有甚至修伯特都會無聲以對底時候……」真令我無言以對。

對咱這代人來說，受限於身體適應的重力，幾乎是不可能親自回到地球實地考察作家生活過的所在。咱至多就是遠端操控，租一具身軀，在地球趴趴走四界看。火星到地球的距離在5470萬公里與4億公里之間，傳訊至少要二十分鐘，操作的時差很麻煩。我學到的歷史說，二〇三五年是人類第一次踏上火星土地的起點，經過幾十年的探勘、開發、建設，人類才慢慢在這裡待下來。最早留下的那代人，來自地球各地，他們來尋求新的機會和生存空間，漸漸也把火星當成家了。他們在這裡工作、生活、繁衍後代，移民陸續加入，百多年來突破了五十萬人口。日子雖然比起一百年前好過，許多生存資源仍然缺乏，除了持續進行火星地球化的計畫工程，還得靠補給船、轉運站和月球定期支援。人類正在航向無垠的宇宙，咱這裡就是前線基地。

火星認同始終是麻煩事。像我阿公那輩人最老番顛，伊們來到火星卻老是在講地球哪裡好、呼吸比較自由，既然那麼愛地球，怎麼不留在家鄉，只會在我們耳孔唱拉力歐（radio），唱的比說的好聽啦。每遍阿公看到我食列印的水果，伊就搖頭說，可憐，沒食過真正的芭樂蓮霧。可是我食的明明就是仿真水果，口感和營養成分攏跟地球原版的芭樂蓮霧同款啊。阿公也嫌平素生活有太多限制太閉鎖，住在玻璃罩裡，不能想出門就出門，要先換上調整氣壓和防輻射的太空衫，常說可惜我生在這裡，大概很難跟他回地球看看了。我不是很能體會伊的心情。這裡就是我的家園，從小到大在這裡成長，沒覺得哪裡不方便，而且資源稀少才能更準確運用，從前地球低科技時期那款大量浪費能源、製造汙染，反倒麻煩。一方水土飼一方人的道理，阿公也不是想不通，大概就是還在適應新生活吧。

我花了幾天讀冊，最大感受就親像腦子運動到一些比較沒用到的肌肉，頭殼好像比較鬆、比較闊，文字在內面撞來撞去，撞出一個空間，有很久很久以前的人、話語、馬路、建築，攏在鬥熱鬧。我是在阿魯吧（Alu Bar）跟阿公提到這感覺，伊聽了歡喜，喝了口臺啤，咂咂嘴，咧開笑。阿公說，恁老爸老母要去送貨，問我欲來參你作伴，我想想，也好，地球住太久，換個環境養老不壞。不然無聊習慣就會荏懶，整個人就爛了了。其實我知影這不過是其中一個原因，重要的是阿媽翹了，伊也不想繼續自個待在地球觸景傷情。爸媽他們每趟送貨路程就要一個火星年（一個火星年等於687個地球日），我當然說我已經夠大了，好手好腳，況且有同學、鄰居，自己生活沒問題，不用特地叫阿公過來。他們說我從小到大沒跟阿公本人相處過，有點可惜，要是阿公願意來最好，伊不來就放生我。據說地球環境過去兩百年變動太劇烈，導致人體機能有些變化。

有研究指出，現在懷孕很拚，即使採人工受孕，都不容易著床、自然生產。我爸媽快滿一百歲才生下我，他們本想說既然生不出來就隨緣，沒想到跨入中年後半卻當上父母。阿公跟他們都是屬於有地球經驗的頂輩人，見證人類建立起新型態的星際社會，有時就會很愛感嘆，那聽來就散發著濃濃的回憶氣味。

比如阿公愛來的這家阿魯吧，店名出自伊少年時喜歡的小說書名，伊一到火星馬上就說要看看，結果一試成主顧，幾乎每天報到，臺灣來的同鄉頭家叫小賀，阿公笑咳咳說，你叫小賀？我看你來這開阿魯吧有影腳數（kioh-siàu）不壞！伊上愛阿魯吧的便所，每回啤酒喝得膀胱脹，伊就歡喜得跟什麼似的，開開心心旋尿去。我掠準伊是在這裡氣氛好心情就爽，結果有回跟他一起去放尿，咱爺孫站在各自的小便斗前，伊說，你看，小便斗放碎冰角放到尖起來，尿燒燒澆下去，隨融出熱氣，還有垮掉一角的哐啦聲，在這放尿真是享受，這應該是全火星上讚的小便斗。是啊，可是這也是全火星少數要收費的餐館小便斗。我不是很能理解阿公的爽快，在我看來，這有點浪費。雖然火星有南北極冰帽水庫，供給日常用水足夠，但這樣奢侈用水我看了實在有點彆扭，沒法度，老地球人總有些難以改變的習性。當初時阿公歷經兩百五十天旅程抵達火星，休息不到半天就要求去參觀二〇一二年的火星探測器好奇號降落的「布萊伯利降落地」（Bradbury Landing, 4.5895°S 137.4417°E），每個地球人都要去的超熱門觀光景點。其實好奇號當年並不是準確降落在那個座標位置，稍微偏移了一些。那一帶平坦空曠，早結束探測任務的好奇號站著當標本，參觀臺附近擺滿二十世紀小說家雷．布萊伯利紀念品，一些衫、帽子、複製紙冊和電子冊全集之類的。也不知為啥每個人到了那裡總要買冊（幾乎至少都會買本《火星紀事》），好似別處沒得買。阿公邊摸著紀念衫邊說，古早古早，遠在伊出世前，也有個十九世紀的小說家寫一群像水母的火星人大老遠跑來侵略地球，人類被巴假的，最後都變成低等生物和飼料。但火星人卻在快要統治世界之時感染了細菌，全部死光光。結束。伊買了頂紀念帽戴上，又說，其實這攏是距離太遠，人類編出來安慰自己的故事，就算寫到差點毀滅世界亦沒要沒緊，不然太孤單了。

老樣子的飯後時間，阿公跟我又去阿魯吧暖暖蛇。小賀照例端上兩杯冒著白泡泡的臺啤，用的是復刻版二十世紀末臺灣啤酒厚玻璃杯。席間聊到我正在做王禎和的報告，小賀說，不錯呀，他也滿喜歡這個小說家，印象中好幾篇跟歌曲有關。阿公附和說，你這一講，我才想起來。伊轉頭問我，你讀完《人生歌王》沒？我點點頭。你知那本小說內的〈素蘭小姐要出嫁〉、〈人生歌王〉有啥關係？我說不知，不過有聽歌，啥咪嘿咻嘿咻嘿咻的。阿公隨即吩咐小賀放歌，讓伊好好解說一番。伊說，〈人生歌王〉的主角林小田，其實寫的是真有其人的寶島歌王葉啟田的故事，〈素蘭小姐要出嫁〉原唱雖然是黃三元，不過伊演唱版本亦很受歡迎，不少人當作伊才是原唱。

故事抓在歌王林小田逃亡在深山裡開場，伊穿著高中制服假裝來準備大學聯考，回憶自己怎樣從嘉義鄉下到臺北打拚變歌星的過程。我雖然很想說小說我有看免擱重複講一遍打斷伊，但伊講得嘴角有沫，靜靜聽伊話。重點不是林小田跟葉啟田之間的關係，而是要看王禎和怎樣敘述這個故事，怎麼寫得引人想讀下去，又怎麼安排人物和行動的合理性……葉啟田的歌聲在背景太有滲透力，我根本沒在聽阿公的解說。小賀忽然說，下一條是世界名曲〈愛拚才會贏〉！阿公停住，小賀也停住，他們跟著前奏音樂晃頭抖腳打拍子，「一時失志嘸免怨嘆，一時落魄嘸免膽寒，哪通失去希望，每日醉茫茫，無魂有體親像稻草人」，他們大聲合唱起來，我都歹勢不跟著唱了，幸好阿魯吧也沒太多客人。歌曲放完，阿公補充說，這就是〈人生歌王〉的後續：葉啟田被抓去坐牢，出獄後，又唱紅〈愛拚才會贏〉，繼續衝甲掠袂牢，夭壽猛。整個臺語歌壇只有幾人從少年到老都有代表金曲，伊絕對是其中一個。

後來阿公又喝了幾杯啤酒，上了兩三次伊上愛的便所，聽可愛的哐啦聲。伊只是沉浸在葉啟田的歌聲，擱淺在伊的回憶，沒再提到王禎和。我帶著伊離開時，小賀說，恁阿公可能孤單太久了。

我安置好阿公睡眠，待在客廳隨意聽點音樂，補充點時事新知。大部分的即時新聞都要讓人關心與自己生活沒直接關聯的事，睡前看這些東西真是反胃，還是看我的冊去。我的意識穿行在所有被寫出來的時空，還有很多老電影供我隨選代入，唯一的麻煩就是，恁娘哩，這麼多到底怎樣選哪？隨機是個辦法，反正被拋到哪個情境就玩哪個，沒事先作功課也沒準備，玩起來總是比較刺激，像真的一樣。有次代入二十世紀末日本片精選，結果是在荒島玩大逃殺，我簡直空降似的，還沒拿起武器（是支可悲的小湯匙）就被爆頭了，下一個場景就是我坐在控制室觀看這班高中生的互相殘殺。這類部分角色體感轉換太多次，有時很難立即入戲，不如回到老電影院放映模式，單純觀賞就好。我有些同學讀冊讀到頭殼壞去，說什麼好想去地球跟月球看看，講得好像他們有著無以名狀的鄉愁呢。每次聽到這種話，我就想回，同學，你生在這裡、長在這裡，這裡就是你家，你沒離開家哪來鄉愁啊？

有次我忍不住跟小美冤家。伊振振有詞說，恁老師啦，咱讀的冊超過八十趴攏寫地球的代誌，十多趴寫月球，剩下幾趴寫紅球，歸天讀、日日讀，想望地球，想欲去看覓很正常好不好。我回恁爸懶得跟你講。伊面腔隨變，起屁臉要駛我祖公什麼的。我又嚷，我阿公整欉好好踩在厝裡，由在你駛。

我知影，確實大部分冊攏是寫別處的世界，要不就是古早時代的故事。咱火星故事幾乎都是從前的科幻小說家虛構的內容，扣除紅色星球、大運河遺跡（以前人不知那就是長度四千公里的水手峽谷）、水母火星人這類描述，地點換作水星、金星大約也可以吧。反正攏是假的。很多人花大錢、耗費來回五百天搭機去地球玩一趟，天天受限，光是地球重力是我們習慣的三倍這點就吃不消，不管怎麼在途中訓練體魄，結果還不都要租代用身體四界逛。再怎麼玩，終歸要回返，那個地心引力就擺明著永遠要抗拒我們。人真奇怪，愈不便就愈要去。

煞煞去，想那麼多，冊也讀不下，我退出，找小美喇賽。

「啥貴事？」

「你作業弄得怎樣？」

「莫再提啦，我弄一堆題目，人家睬也不睬。」

「怎會？」

「人家說我太不認真，攏沒好好看冊，只想問伊為啥寫這寫那很沒禮貌。」

「我掠準問得到的比較好做呢，沒想到更麻煩。」

「你哩？」

「我喔，也不知。只是我阿公給了幾本骨董冊，叫我用老方法讀，只看文字，跟著作品本身盡量想像，不懂可以問伊。」

「無的確這樣比較好做。真欣羨你，我現在頭殼又大又抱著燒啊。」

「有啥好欣羨，恁爸同款頭很大。」

我稍安心了，原來有腦可問也需要很多鋩角才問得出物件。

一早阿公哼著「浪子的心情，親像天頂閃爍的流星」走出房間，遵循古法掏出咖啡豆，磨豆嗡嗡，接著倒入沖泡錐，端起熱開水，拉出一條曲線，咖啡香氣煙圈般散發，伊拿了一杯給我，自己啜了口，咂咂嘴，不錯喔。說起來，還是阿公這輩人比較會享受生活的緩慢，在伊來跟我住之前，我喝咖啡從來不這樣泡，都嘛直接將豆子丟進列印機，哪有這款好整以暇。阿公愛說，飲這杯咖啡也是飲伊的工夫跟手感，跟機器弄出來的絕對不同。我歹勢說，味道差不多嗝。咖啡飲不到一半，阿公常有的感嘆此時發作了。

伊說，從前上學就是要到一個固定的學校，從早到晚，大家聚在一起上課，下課休息十分鐘，中午吃營養午餐，晚餐就跟幾個同學去補習班。伊難以想像我們三五人一組，每隔一段時間跟老師碰面，談妥指定作業，各組自行運作，再約定時間共同發表。伊提到補習班是又討厭又快樂，我說那就像《玫瑰玫瑰我愛你》寫的一群性工作者頭家要找人訓練美姿美儀跟講英語？伊覺得有點像又不太像。我們聊到作業。

「孫仔，你這作業不是要寫王禎和的報告，那到底欲做啥？我怎都霧煞煞看嘸。」

「簡單講，是做伊的報告沒錯。只是我得編寫伊五十年的人生，瞭解伊怎樣寫出那些作品，又怎樣融合到生命。重點要呈現伊的精氣神。」

「安怎寫？」

「我若知就好。」換我嘆了口氣。咖啡略涼，我仰頭飲盡。

這種毫無頭緒的時候，我就去走迷宮。諾克提思迷宮充滿石英和鐵的沙丘，這顆星球只有地球的一半大，卻盡是這類壯麗的景象。我穿上防輻射防塵的厚重防護裝，背上氣筒，試著在空無一物的沙子間，思考王禎和。伊料想不到，也不可能想像能見識到我眼前的巨大荒漠，比他夢過的所有沙漠還要壯闊。而此時氣溫是攝氏負六十六度，我知影眼前天空的左半邊下方一顆小小的白點就是伊曾居住過的地球。外出的太空裝總是這樣貼心地把地球標注出來，老是要提醒「地球在這裡喔」，我真是厭煩了。恁爸一世人都不想到那裡，電腦卻不停要跳出來滴滴滴。我踢著沙，踱來踱去，時而跑跳，時而從沙丘滑下，拉出兩條長長的痕跡。這裡很靜謐，因為像我這樣沒事往基地外跑的白癡不多。但若要清靜且凝視那些膿皰般的星星，迷宮是好去處，待久了會產生很想伸手擠爆天頂那些痘子的幻覺，收訊容易被沙塵干擾，就連人翹掉都沒那麼好找。

可以說我們這顆星球滿是傷痕。大大小小的撞擊坑、火山、峽谷，被風沙切割得坑坑巴巴，到處有沙塵蝕刻地表。我們這些移民後代也是。怪不了別人，誰叫我們的祖先、父母這麼有拓荒精神，不遠億萬里也要奔來這麼不方便的所在蛇。不排除少數人真的喜歡冒險，可我想大多數人離開家鄉都是不得已，若不是混不下去，不然就是被騙。我爸媽他們是勞工階級，長年跑船送貨，大半生命都在來回的航程中損耗掉，連飲一杯阿公的手沖咖啡都做不到。我知有人會問，科技這麼發達，有冬眠系統可以上網啊；要不也有機器人可以代為駕駛啊，幹嘛還用人工。他們會說，上網、機器人多貴啊浪費錢啊，勤儉得要命。不過他們也不是笨蛋，知道人工運輸再賺也沒幾年光景，接下來都要改成全自動系統，他們最多再跑幾趟也得退休了。最好笑的是他們說，可以到地球看落雨啊，這比什麼都值得。

整座太陽系，只有地球會落雨。所以人類也想把這裡改造成會下雨的星球。雨意味著大氣層變厚，成分變動，讓二氧化碳比例下降，這地方的氣溫就不會那麼極端。也種植物，透過它們慢慢轉化氣候。也變造生物基因，製出一堆推動改造進程的微生物、細菌啥碗糕。看得見跟看不見的物件要變造整個星球的體質。那將是數百年、上千年的事。偶爾我會想到，是否人類本來就不該在這顆紅球生存，也不該做任何地球化的計畫。這不是人該來的地方。我眼前這一大片望不盡的沙丘，並不是要給任何人觀賞的，它本來就在，也該一直一直在。

有一說法是，火星地球化太耗時間了，不如從人身上改變起。把人改裝得更適應地球之外的環境條件，只要掌握得當，一、兩代人之間就可以看到立即的效果。像我阿公一百五十七歲，伊說從沒想過可以活這麼久長，活著只是活著，沒想已經這麼多歲了。伊沒受過特殊醫護，自然保養維持著身軀的機能，一些關節部位更換過，外皮也電光整頓過，但伊從來不想活得那麼長。伊說少年時想著人吃到老，身軀不好使，什麼都得靠人，不如趁將老的五十歲就去安樂死，還可省資源。結果一百零七年過去，還活著。不過伊決定來這裡時，也決定留下了。

我問伊為啥後來改變想法不去死。伊說，還不是為了你那無緣的阿媽。

「阿媽不是四十幾就過身囉？」

「過身歸過身，只是要換具軀體，伊的腦還可以參我交流呀。」

「那後來怎麼了？」

「恁阿媽是自然派的，不歡喜翹去還剖出大腦用機器維生，只為了給啥咪不識的家族後輩說一些沒營養的廢話。伊要我一旦翹了，好好將伊燒成骨灰。伊不是啥重要人士，沒必要留著腦每個月繳貴參參的維生管理費，趕緊處理就好，該當怎樣就怎樣。結果我沒聽伊吩咐，租了維生機，伊氣得腦筋打結，拒絕再活，還說『你自己整天喊著五十欲安樂死，怎不讓我死得好適些！』。

我只好應允伊。後來幾年我獨自度日，一天過一天，沒啥意思，也曾參別人約會交往，五十歲生日前夕，我雄雄想起恁阿媽少年時有冷凍卵子，就這樣決定生落恁老爸。」

我知我爸從沒見過他媽，但原來是阿公排遣無聊才生的，實在有影欸。

「恁老爸生在單親家庭，小時很乖很識代誌，大漢了就只想往外跑，一點也不想待厝內。我常常想，要是跟恁阿媽作伙養育伊，會是怎樣。想到恁阿媽的核心觀念就是自然上好，我就攏隨在伊。」

這樣說來，我爸是以紀念品的身分出世在這人間，一生攏是伊父母的紀念品，一人一半，感情不散。

「恁老爸愈長愈大，我就愈來愈貪心，想看伊成人、結婚、生子。結果伊拖到五、六十才結婚，快破百才生子，還跑去火星工作，害我到現在才能來陪你。」

阿公不只常跟我重複這些感想，小賀在店裡都不知聽伊講過幾擺了。小賀常勸阿公，兒孫自有兒孫福，多操煩也沒啥路用。小賀愈說，阿公就愈在阿魯吧飲啤酒飲得洶湧，一晚跑好多次便所，簡直是專程去旋尿的。小美也來的那回，阿公一見就笑嘻嘻，推了我肩膀，七仔呴，別閉思啦。阿公這種時候最惱人，啥咪時代，還在分男朋友女朋友。我說這同學啦，別黑白湊對。阿公繼續笑他的，飲他的臺啤，老不正經的表情。平常不覺得伊身上花枝招展的夏威夷衫有什麼，此時看來真是有夠討厭，真想撕爛。

擅長嚴肅議題的小美，一開口就讓阿公呆了，講的是火星礦產跟地球的經濟消長問題。地球從二十世紀開始消耗過量的金屬資源，隨著科技推進更是變本加厲，這就是為什麼人類不遠億萬里也要開發火星的重大原因。我爸媽那一輩就是最早幾批進駐開拓基地的工作者，一票太空梭在火星跟附近的小行星群竄東走西，就是為了開採恁娘卡好的鎳金鉑銠鈷之類的稀有金屬，運回地球或火星的工廠生產一些我們根本用不著的玩具。

「伯公，你覺得甘有合理？咱生在紅球的人是一世人沒法度在地球生活，卻要把大部分的資源運返地球讓伊們像了尾仔囝浪費，甘嘸討債？咱分得一絲絲細碎，活在處處受限的所在，為伊們犧牲，到底為啥？」

小美說這些必然會讓場子冷掉，我看阿公只是小口小口飲啤酒，若有所思；小賀忙著服務其他幾桌熟客；背景不識相響起之前聊到的葉啟田又一名曲〈故鄉〉：「有幾間厝，用磚仔聳，看起來普通普通……」沒人搭理小美，沉默得只有葉啟田歡快的歌聲緬懷那遠得無法想像的故鄉。阿公尿尿回座，想起什麼似的問起我們的作業。

「啥，原來你亦做臺灣作家，恁老師卡好，伊應該是故意設計的。」

「安怎講？」

「很簡單，伊就是暗示你們去思考地球和火星的關係。古早古早時代，在我細漢時，臺灣的處境若火星，面對大很多倍的中國大陸就若地球。恁老師有在想喔，不錯喔。」

我跟小美對望一眼。阿公自顧自說著：「想看覓，要讀通一個作家的作品內涵不是簡單代誌。讀過作家全部作品是最基本的，想要從作品瞭解作家本身、作家活過的時代，可不簡單。」伊接著去櫃檯跟小賀喇滴賽，等阿魯吧特製的古早味蛋餅煎好。我第一次見到小賀煎蛋餅的過程，雖然是平凡無奇的熱鍋、滴油、煎餅皮、打蛋，在這地方就是稀罕，跟阿公堅持磨豆、手沖咖啡一樣費事，要不麵粉和蛋丟進列印機多省事。

小美問我有沒讀過阿公的著作，我搖搖頭，伊疑惑怎麼不會想讀讀看。有時就是這樣，離你愈近就愈視而不見，當空氣那樣隨便都好。阿公算是業餘寫爽的，伊少年時拿過幾個文學獎，自印過一本小說集，沒正式出版，只是私下送親朋好友作紀念。那當然沒轉換格式，只能像我讀王禎和的書那樣原始地讀（不過王禎和至少還有幾篇改成電子冊，品質不大好，不如讀原書就好），我沒耐性認真細細慢慢讀，就是翻翻看看而已。阿公有篇短短的小說，大意是某大作家翹去，結果意外附身在個少女身上，還記得死前正在寫的內容，就以那小說投稿，文學界都被嚇到，怎麼有人寫得那麼像逝去的大作家，主題、文筆、遣詞用字都宛如再世。少女接到編輯的電話，再三跟她確認是否是自己寫的，寄居在少女身上的作家靈魂快樂得不得了，想著可以繼續寫下去啦，還有很多很多可以寫的故事似的。但最後刊登出來的作者姓名還是掛著死掉的自己，他想不通為什麼。結束。小說沒好好收尾，就像辦桌到煮菜煮一半就落跑的掌庖師，不知在創啥。我認識作者本人啊，我猶原不知曉伊寫這篇是為啥，又為啥寫得那麼爛。要我說給小美聽實在有點見笑。

「恁阿公說的有點道理，你看，我抽到朱宥勳，也是二十一世紀初的臺灣作家，我看他的小說，好多都看不懂。不過有一點跟你那個王禎和一樣，都住過臺灣的花蓮。」阿公端著蛋餅回座，邊吃邊說伊小時候還買過朱宥勳的書喔，一副他們很熟的口氣。小美順口提到她上作家資料庫查訪，朱宥勳都不太想理她，覺得那些問題沒什麼水準。阿公說從前常看朱宥勳在網路上戰一些白目仔，大快人心呢。真的不要沒準備亂問喔，他沒在客氣的。不過你要是稍微認真想過要問什麼，他就會好好回答。

回家時，我不斷想著地球與火星的關係。在阿公小時候，火星還是非常遙遠的地方，沒人想過有一日可能在這邊過活。再往前，連阿公也未出世，有些科學家、小說家和拍電影的，都想像那顆紅通通的星球上住著火星人。從此時往回看，會想說，以前人真可愛呀，其實火星哪有什麼人，連地球定義的生物都莫有，等到開發的人類來了，在這裡成家立業生囝仔，我們就成了火星人。阿公那輩人對火星不怎麼瞭解，卻有不少偏見。好像跟伊們意見不同，就反射那樣回話：「你火星人啊？！」、「你快點回火星吧，地球是很危險滴！」問題是，伊們也不看看自己踩在什麼所在說話，我們就是火星人，沒在稀罕地球啦。偏偏老師發派的作業是要研究臺灣作家個案。我當時跟老師小小抗議過，應該要先瞭解本地個案，再去瞭解地球的啊。老師回：「你告訴我，現在火星有什麼作家？」好吧，我只能乖乖接受，但抽到個資料庫查訪不到的王禎和，到底是運氣太好還是衰到有剩呢？

阿公問我讀完王禎和的全部小說沒，我說勉強掃過一遍了。伊要我說心得，我說不太上來，隨口說有點趣味啦。問我最喜歡哪篇，嗯，應該是《玫瑰玫瑰我愛你》。伊眉笑眼開，說我眼光好，這其中有個很重要很重要的重點。我一時六神無主，嗯嗯啊啊，伊說，在越南打仗的美軍要放假去花蓮開查某，整本小說就是寫在地性工作者的頭家怎樣安排、迎接即將到來的美國大兵，詼諧又嘲諷地展示殖民地人民的處境和心態啊。我唯唯諾諾，伊念我說攏沒認真讀，意涵這麼明顯怎麼沒讀出來。

「稍動這裡一下，」阿公手指太陽穴，「這裡要動一動，跟你住在火星有沒有很像？」

我眼前浮起空港一帶的紅燈區，世間歷史最悠長的性產業。「可是會去港邊消費的都是礦工、貨運人員這類的，跟美軍狀況好像不太同款？」

「再想一下，」阿公再指腦門，「那些人也是放假去開查某、開查埔。為啥火星會有這些人？誰請他們來這裡工作？」

「大部分攏是地球的開發商。」

「這就對了。」

伊要我接著想，加上小美上次說的，這些開採的礦藏、金屬資源大多流到地球，而這個經濟圈的形成，自然要壓榨新開發的地方，就跟古時候的大帝國四界壓榨殖民地沒啥不同。伊說王禎和大都寫得很笑詼，不要被表象蒙蔽了，要讀進去，把握住作者真正的用心。我只感覺作者似乎滿討厭美國的，小說裡面會說英語的人也都很討厭。

「你有沒注意到，伊小說很常寫到孤兒寡母的情景？在伊二十篇小說內，好幾篇都有個開雜貨店、幫人縫補衣衫的母親自己撫養兒子。後來這兒子很上進，讀大學、去美國等等。你猜跟作者有什麼關係？」

「是作者自己的經歷？」

「這樣讀就壞了。咱可以推測伊可能有類似成長經驗，不過不能說就是伊本人。其實那也不是重點。主要是伊將那樣的情境寫得很逼真，讓讀的人有法想像那個世界，跟那些角色情感互通。」

但我真有點難進入那些情境，那些很久以前的花蓮街市、場景和人物話語口吻，已跟我隔了好漫長的時空距離。我得很忍耐地讀，慢慢把這些文字吞下肚，看能否轉化成一些畫面。光是要讀全文字的冊就夠難，還得克服想像的差距。

「譬如講，王禎和曾在航空公司做事，《美人圖》這部小說就是寫航空公司內部職員的故事。伊受訪時說，『美人』有兩個意思，一是指這些嚮往去美國生活又自認高等的人，一是反諷這些『美人』的醜陋。我再補充一點：小說的時間點抓在一九七九年美國跟中華民國在臺灣斷交，轉而與中國建交，你有沒想到啥咪？」

我搖頭。我對那段歷史真的不瞭解，請阿公稍稍解釋。

「不是有人宣稱月球、火星攏是地球的一部分？這親像彼當時中共一直說臺灣是不可分割的一部分，但問題是這兩塊根本沒連在一起，中間還隔著臺灣海峽。就算月球、火星都是被小行星、彗星撞擊分裂出去什麼碗糕的好了，這兩顆還是離地球有點遠，可是地球人一直覺得攏是咱的。月球獨立？免談！火星獨立？免談！《美人圖》最荒謬的段落就是航空公司副總要職員簽請願抗議信寄給美國總統，請人家保證、保障、保護臺灣的和平、繁榮與安全。所以才有人反對說『這不是把臺灣當成了美國的殖民地嗎？』。這是我出生前的代誌了，可是我讀了這部小說才有深刻體會——我人生的前半段，這些問題仍未解決，臺灣卡在中國跟美國之間，就是被弄好玩的。」

「阿公你很前衛呢，居然覺得月球跟火星會想獨立。」

「恁祖公多活你一百五十幾年不是活假的。我跟你說，你算這邊土生土長第一代，說不定到第三代，這種想法就很普遍了。你到時就知影。」

不用伊說，我早有類似的模糊想法，原來以前的小說可以給人這些啟示。

「你知我最喜歡這本小說哪個段落？」

我怎麼可能知道。

阿公賊笑：「你看，這裡，」伊翻到那幾頁，大意是總經理開朝會，英語中文夾雜說些自己爽的訓話，大罵著「你們中國人」如何如何，但伊自己就是個假洋鬼子真華人。最後還放錄音帶逼大家學唱美國國歌，主角小林心裡正煩惱著別的事，等到歌聲結束時大嘆：「哦！老天！那個黑女人終於把美國國歌唱完了，唱完了！幹！美國國歌！」阿公好開心地重複著「幹！美國國歌！」直如伊是小林似的。

好了，我也許該稍作整理。王禎和（1940-1990），臺灣花蓮人，臺大外文系畢業。曾在航空公司做事，後來在臺灣電視公司任職。以充滿笑謔的小說聞名，也寫了好些劇本與超過兩百萬字的影評，出過電視工作者訪談集，翻譯過電影明星英格麗・褒曼的傳記。右耳聽不見，罹患過癌症，死於心臟衰竭。我開始想像，若是王禎和生在此時此地，伊會怎樣觀察、分析，又將會寫出什麼樣的作品？伊的第一篇小說〈鬼・北風・人〉完全不像新手，寫艱苦人互相折磨的困境，相當貼切。如果我是伊，那麼我首先會看到什麼？——無需想多久，第一個跳出來的畫面就是我阿公。這個號稱五十歲就要安樂死的老歲仔，死某卻還生囝仔，活到現在還跑來火星陪孫子。伊令我想到王禎和未完成的小說《兩地相思》那個罹癌的孤單老人，牽手早過身了，養子一家都在美國，就在花蓮跟沒血緣關係的晚輩住一起。但老人不管怎樣都奮力求活，即使被騙買昂貴的無用偏方，嘗試電療、化療和標靶治療投藥，就是想拚命活下去。

我不知那種想一直活下去的人是什麼想法，要租維生機給大腦用，要換身軀，麻煩得很又花錢。像我那無緣得見的阿媽翹去一了百了倒是省事。要是生命看不見盡頭，實在有點恐怖。阿公老了還有火星可以來，當我活到那麼多歲是能去哪？這些事想得都快打結，不如來練習寫小說吧。時空設定在二十一世紀初的臺灣，主角就是我那年輕時代的阿公。開場要寫：彼日，終於落下一場雨……

總之，我得開始做第一篇作業了。

遲到的青年

一

在報上看到邱君過世的消息，他才意識到自己經歷的年代徹底結束了。接下來就是他了吧。年歲這種事，平素罕有注意，往往是由旁人提醒。他初察覺自己的老去，是在某回搭乘公共汽車時，司機強硬叱他坐下，但他卻感到打算稍微站一會的自由被剝奪了，正要回話，司機又說，車子太晃老人家站著危險呀，他那口氣反而回堵胸間，說不出話來，跟著坐了下來。那之後，彷彿他臉上寫著歲數似的，在任何大眾運輸工具上，總有人善意讓位，邀他坐下。他一向不怎麼在意年紀，硬頸地我行我素，畢竟是二十歲開始就沒想過能活多久的一條爛命。命運就這樣開他玩笑一輩子，讓他莫名其妙活得長壽，像是漫長的懲罰。

世人皆視邱君為一財神爺似的賺錢神仙，大概少有人知道他原是致力於寫作的文藝青年。邱君大他四歲，同樣出身府城，由於喜好文藝，不知不覺間他將邱君視為自己的另一種版本。例如在他十五歲時讀到當年十五歲的邱君所作的浪漫詩句，描述的正是他熟悉的家鄉景象，廢港附近的舊炮臺，剝落的磚瓦，不流的水溝，汙濁的運河，祭壇線香的火光，怒漲的六月鳳凰木。偶然從滿室藏書的堂兄處借來文藝雜誌，他翻了又翻，少年心緒如引線靜靜燃著，午後的米街像被一雙張開的羽翼覆蓋著，隱沒在遙遠的浪濤聲。一瞬之間，他的意念迅即歸返，仍在微暗的屋厝，紙頁不動。此刻他想起那個年少的自己，初初領略著模糊朦朧的靈光。他當然還未能清晰察覺，這曲折的美感乃是由一種非原生於此地的語言所陳述、捕捉而顯影的陌異。他覺得熟悉，同時也感到距離，因為這樣的情感又似乎無法以家內的日常語言描述。

少年的他對此懷著疑惑：正是那血統純正且操著統治者語言的小孩舉起了拳頭、擡起了腿，連著所有他熟悉的單字片語，狠狠打斷了他的肋骨。儘管瘦弱，他總覺得不至於那樣容易傷到如此程度。彷彿他出現在那中學校對所有內地人學生就是羞辱，導致他們見到他像看到一塊亟待刷洗的汙垢，拚命清洗他。從那次事件後，他切身體會了所謂姓名、尊嚴、榮光或高貴，其實是不堪一擊的紙門，吐幾泡口水，輕輕一戳就破了。只有一個姓名的內地人，不可能理解擁有兩個姓名的本島人。他樂得一整年不用上學，鎮日看著從父親書房、堂兄處借來的新近文藝雜誌、叢書，在同齡人上學、下田或放牛的時候，他一縷幽魂似的在家宅、街上晃盪，悠哉於字裡行間。

戰爭時期的緊縮氣氛，多少讓他不動聲色的竊喜著，卻又伴隨著矛盾。本島人就是本島人，一如內地人再怎麼好也就是內地人，即使穿著同一套制服，散發的氣味、調子就是不同，彼此總能清楚聞出界線來。戰爭平等地威脅著本島人與內地人，儘管入伍分配的角色、階級有別，炮彈降臨，同樣只有死傷的結局。本島人流出的血色並無不同，內地人的自負、高雅、睥睨在爆炸之時，也會化為粉塵。戰爭持續得愈久，徵召的兵員愈年幼，一條條年輕的性命，像一排排射出的子彈，總有玉碎彈盡時分。或許就快要輪到他了。

那段時期的天空常是暗沉低垂的充滿轟然噪音，接著混雜更多層次的交響音頻，在這漫天價響的惡聲下，他那舊時代的母親走著放大的小腳，頂著患病的身軀，領導父親不在的整戶人口疏開到學甲庄友人處避居。他的醫師姊夫仍日日在轟炸陰影下，騎著鐵馬來回市內、外庄，為他母親施打藥劑。在那偏遠的開闊鄉間，他的世界縮得極小，擡頭望見的白雲藍天恍如調換了顏色，只有空襲警報大作，才恢復本色。戰爭顛倒了時間和知覺，逆反了光與影，欠缺成為最充滿的感受，生命可以在一次爆炸中全程快轉。因而真到了親耳聽見天皇的玉音放送，他反倒覺得不真實，平板枯燥的聲調竟是神祇般的天皇之聲。戰爭是結束了，仍有一股細微的哀愁不斷延長著，那是他母親的呻吟。戰後不過幾個月，母親就走了。

他沒有再回到中學，憑著自修考取臺北的大學外文系，寄居在二姊家。有一搭沒一搭的出席課室，自顧自讀著感興趣的書，聽著廣播學習陌異音調的新國語，試著寫作。戰時遠行的父親自中國大陸歸來，沒多久即辭世，從此他無父無母，同時做為家譜分支尾端的自己，是否及身而絕亦未可知——像是隱喻一般，私菸查緝引起的大動亂宛如島上蓄積爆發的痼疾，本該隨著軍隊血腥與恐怖的清洗而壓抑稍定，轉化作一劑濃烈的病菌在他體內迸發。

那天他走在肅穆死寂的馬路，雙膝一軟，迅猛地咯出一口血。意識還算清楚，不致昏厥，但手中的信因那麼一咳，在掌中皺了。他吐掉口中甜甜鹹鹹的血沫，嘴裡黏膩不清，唾液分泌，呼吸不暢，胸痛。不久前逝去的父母身影，伴著痛楚浮現，他想到戰時目睹的炸彈火花，橫飛的碎肢殘體，毫無意義的死。

那初入大學一年升起的文藝之火，之所以有愈燒愈旺之勢，多少是被那部長篇小說《漂浪的小羊》刺激之故。他從報端得知該書作者竟只是十四歲少女，而能以如此嫻熟日文寫作，刻劃出戰時棲居日本的臺灣人處境。書中描述少女小羊被日本小孩歧視支那人、清國奴幾乎是殖民地臺灣人共有的經驗，然而小羊一家始終憧憬著祖國大陸、深信正義必勝的心情也寫出許多臺灣人的渴盼。更巧的是，少女一家就住在古亭町，他二姊家隔壁。二姊歲數大他不少，卻不怎麼管他。剛到臺北那陣子，他時常逛著路上地攤，瀏覽戰後即將歸遣的日本人家私百貨，其中一位斯文的中年先生擺出的是滿滿文藝本，一套套的世界文學全集和名家著作把他的文藝熱燒得熾烈，他著了魔全包了。甚至跟著中年先生回家看其餘庫存，就這樣拉曳著裝滿千多本書的臺車，拉回二姊家。二姊不僅沒說他一句，爽快付清款項，另外包了路費給中年先生一家，祝福他們歸程順利。

在大學任教的姊夫傍晚回到家，見他整理著一疊疊書，連飯也不吃，就蹲在一邊掃視起書脊，像在尋找，又像在檢查，周圍這些書與自己的藏書有哪些異同。二姊家熱鬧，食指浩繁，顧不得這兩個男人光看書不吃飯，也讓小孩們先吃了。他邊整書，邊聽著姊夫隨手抽出一本書翻開某頁段落，喃喃讀著，偶爾說幾段評語。十九歲的他在這樣的家裡，想像著隔壁的十四歲少女和曖昧的文學寫作。有時這兩者合而為一，文學就像纖細柔弱的少女，正在發育、抽長，等他發掘隱晦的美。

然而他卻咯血了。一切的幻夢都將消散在濃重的汙血。他立即感受到的是既然會看不到明天的太陽，他得趕快寫下些什麼，以留下一點生而為人的證據。祖國來的政府命令不准使用日語日文，然而重新學習國語又耗力費時，他只得繼續操著習慣的語言，刻鑿出那些如露如電的意念。學校不去了，辭別二姊一家，返回南方家園休養。他的軀體像不斷漏出沙子的時計，逼他賽跑似的寫著，同時有另個較為暗沉的自己，感嘆著肉身終有銷燬的一天，地球也會消失，為什麼自己還要拚命留下作品。這兩股相反的力拉扯著他，有些他自學法語時讀到的詞「oxymoron」的意味。他於是寫下了第一篇小說，以排遣那些龐雜、混沌而又無法裝填到詩行中的種種感觸。

待他再回臺北，原先住在二姊家隔壁的少女一家已不知去向。他獨自在空蕩蕩的棄屋踟躕，找到些許遺留的筆記簿、便條紙，藉此懷想著少女的身形、語音，在虛空中編織交談。養病的時間拉得愈來愈長也愈扁平，他養了兔子，讀滿室雜書，聽著收音機，體力允許就出門在附近走走，有時走到河濱，眺望河景。他過著不為人知的生活，以不被允許的語言寫著沒有可能發表的作品，像是以白色顏料在白紙上作畫。其間，他也考慮過是否該住到松山療養院，以免增添家人煩擾。可他到療養院參訪過一回，見識到那些病容枯槁的病人，又覺得整天坐困院內，病是更不可能好轉的。加以他自覺生性孤僻，大約難過團體生活，作罷。二姊安排邊間給他，不僅盡心盡力為他打理生活所需，還約束家中大小務必盡可能安靜，以免擾亂他的休養。

許多個日子壓縮成一日，沐浴著一樣的天光，從房間望著庭院的花草一點一點抽長。自禁絕使用日語文以來，他在病中反倒常想著，語言究竟是什麼？就藝術創作來看，無需語言的音樂和繪畫，絲毫不受語言的影響，唯獨以言語文字為媒介的文學被牢牢框限。語言是與其他人溝通的工具，既是有工具性質的實效，那麼就該以便利為上。日本人以五十年盡力刮除中國舊慣、統一使用日語文，使得原先難以交流的閩、客人乃至番人得以相互理解。戰後不過一年就明令禁絕日語文，而國語尚不能普及，導致本省人日常多受限制，像是又回到日本殖民政府禁絕本地方言。那麼語言是中性的嗎？那自小被訓練成以日本語說話、思索的腦子，自然有著時勢使然的逼迫感，尤其對著血統、語言皆正統的日本人，說著日語、寫著日文，不免有著矮人一截的心虛。總有個操著閩南語的弱小自己，變成背景音似的在日語無法填滿的縫隙低低迴響著。然而爆炸、崩毀、狗吠、鳥鳴絲毫不受國界地域限制，那充斥著空間的最強音轉換成北方的國語，植入島嶼人的喉嚨與舌尖，他跟所有人一樣學習著發音、識別更複雜的漢字，練習語順和句法。於是他的語言地質又多了一層，稀薄的國語土底下是濃厚的日語土，再底下是液化的閩南語土。養病的時光令他覺得自己是一株植物，只能祕密地伸出根莖，盡可能握住土壤的營養。

病情穩定那一陣子，正逢短暫存在過一年的恢復日文報刊，他將隨手塗寫的手稿稍作剪裁整理，竟順利刊登。然而這份短命的刊物原只是政府偶發的清醒，再次遭禁後，他就遁入一種與語言之間最純粹的連結，寫給唯一的讀者：自己。

他也與投稿過的報紙編輯、同樣在報上露面過的作者通信切磋，述說一些難以用國語抒發的情思。他們七、八個人互相分享創作心得，輪流轉寄、傳閱批評作品，不及一年，信也漸漸少了。

這多少是可預期的，要不有人生上的事要忙，要不有別的志趣要投入，最簡便的往往也最容易拋開，不寫作就只是把筆放下，不思考就只是隨著俗世浮沉，一如放鬆全身不以任何什麼式泅水，讓諸多事端淹沒，只留一口氣，並且感激著自己有呼吸的自由。

他總之是徹底放棄了那以世人眼光衡量的生活。說也奇怪，明明準備著死，將自己整理到可以交付給死神的鐮刀之時，生命不聲不響地茁壯起來。意識到這些時，他竟結了婚、生了兩個孩子，在陽明山上找了塊山坡地，打算以農夫的身分重新建立生活。他憑著啟蒙自我的心志，自修務農，發明對待自然的方法。面對有限的農地，他認為上層應種植落葉性喬木果樹，其下種半陰性植物，再下則是耐陰性作物，地上種高麗菜和蘿蔔這類十字花科植物，使之形成一個小型作物層級生態架構。果樹且選擇寒溫帶苗種，如板栗、核桃，如此一來，即使生長在亞熱帶的臺灣山上也能有固定收穫。果園雛形粗具，他轉而在屋旁開闢豬圈養豬，從書上看來的綠藻養殖可做豬的飼料，而豬的排泄物又可做植栽肥料，這一小小的生態系就此大功告成了。他心下得意，以往農夫之所以傷神勞形，就是不懂得應用新知，無能推進農業的發展。

結果盡皆失敗收場。先是養豬比想像的麻煩許多。原訂做飼料的綠藻比一般豆渣飼料費工費時，採集綠藻用的明礬成本竟與直接買豆渣差不多。本來養四條豬因食量過大，只得一條條賣出，飼養花費和所得幾乎相當，白工一場。果樹什麼的全不如預期，只有前任屋主留下的柑橘如常結果。慘敗之餘，除了自嘲，也只能硬撐，免得被家裡的女人冷言冷語。他又躲入文藝的世界，操使殖民時代賦予的語言，在紙面雕繪著現實的挫折。唯有寫作的時候，他才感覺到熟悉，那原不該駕駛的語言，重又散發著節奏和速度，比起日益包圍進逼他的國語，更讓他舒適自在。他是他自身王國裡的異邦人，透過彎曲的路徑抵達藝術的城堡。

那時偶然聽聞數年前邱君在日本獲獎的消息，他就從總是很有辦法的堂兄處借來那幾冊刊有得獎作品的文藝雜誌。結果堂兄連同刊出邱君先前入選文學賞候補作的幾冊雜誌也一併送來了。閱讀過程中，他的內心蠢蠢騷動，宛如親歷，不，是再次以不同視角經驗了終戰前後的時光。以他素來不關心時局的態度，有些想不起那時的記憶了。推算起來，二二八當日民眾聚集示威的時候，他應該是在城南的住處慵懶聽著廣播，翻翻手上的雜誌，老師多是些操著濃重方言腔國語的外省人，課也不大想去上，只想躺在榻榻米，打個盹再醒來，天色微陰。那天傍晚姊夫回到家說起這件大事，他才感到恐懼。廣播傳來的宣告，令恐懼找到了形體，第一次在他心裡蔓長。二姊囑咐所有人盡量別出家門，二姊夫偶有外出到學校，帶回的都是紛亂的消息。一個多星期過去，他悶得外出轉轉，街上的狗甚至比人要多，許多店家、菜市場皆閉門休業，路過亭仔腳時有種剩菜殘羹的腐爛氣味淡淡飄著。他在古亭町一帶亂走，好似半座臺北成了空城，主幹道有軍警巡邏。走了好一陣，他發覺一路上不尋常的靜寂，聲音都被沒收，像是身體被縮小，以致感到都市的空曠加倍膨脹。

邱君的兩篇小說寫及二二八事件的段落簡略，反倒大半敘述著主人翁在戰時東京求學、遭特高監視、逃避志願兵徵召，乃至疏散到鄉間躲開戰禍，在在使他聯想到出自鄰家少女手筆的《漂浪的小羊》——在同樣的時間切面，邱君與小羊祈願著日本戰敗，並期待著回到臺灣，卻都在事件過後遠離家園。巨大的期待，繼之以劇烈的幻滅。邱君終究在日本以文藝立足，小羊一家則不知去向。他想起當年事件後，因肺病返回府城休養，聽聞地方名士湯德章遭國民政府槍決，著手寫下以湯氏為藍本的短篇小說。他早已斷了發表之心，這些年來的寫作，只是逼使自己深入、細緻思考一些事的手段。也不能說沒有存著如邱君在日本發表的可能選項，但數次試過參加日本文藝雜誌的新人賞，均無下文，自然放棄了那條路。他放下那幾冊文藝雜誌，翻出手邊積存的稿件，逐一檢視，以讀著邱君小說的細心審讀著自己的小說。他突然思及，關於語言的時效期限。

戰前已有不少臺灣作者能以日文作品與日本人一較長短。先是楊逵，後有呂赫若、龍瑛宗，乃至王昶雄、陳火泉等。但這些前輩所寫的全是殖民地臺灣。以日文述說彼時的景況，正如日本人以其語言殖民著臺灣，眾多的字詞、語音、文法，如稠密的毛細管輸送，從思維內部影響著人們最深層的習性、情感和思想趨向。有許多內涵是不可譯的，也不能譯。眾人奮力學習著ㄅㄆㄇㄈ之時，他恰因重病放棄從頭學習一門新語言，逕自以原就上手的日文寫作，可時代畢竟是轉換了。他居住在臺北的山間，平日可以閩南語應付，下山入城就非得操用拙劣怪腔的國語，生活是難有日語文的痕跡。這樣的世界，還能以日本語描述嗎？一方面是政府明令禁止，作品失去發表空間；一方面則是作者仍在轉換語言的半途，尚不能達到以中文寫作的程度。於是本省籍作者陷入失聲狀態，擁有語言優勢的外省作者占據著大多發表園地，刊載著懷鄉、憂國和反共的話語。對人生最初十七年活在日本時代的他來說，未遭殖民的戰後世代必然也將習得這門新國語，總會有本省作家能以優美的中文和外省作家平起平坐吧。他並不那麼擔心未來，只是想著以殖民者遺留的語言，該怎樣才能適切地刻劃出眼前的人間？連在夢中都說著日語的他，雖嘗試過臨摹抄帖以練習中文寫作，但這種拙劣的模仿相較於日文創作難上數倍，能透過中文抒發的情致更遠遠不及日文透澈。而他近來又顯反覆的肺病、慘澹的農作，時時侵擾所餘不多的時間。反正自己高興寫就寫，想到就拿出來修改，既無關發表，那就盡可能修整至最極致才罷手亦無不可——忽視了國家、忽視了讀者的自己，或許正以有史以來最自由的語言寫著。

二

時間的轉速彷若有著自由意志，自編的作品集來到第二十一卷，他已越過臺灣男性平均壽命的長度。社區大學的老學生送他一部日治時期日本作家的臺灣故事，名為《華麗島的冒險》。如今他閱讀中文早不成問題，但讀著以更為熟習的日文轉譯而來的中文，有些說不上來的微妙感。

大概八〇年代以來的三十年，以他不怎麼讀報、看電視的淡漠，都能感覺到時代正在轉變著。

好比說書店裡的臺灣文學相關著作逐漸增多。葉石濤、鍾肇政等人編選的光復前臺灣文學全集，翻譯重現了日本時代的臺籍作家作品，他素來敬佩的吳濁流、張文環、龍瑛宗皆以新的面貌再次被介紹，在中文裡重生。他也注意到以成功商人之姿歸國的邱君，甚至成立出版社，翻譯出版自己早年的短篇選集和賺錢心法之類的書。但當時他讀這些前輩作品的中文版，每每得壓抑著不耐才能終卷。一如日本的外國電影總要「吹替」（配音），這些經過「吹替」且擺上中文字幕的翻譯作品，總讓他覺得失去了在日文中的絕大韻味和抒情質地。經過翻譯的糟蹋，語言的美感意境必將大為折損，讀者能獲得的就只有乾癟的故事情節了。因此他少數自譯為中文的作品，都做了一定程度的改寫，但也不可能滿意於那種稚拙的表現，仍以日文寫作來追求最精巧的美。

他一開始不經意地翻讀著《華麗島的冒險》，卻慢慢被那譯文暗藏的歷史性吸引住。既透過外人之眼看臺灣，且抹卻了日語原有的凹凸稜角，成為平順的中文，他觸摸到自己的生命開始之前的過往。片段的現實、心境，在短小的篇幅凝結成形，他霎時回到幼時的自己，有個出門用的日本姓名，印在眼瞳錯身而過的諸種內地人，被抽取析離，增以景深與厚度。他好像更能理解這些人遠赴臺灣的心態，或是開拓或是墾闢新天地，或是逃離內地的桎梏束縛，或是自我放逐，因而熱切地想像南方島嶼，壓下人生的賭注。

終戰之後，那些他少數擁有的日本同窗好友都遣返了，沒人能告訴他更多的父祖輩的渡臺故事。大學第一年，他曾跟同學前往萬華的風化區，據說還有幾個尚未回去的賺食日本女人。光是聽聞此事就令他們感到興奮。儘管日臺通婚的禁忌已經過去，那些國仇家恨似乎還歷歷在目，讓他們想藉此得到補償發洩。他跟在一旁多少覺得彆扭，卻又忍不住好奇想看看。最終發現那只是模仿日本女人穿著浴衣打扮的臺灣女人。臺灣人在殖民歷史中學會了應對、模仿日本人，卻沒有從更寬廣的角度理解日本殖民臺灣的意圖，乃至深入掌握日本文化的核心高點反過來奪取日本的定義權。或許那時的臺灣人光是苦惱著該不該同日本人跳著相同舞步、歌唱著一樣的帝國榮光，就夠提心吊膽了吧。他想起老友孤蓬萬里的歌：

宿命か　フォルモサの民　一生に　三度の国籍更ふるもありて
（宿命乎　福爾摩沙之民一生　三次更換國籍）

独立も統一も　夢　蓬莱の民に　幸福何時なんぞ来る
（獨立或統一　都是夢　蓬萊之民　幸福何時到來）

語言終究是無用的。尤其吟誦著此地不再通行的語言，述說再多的感慨，都只能回到自己的耳朵。他引用著殖民時期的語言，賞玩古物似的琢磨著，不是現代的流行日本語，而是日本語發展史的一條異種支線。相較之下，他以為邱君是自己另一版本的分身，幾乎完全化為日本人，且是成功的日本商人，最後以日本國民身分死去。邱君之後就是他了，在他之後，最後一個親歷殖民現場的日本語寫作者，就會沉入歷史之海，徹底沉默。

他這麼想著，像是準備好縱身一躍的跳水選手，俯望高臺底下波光瀲灩的水池，泳池的清潔氣味，或將沖洗掉他身上的歷史塵埃也說不定。

——醒了，他醒了。

有他從未聽過的聲音叫喚著。他疲憊地睜開眼，腦內訊號似乎無法即時傳達到神經系統，四肢不聽使喚，整個身體有著濃稠的鈍重感。眼前是一個穿著白袍的長髮中年女子，周邊圍著四、五個學生樣貌的小人。他身長不過一六五，絕算不上高大，眼前的幾人卻比自己袖珍許多，仔細看，他們的身材比例也不像侏儒，而是整體縮小到自己的一半高度。

「你們？」

「黃桑，這些是最近在這裡短期研習的學生，」女子回答，「他們昨天才跟你談過的。」

「我們談過什麼？」

「黃桑，真的不記得？他們主要跟你聊些往事，還有關於你怎麼寫作的細節等等。」

他覺得頭痛欲裂，在這小小的房間，覺得自己像是聚光燈下的嫌疑者，等著被拷問。但面對著他們，又讓他聯想到格列弗醒來時被綁在小人國海灘上的荒謬。

「你們……」他猶豫著要不要說出口。

「請盡量放鬆，別勉強。」女子鼓勵著。

「……我只是想到從前寫過的小說。講一個專門給狗注射縮小針的狗販，廉價銷售所謂的茶杯貴賓犬，不管狗的健康死活，賺取暴利的故事。後來陰錯陽差，他的孩子誤食這類藥劑，變成迷你人……」他看了看四周的幾位學生，「所以我看到你們總覺得奇怪，好像我那小說的設定。」

「黃桑，您的故事相當有意思，也充滿想像力。但您怎麼想到這個點子？」

「起因就是在夜市看到攤子打著茶杯犬這種奇特的買賣。於是我想，若是全世界的人類體型都縮小成現在的一半，不僅活動空間可以加倍擴充，消耗的資源也會減半。光是臺灣就能住上一億人，那麼作家的書籍也能輕鬆賣出百萬本吧……莫非，你們是未來人類？」

「某種角度來看，我們的確是。」女子接著說，「但不是您所見到的這樣。您眼前的這一切都是您自己的意識顯影。為了採訪您，我們還是得借助具象化的技術，讓您有實體感。」

他不語。默默想著這一切究竟是怎麼回事。努力追想醒來前的記憶，依稀記得在偶然翻看的報紙上瞥見邱君的過世消息。像是命中注定，讓他一打開久久不看的報紙，迎面就是訃聞。接著則是翻閱社區大學的老學生送給他的日人臺灣故事選集的印象。他甚至可以輕鬆記起第一篇的篇名是「和影像對話」，也約略記得住一些篇章梗概。意識消失前，似乎恰好讀著該選集最後一篇〈消失的房子〉，邊讀邊猜想著小說提到戰後萬華的那幢房子，究竟作者是怎麼使出障眼法，從打算租賃的日本人的眼中抹消。他沒印象自己有無讀完那篇小說。但眼前的迷你人和這沒見到任何出入口的密閉房間，逼他思索著，一定哪裡有破綻，只是被某種障眼法欺騙了眼睛。事情應該比他設想的要單純。所有的詭計都隱含著極其簡單的心。他操使著不靈活的身體，起身在室內逡巡，觀察著眼前的白袍女子和五個學生。一一掃視臉孔，沒有一絲特徵令他想起誰，四周確實都是密封接合閃著珍珠白色光滑材質的牆壁。他摸索不到任何出入口的接縫。女子貌似無奈地搖搖頭，學生則面無表情看著他的一舉一動。

頭腦內側的疼痛始終沒有消除，一口氣有各時期的記憶同時被喚醒似的，快要脹爆他的頭顱。他廢然停止動作，坐回原先的座椅。

「您喝口熱茶吧，這陣子大概會很常頭痛。」女子端上深褐色茶杯。不知從何時開始他們之間多了一張長桌，擺著一支茶壺，每個人也都坐在椅子上，靠著桌子喝茶。

燈暗。他隨即陷入全然的漆黑閴靜。

浮上意識最表層的，是某日前往中學校的途中，曾被盛開的黃金凌霄花吸引住目光。他徘徊在樹下，撫摸枝幹，拾起柔軟金黃的花架，放在掌中端詳，接著搓揉花瓣讓腥味汁液布滿指間。早晨的陽光還不熾烈，他就這麼把玩著花瓣，暫時忘卻那幾個盯上他的內地孩子，慢慢走著。距離校門口剩下一個路口時，那幾個孩子擋住了他。

要說被毆打的當下有多麼痛苦也不至於，他只是不干己事般想著，哎呀，這下子要遲到了。

那天他沒有抵達學校，而是去了病院。腹側隱隱作痛，尿出的血嚇壞了傭人。

他飄浮在所有記憶的上空，遠遠看著各種時候的自己。人還是別太常看到從事各項事務的自己比較好。比如自己說要養豬的認真表情看上去多麼愚蠢，唉聲嘆氣抱怨著果樹收成低落的神態更是可笑。

那些記得和不記得的手稿字句，洶湧奔來，淹沒他整個人的思緒。如果藉著寫作好好地將自己知道與不知道的部分都挖掘出來了，這些在肉身壞毀之後，還能存在嗎？既然只為自己而寫，寫的行進亦即完成，作品尚可雕琢，意義則早一步成就了。

他再次醒來，眼前是一穿著一女中學生服的少女，令他懷想起從前那位穿著同樣制服的鄰家女孩。環顧四周，是青年時候住過的古亭町房屋，室內微暗，陰涼的六疊榻榻米起居室，庭院的植栽枝葉伸向傾斜的午後陽光。像是談話到不小心打盹又猛然警醒，有些羞愧於面前的來客。

「所以說，黃桑，您怎麼想呢？」

如堆疊著積木崩然倒塌，流洩出字詞，「啊，歹勢，一時走神了。」他抹了抹兩鬢的髮梢，「我的回答仍然一樣，只是偶然罷了。」

「可是您之後明明可以寫出相當有個性氣韻的中文，既然您也嘗試以法文創作，為什麼不？」

「咱們暫且擱下語言。請問：人必然有國籍嗎？」

「這得看是什麼時代。若在您的生理時間區段內，人通常會被冠上國籍，也對國籍有熟悉感。

但認真講究的話，國籍頂多是種粗略的分類。」

「那麼或許可以這樣說，我既無法逃脫編戶齊民的國籍牢籠，只能以無國籍的文學來脫去束縛。在不被承認、無法流傳的年代，這無用的寫作反成了保護自由心靈的鐵牆。這是雙向的，一方面我保有了自我，一方面也受到了拘束。語言就是這樣的一種東西。而我以無根、無繁衍、無互動的語言書寫，那也不過是我個人的事。正因與他人無關，更可讓我專注於語言的淬鍊，進而在那語言占地一席，把握著只屬於我一人的語言。」

「有人說，除非直到日語教育世代帶著他們最後一縷殖民地記憶、語言和詩歌完全辭世為止，否則後殖民時期將不會真正地來臨。本來您應當以最後一個日語文學家謝幕，如今卻遭後人保存了意識，您的感想是什麼？」少女補上一句，「我知道可能很多人問過您了，但還是想聽您親口說。」

他露出無奈的笑，「這是沒法度的事。親像我用什麼語言同款意思，不是我自己能決定的。但既然如此，就更要照自己的想法去做。」

少女呈上一疊稿紙，「那麼再請您過目，看看這樣寫是否可以。」

他接過來，戴上眼鏡逐行讀了起來。那是以二十世紀中文寫成的他的素描文章。以曾拜訪他的面談學生來說，這篇算是不錯。儘管有些反覆糾結於他的書寫語言，但實情大致差不多。他遞回稿件，點了頭。

「還有一個，也不能說是問題，單純就是好奇吧，」少女接過稿件，放到深綠色帆布書包，「您平時會做些什麼？」

「我的老友孤蓬萬里有這樣的句子：『身處日語泯滅地／續吟短歌有幾人』。我在這廣漠的死無葬身之地，只能浸泡在一生的回憶浮沉，一點一點審視過往的事情。我已經沒有未來了，只好往歷史的遺跡走去。」

「不會感到無聊嗎？」

「這倒不會。偶爾也要應付來訪的學生呀。」

少女起身告退，消失在屋外燦亮的午後。

他倒臥在榻榻米上，托著腮，閉眼回想當年患病時，整天精神不濟、體力不支，耳邊總傳來的廣播節目的聲音。那時的教育廣播電臺，每天傍晚固定會有他喜愛的播音員報時，晚間六點半至十一點，則是那秀氣端正的聲音主持新聞、大學課程節目和輕音樂。他的耳旁隨時可以叫出電臺的開場白：這裡是教育廣播電臺、這裡是教育廣播電臺……BEG thirty five、BEG thirty five，廣播週率一四〇兆週、中波波長一二點三公尺……。他的桌上總攤開著字典，目光投在收音機的機身線條上游移，有時空望著擴音器的點點圓孔，有時對著旋鈕和頻率數字發呆，直到節目播放完畢收音，響起沙沙的空無。二姊偶爾從主屋過來，看到他念念有詞學著英語和法語，對她大概都是聽不懂的外國語吧。一樣的放送，在不同人聆聽後產生差異的效果，最文明的電氣技術帶來最個人的體驗。卻也是最孤獨的。其他時候，他乾脆一律奉行三眠主義，早也睡、午也睡、晚也睡。此刻外頭的天光漸漸稀薄，他的意識也和加深的墨色融為一體了。

夾竹桃

那回在北平東邊的緞庫胡同大雜院，他跟著父親越過天棚、魚缸、石榴樹，經過燒煤球的味兒、宅院的其他房客，他們呼著白的霧氣，來到鍾先生一家的房間。他至今還記得鍾先生的模樣。這些景致原已在日後連綿起伏的運動中漸次消散，胡同、院落亦如融化的殘雪，一點一點失去形狀。但當他翻開鍾先生的小說第一頁第一句「天棚、魚缸、石榴樹！」，所有磚瓦草木又從碎裂的塵土中瞬間重建了，彷彿聽得見、聞得著煤球燃燒劈啪發出溫暖的焦黑手指，觸摸他的記憶。像支炭筆，在塗塗畫畫，捉出鍾先生的輪廓。

鍾先生個子不高，身體似也不強健，精神倒是不錯的。彼時他與妻子和年幼的兒子旅平三年，據說靠一位表親接濟生活，平素他就是寫作、讀書。那回父親領著他到鍾先生住處談話，他十五歲，多少對大人關心的事務有些模糊的理解，不外乎當時抗戰方休，整個國家社會尚未從天翻地覆的元氣大傷裡恢復過來，物價飆漲，生計艱難，而鍾先生竟可安定心思從事文藝創作，甚而出了本小說集。他記得他們談得興致頗高，一會聊鍾先生著作中的故事細節，一會聊時局發展，一會說及鍾先生的兄弟曾早幾年從臺灣赴往祖國，幾乎音訊全無，亦未知生死，近日才聯繫上。

返家後，他請求父親給他讀讀鍾先生的小說。父親似乎對他的請求略感意外，將書遞給他的時候說，多看書總是好的。

在他印象中，初讀那本小說集，儘管字大都認識，卻不大明白小說究竟要表達些什麼。他只感覺熟悉，好似有一部分的生活被鍾先生寫了進去，儲存在紙頁上。尚有好些他無法確定的感受，不能理解的人事在裡頭發生。他本覺得自己夠大了，讀過又覺得自己還小，還有許多事情不清楚。

他之後曾自己登門拜訪過鍾先生，與他討論閱讀小說的感想。不記得說了些什麼，只對鍾先生那點亮起來的神情有記憶。鍾先生高興地對他談起一些構思小說的想法，甚至翻出幾篇手稿，點評起那些未完成的小說習作。他日後反覆想著為什麼這個長輩竟會信任他，將那些未完成、未刊登的手稿讓他帶回家讀。在那一刻，他真覺得自己是個大人，能跟另個大人商討事務，也可以受託交付重要事物了。父親見他時時在家內捧著鍾先生的稿件讀、抄寫，沒說什麼，只囑咐他快快抄完將原稿送回，萬一弄丟哪怕一張，都賠不起。他抄完最長的〈泰東旅館〉，就連同其他稿件歸還鍾先生了。

那回鍾先生不在，由鍾太太收下稿子，他就離開。他想不急，日後向鍾先生請教的機會多得是，不急。

隔年春天，鍾先生舉家返臺。臨走前，鍾先生曾對他說回臺後會寫信來，多多保重。彷彿他跟父親一樣是鍾先生的朋友，不僅僅是晚輩。幾年過去，十年過去，二十年過去，七十年過去，他始終沒收到鍾先生的來信。

他倒是陸續寫了一些給鍾先生的信。

一

鍾先生，家父在前些日子曾提到，或許真該回臺灣去才是。北平這兒局勢混亂，人人都在想法子過生活，卻不曉得怎麼辦才好。前陣子京城又鬧風潮，說是北大一女學生給美國士兵姦汙了。到處都有人在談論這事兒，沸沸揚揚，鬧騰得可真夠厲害的。國民政府與共產黨爭得不可開交，這會兒美國人摻和，似乎難以收拾了。

學校上課氣氛不好，三天兩頭就有組織示威遊行，打著反政府、反饑餓、反內戰的口號，大家都浮浮躁躁的等著又有什麼事發生。有一派說國難當前，可能還要打內戰呀，還讀什麼書！另一派說，不讀書何以救國，即使當年中山先生革命也要十一次，日後建設國家更需要知識呀！兩邊都有我的朋友，我亦覺兩邊說的並非全無道理可言。

家父乃一介公家機關雇員，時常拿順口溜自嘲：「孔子上天壇，五百當一元。撐死國債者，餓死公務員。」、「此處不留爺，自有留爺處，處處不留爺，大爺投八路。」、「盼中央望中央，中央來了更遭殃。」就抄在這裡給您。

這一年來，我讀了老舍先生的《四世同堂》，心裡很多感觸，不用說自然是住在北平的共鳴。我彷彿認識祁家一大家子人，那些苦難、經驗，雖然我那時年紀還小不懂事，卻似可從小說中漸漸補充，就像我真的清楚這些事的發生，明白這些事情隱含的深意。讀完的時候，很是激動，想著若是您還在北平，我肯定要請您讀讀這部小說，與您談談這部小說的方方面面。我雖是在臺南出生，卻是在北平長大的，對小說描述的淪陷時期的北平懷著複雜的心情。

近日重讀您借給我閱目而我抄寫下來的那篇〈白薯的悲哀〉，激起的又是另一種感受。家父笑說，看到白薯二字就只會想起幼時「控土窯」，白薯悶在土裡，剝開焦黑的皮，就是又香又熱的薯肉。我羨慕父親有這樣的記憶。白薯二字於我則只有您這篇文章的意義。我亦曾求索身為居住在北平的臺灣人，在經歷過日本帝國主義的欺侮之後，竟還要接受同胞們使人發冷的目光，甚至是諷刺的話語，為什麼臺灣人就不能安居祖國、忠誠的報效國家呢？

我似乎說得太多了。非常盼望能知道您的近況，並請賜告是否有新作發表。

祝福您一家身體安康

二

鍾先生，我又給您寫信了。或許您在臺灣也知道了北平又改名成北京，解放軍進了京，共產黨正式入主。共黨接著很快南下，渡過長江，國軍未能攖其鋒，節節敗退，內戰看是將要結束了。國家時局動盪如此，我個人亦邁向了新階段——進入燕京大學就讀歷史系。

那大半年為了準備考試，我花費許多工夫讀書，除去中國學術思想、五四時期的文學，也旁及克魯泡特金、馬克思、列寧等著作。實話說，我對這些是囫圇吞棗，一知半解，亦不能全懂。但社會風潮在變化，青年學子莫不隨著新中國的建立，人人要講馬克思，講共產主義，講社會經濟與思想文化的相互關係。我對此多少還抱持著點懷疑態度，不消說是受了胡適先生說的「有幾分證據，說幾分話」的影響罷！

不僅僅是我，近來結識的一個轉入我班上的姓余的同學同樣這麼看。他祖籍安徽，先前待過天津、上海，秋天考入系上的二年級上京就讀，氣質溫文，讀過好些我也涉獵過的書，因此與我氣味契合。我們決定在修習課業同時，多花些時間系統地研讀馬克思主義的著作。他的家人據說都到臺灣去了，只剩長子的他留下。我告訴他我是在臺南出生的臺灣人，他一開始還不相信，以為我在開玩笑！他以為臺灣人應該都早回去島上了。

那一個學期我們幾乎天天混在一塊兒，讀書、談話，我甚至還拿過我抄寫的您的作品給他看呢！後來他接到家裡的來信，說是從臺灣又遷往香港了，父母都在港等他前去一聚。在他離京前一晚，我們還約好寒假的閱讀書目，也請他到香港看看有什麼有意思的書刊，蒐羅回來分著看。哪知開學後，始終見不著他的人影，沒有其他同學知道他究竟去了香港又或者回來沒有。這幾年總是這樣，有些人默默的消失在烏有鄉，總聽說誰去了臺灣誰又去了香港或海外。有人出去就有人回來，好些華僑自世界各地返回祖國，決心要建設新中國，獻身於新時代。

這在在使我想起您一家的離去。但願您全家身體安康，期盼早日讀到您的新作。

三

鍾先生，我真沒想到時局說變就變，不止變還是大變！真是天要下雨、娘要嫁人，沒法兒！我在五一年夏天畢業，那時政治氣氛的高壓已牢牢罩住燕大，當年就從私立改制公立，隔年又是全國高等院校大調整，燕大等於是分屍，四分五裂，這裡劃給北大、那裡劃給清大，我真沒想到自己那紙燕京大學的畢業證書反倒稀罕了。接連著三反、五反運動，校長、老師們幾乎都遭殃，尤其陸志韋校長被自己的獨生女公開批鬥、從前去聽過課的哲學家張東蓀也被激烈的批判，簡直跟燕大的命運一般悲涼。

說到這些心頭就難快活起來。我畢業後進入北京四中當歷史科教員，本想圖個清靜，安穩過活，得空讀書、寫點兒東西，要能投稿刊登拿點稿費，就夠了。家父說我在大時代卻只想過小日子。確實如此。實話說，自我懂事以來，中國幾無一日平靜，或者便是如此，造成我對外界的諸多變動、風潮有些不感興趣罷。可人還是在京城裡，免不了捲入時潮，自也免不了受影響。

有時我竟對自己的臺灣人出身感到彆扭，不好意思讓人知道我是臺灣人。這樣的心態我一時不知怎樣處置。這種時候，我總會翻出您那篇〈白薯的悲哀〉再看一回，再次感受到許多景況根本同您在這兒的時候一樣沒變。說是新中國建立了，固然有些新的玩意、花樣，仍有好些舊的沒變。該這麼說，我慶幸有些舊的還在，例如老舍先生的寫作。他的中篇小說《我這一輩子》寫活了一個京城巡警的一生，從晚清寫至抗戰前，寫小人物的悲喜，映照大時代的酷烈轉變，總是有人要遭到犧牲。我每每讀他的作品，常感到共鳴，彷彿他寫出了我心中所想的，即使我根本不是他寫的那些底層辛苦人的角色。要是您在，咱們就可以多談談了。我相信您也會對老舍的作品有所感應的。

您一家在臺灣都好嗎？企盼著哪天能再讀到您的新作。

又，我畢業後一年就結婚了，我媳婦兒去年給我生了個兒子，取名怡和。紀念臺灣及鍾先生也。現已學步了。

四

鍾先生，我曾想像過，要是咱們能通信，雖不能見面，倒也能透過文字交流了。我可將近日習作寄給您參看批評，您亦可將近作寄來讓我觀摩。甚至我們可交換一些書刊，彼此交換心得。

我之愛好文藝大約是受了您的啟發，匆匆十多年過去，您在海的那一頭，我在海的這一頭，音訊不通，無法聞問彼此的生活。

大陸這邊，運動一波波掀起，我就愈想躲匿在文藝的世界中，只做個冷眼人，看著樓起樓塌，江水自流。許多話是不能說的了，要說也只能放在心底，與朋友往來，時時都得警策自己萬不可多言失言，必要審慎。城裡生活尚勉強過得去，我跟我媳婦兒仍是教書，上頭指示該怎樣教就怎樣教，我們頂識相，至多有些個較聰敏好學的學生，偶爾提點幾句。這約莫是我以往厭惡的迂腐習氣，如今為了自保，卻不得不如此。當初毛主席指示「百花齊放、百家爭鳴」，誰知大鳴大放後就是大扣帽子，《人民日報》竟說：「讓大家鳴放，有人說是陰謀，我們說，這是『陽謀』。因為事先告訴了敵人：牛鬼蛇神只有讓它們出籠，才好殲滅他們，毒草只有讓它們出土，才便於鋤掉。」多麼駭人！

還是有些文藝作品社會上廣泛印行，卻都不是我入得了眼的東西。我變得愈來愈愛重讀過去的作品，即使是老舍先生，近來或只有一部《茶館》的本兒是能看的了。

我幾乎要放棄文藝的夢想了。在這樣的時世，懷抱著這樣的不切實際的夢想，真是自討苦吃。我知道這是偏激的思想，但我忍不住不去想，一個國家不能讓人民好好生活，安居樂業，讓像我這般願意從事文藝工作的人自去寫點兒文章，耍弄筆墨，養大三個兒子。成天這個運動來那個運動起，真是個好事麼？我不這麼認為。我關心這些事兒都是無用之事罷，但檢驗一個國家社會的標準也不過就是這麼些無用的破事兒。

五

鍾先生，您一定不相信我們在北京經歷了何等慘痛的經歷罷。過去幾年，我書是無法好好教了，成天就是被呼來喚去，簡直一過街老鼠！白薯的悲哀還知其悲何在，這白薯如今是被人踩在地上狠狠糟蹋了！我只慶幸家父早先一年大去了，免得看我們一家子受人踐踏，也只有傷心了。您的原話完全是當今臺灣人的寫照：「北平是很大的。以它的謙讓與偉大，它是可以擁抱下一切。但假若你被人曉得了你是臺灣人，那是很不妙的，那是很不幸的，是等於叫人宣判了死刑。那時候，你就要切實的感覺到北平是那麼窄，窄到不能隱藏你了。因為，它——只容許光榮的人們。因為，你——是臺灣人。然而悲哀是無用的。而悲憤，怨恨，於你尤其不配。」

反右運動後，我的臺灣人出身開始成了嚴重問題，成天要寫檢查、寫交代，課也不給教了，派去掃學校廁所，怕我汙染了神聖的革命幼苗。我時時得交代自己雖在臺灣出生，卻是在北京土生土長，保證與對岸沒有任何聯繫往來。我的妻兒也因此受到眾人的歧視欺侮，就因為我的臺灣出身！

我恨過這個低下的血統，恨自己身為臺灣人。但又想起年少時期父親的教誨和您的作品，重又體認到，這種難以陳說的悲哀，便是加強我是臺灣人的鎖鏈罷。這真是個理不清的糊塗帳：我的先祖從唐山渡海到臺灣島討生活，我的父輩不甘於活在日本人統治壓迫下，想盡辦法要投回祖國懷抱。明明一心向著祖國，卻在抗戰勝利後又被國民政府調查身家、要懷疑是否當過「漢奸」。這好罷，對國民政府失望的大有人在，捱過了國民黨迎來共產黨，本以為新生活要開展了，又是數說不完的政治運動，人人不能倖免。時代的大潮將人捲來推去，事情不僅是將要起變化，而是時時都可能演變成大變化。現在我是一時又恢復臨時教員身分了，可我看，這幾年怕是還要鬧事的了。吾人能做的，也只是過日子，珍惜眼前身邊的人事物。這些普通生活，都可能在一夜之間被剝奪。您說，現在還能交什麼朋友說什麼話呢？只能叮嚀全家盡可能閉嘴，遵照老話，沉默是金。

六

鍾先生，您怕是不可能相信，我們在這些年過的是什麼樣的日子。六十年前後聽說外頭到處都餓死人，我們挨在城裡，難過是難過，想想農村有人餓到刨樹皮果腹，還有說吃什麼「觀音土」

填肚子的——最後給這種質地比較細的砂土扯破腸胃，還是死。我一家子天天看我挨批挨鬥，久了也習慣，我總之悶不吭聲，他們怎麼說我怎麼敷衍著對付，得了。不得了，挨一頓打，血流或頭破那是小事，我知道自己得更堅定相信自己。不這樣不成，不然就要瘋了。我想到魯迅先生寫的狂人，或者正是在瘋狂的時代當個神智清醒的人，反倒是最狂妄的事兒了。

我自己可以撐得過，就是看自己的妻兒可憐。他們無端跟我結成一家人，受我牽連。您說，要在太平日子，我就是安穩教書、寫作，掙幾個錢養大孩子，怎麼現在是這般光景？這麼一想，我難免會想像，若是當年我父親攜家帶眷的也回去臺灣，那裡成長的我，是否就能過上那想像的靜好日子呢？我非得這樣想。不這樣的話，我撐不過那段困難的年歲。

那場觸及人們靈魂的大革命開始後，先是老舍先生投湖自盡了，繼而傅雷先生服毒自殺，他們的離去對我不啻是劇烈的大地震般的動搖——這樣的前輩大家都不堪荼毒，像我這樣的小輩，又該怎麼樣抵擋時潮？每天每天，在學校就是校領導、教員們胸前掛牌子，頭頂高帽遊街似的在校園裡「巡禮」，周圍是一群神氣的紅衛兵又推又搡，有些還潑墨汁在我們身上，以為自己在作畫呢。

當我聽到擴音器傳來一個個教師哭腔哭調的發言支持小將們對自己發動革命，我心裡就知道一切都反了，難保接下來不發生更大的亂子。不久，我四中的同事，教地理的小汪，一日我看她被學生剃了陰陽頭，在總務處小院流淚，隔幾天就在香山找到她跟丈夫懸掛的身軀。同樣教歷史的老朱，一天自殺未遂，被擔架擡著出校門。還有個教語文的劉老師，為著「清理階級隊伍」兒子被迫轉業，一時想不開，在食堂後的小夾道剪開自己的喉嚨。我這時不知該慶幸先前有那些挨批鬥的經驗，多少挺得住，而這些個同事，平素也就是安安分分當個教員，雖不見得能傳道，授業、解惑應當是沒問題的。如今來這麼個上下顛倒，光是那一張張貼在教研組小院南牆的大字報，隨處可見的小字報，大伙就受不了了。

六九年春節前，我們四中一干有問題的牛鬼蛇神教員全給關在音樂教室小院。打罵成了例行公事，時不時要嚎歌：「我是牛鬼蛇神，我是人民的罪人，我有罪，我該死，人民的鐵錘，把我砸爛砸碎！」副校長一向唱得又準又嘹亮，彷彿在唱讚美詩。在那段不被允許用腦子過活的時間，我總在心裡揣測著另一個自己。肉身反正是關在這不大不小的院落，那麼我的內心就編織別的我的故事罷。那是不能寫下的小說，可誰規定要寫下的才算數？我的小說就是我，我就是我的小說。我懷抱著幼時模糊的臺南記憶，能想起來的只剩下火車站前的拉車夫的黝黑皮膚，周圍布置整齊的街道。日語和閩南語的混雜語言交談。遠遠近近的都市聲響，叫賣、吆喝、火車雄渾又漫長的移動震盪。我想像自己四九年決定回臺，同樣的大學畢業到哪兒的中學教書，興許就臺南罷，過平凡生活，結婚生子，讀書寫作。時而與親族朋友往來，能好好吃上一頓飯，能在席間好好飲酒談話。若是這樣，我也許能多跟鍾先生您見面，談寫作、論文學。我們或者仍不滿於國民政府的統治，又或者我將會受鍾先生您的引介，認識您那位曾返回祖國獻身於抗日戰爭的異母兄弟？我感覺投身寫作的人是那樣的一種人，凡是對暴虐、不公不義之事有所同情，而又時常對當權者保持懷疑和警戒心的以文字做為表達工具的人。又或者即如陳寅恪先生為王國維先生墓碑所題的「獨立之精神，自由之思想」也。但若這不公不義、暴虐已過於巨大而非一人之力可以抵擋又該怎樣呢？我因此認為老舍、傅雷兩位先生的決定乃是殉道而死而非膽怯輕生。我將滿四十了，若無法辨識出這個道理，過去這些年的書不僅白讀，也真白活了。

這是屬於青年人的時代，沒有留下座位給年過三十、四十乃至更大年紀的人。年輕人可以合法的以下犯上，在這個顛倒世界，年老就是罪。年輕人可以出遠門大串聯，南來北往，頂著紅小將的名號就能白搭火車、白吃白喝，我懷疑那真是革命，抑或是過往鬱積的怨恨一股腦兒宣洩？我活該是個臺灣人，活該留在北京不走，活該早生太多年沒趕上這好時光，活該那輪流或一齊扣上我的「反革命」、「叛徒」、「漢奸」之名。

如今回想四幾年那會兒，居然連戰爭時期的淪陷區記憶都甘甜起來。至少那時父親還在，您還沒離開，我半大不小，總覺得黎明要來了，而我們擁有未來。

怡和死。

七

鍾先生，直到我打開手上這本廣播出版社出版的《鍾理和小說選》，我才知道您已棄世二十餘年了。這些年來，您當年留下的作品始終是我活著的動力之一，那是一個懷抱著文學夢想的少年最初的啟蒙。我認識真正的作家，我知道作家的生活面貌是怎麼回事兒。可原來這卻是一道幻影。恰恰是這幻影支持著我，度過那些不堪回首的歲月。眼下似乎回歸平靜，我又得以回到學校教書，過尋常生活，書店裡可看的書漸漸多了，讀書也自由些了。

我五十多，已經活得比您長，這樣的年歲還適合懷抱著文學夢嗎？我讀著據說是您最後修訂的中篇小說〈雨〉，在那波瀾不驚的鄉間，細細寫著莊稼人家的哀苦，有若全篇象徵的雨點不斷落下。我一邊讀，一邊想著您第一本小說集《夾竹桃》的內容，這是多麼不同的東西，顯現了一個作家的深邃變化。我補課似的，想一一補足我錯過的您的後半生的寫作，試圖瞭解在我遙遠的原鄉的臺灣，您怎樣用筆深刻的傳達出來。而今，改革開放幾年了，我的臺灣人身分又由黑翻紅，那自然是夾雜著政治、經濟因素。兩岸分隔三十多年，幾乎無法互通音訊，而臺灣之於我究竟有著怎樣的意義，這樣的提問近來卻反覆自我內心升起。實話說，扣除幼年童騃的模糊臺南印象，我可算是老北京了，人生大半光陰就是在各個胡同、大宅小院轉來轉去，僅有的一點閩南話隨著淡忘了。我的夢裡全是北京話。您說我愛北京嗎？一個人在這兒住了幾十年，這愛是慣性呢抑或是自然呢，我分不清。北京也是一直在變動的，早不是老舍〈想北平〉或郁達夫〈故都的秋〉那樣子的了。北京還是北京，只是內部新陳代謝，像人的身體一般。臺灣還是臺灣，之於我卻永遠停滯在那兒，只是個地理名詞。

所以只要聽說或看見有臺灣二字的書刊選集，我二話不說購買閱讀。這幾年，除了鍾先生的著作，我也讀了吳濁流先生的《亞細亞的孤兒》、鍾肇政先生的「臺灣人三部曲」，重新對臺灣產生濃厚的體會（這是一位任職於中央廣播電臺的臺灣同鄉力薦的，他甚至能背誦出鍾肇政先生該作的楔子「他們是一群冒險犯難的勇者」云云）。我也買了聶華苓女士主編的兩大冊《臺灣中短篇小說選》，使我對三十多年來的臺灣文學發展有更深一層的認識。聶女士在序跋簡要的評介，使我意識到兩岸文學的分流，而那些語言文字的使用於我讀來是既陌生又歡喜。諸如朱西寧、司馬中原、林海音這些讀來令我倍感親切，而王禎和、白先勇、黃春明、七等生、洪醒夫等人則讓我見識到原來中文可以這樣寫。

同時我亦深深感覺到，那曾懷抱著文學夢的少年，真是夢舊了、人老了。或許我該老實承認，自己從來沒擁有過寫作的才能，我所有的只是關於文學和寫作的困惑、猶豫。一如我在身分上的錯位。說我是北京人麼，肯定有人不以為然；說我是臺灣人麼，那段時間只占我人生中的不足五分之一。讀到您的〈原鄉人〉的時候，我從另一方向思索了原鄉。小說中孩子與奶奶的對話，使我不斷地想自己從何而來，又何以身在此地。真追溯起來，我的祖先或也從福建一帶，越過海峽，到了臺南落地生根。而多少年後我父親也因為「那邊住不下人」，帶著我返回「原鄉」。這當然是依著寬鬆的定義下的原鄉，因為我們去的是北京，而非福建。也確如小說中的奶奶後來又對孫子說的「我們可不是原鄉人呀！」，因為「已經住到臺灣來了。」正如我住到北京，從此待了下來。對我來說，原鄉反成了臺灣。小說主人翁的父親、三哥乃至所受的日本教育，在在刺激他求索原鄉人的含義，終於他離開臺灣到大陸去。他說：「我不是愛國主義者，但是原鄉人的血必須流返原鄉，才會停止沸騰！」

是的，說不準哪天我也會返回臺灣看看的罷。

八

鍾先生，即使我早知您仙逝多年，卻還是改不了每隔一段時日就要寫信給您的習慣。好像說了這麼多年，從來沒收到您的回信，這些不寄之信的收信人存在與否亦不那麼重要了。我不禁要想，這或許是我一生中寫過真正可以歸為文學的文字。如果說所謂「虛構」必得要不存在的人事物，那麼曾經存在我生命中一小段的鍾先生您，如今也不存在，我幹的同樣是虛構的活兒。

這幾年閱讀可以尋到的您的著作，一句話，都是自傳性寫作。似乎頗有一大摞號稱虛構的小說，其實皆是作者自身的寫照。作品的基礎來自於作者人生的經歷，而再有從中虛構的成分，混合在一塊兒，就成了一部小說。就拿您來說罷，從第一本小說集《夾竹桃》皆以您旅居北京期間的見聞為主，小說所述的內容、所使的語言，都是從一個異鄉人的眼光試著理解彼時的北京以及中國。因此當我讀那短篇〈逝〉，我想到的是，或許您將我的形象與小說中與我同年紀的學徒小祿重疊、融合在一起了（好比說那聽鍾先生說故事的神情：有著很大的興奮與緊張，眼睛發亮，口微微張著，有如一個白癡）。但於我有跡可循的細節，對於他人不過是個逼真的細節，讓人讀來信服。然而真實並非不變動的。這些真實的事物將會隨著時光消磨殆盡，直到成了虛構的一部分。

因此我讀著您在五十年代寫下的作品，深深感到其中的質樸踏實。跟著您的文章，彷彿也跟著遊覽一遍您走過的路，屏東、高雄、奉天、瀋陽、北京、北平、臺北、高雄。小說忠實記錄了這段旅程。根本上來說，我是個城裡人，即便文革期間下鄉待過農村，那卻也遠遠不是您作品中的鄉村模樣。是以我讀那些您晚期的寫作，感受到的是純淨，一切都化約到最基本的人與天地間的關係。我從未有過那般平靜的眼光，去細心觀察一隻雞、一隻牛、一場雨或一塊田地。我想的只是完成被分派的活兒，靈與肉是分開的，我的心靈在編織另一個我在臺灣寫作的故事，我的肉身在不用大腦的幹著體力活動手動腳。一如我寫過不計其數的檢查和交代，在無數次的重複虛構自我以後，我學會的是把自己更好的擺進另一個世界的我。那個我比較有才華也比較有能耐，那個我是更好的我。我總這樣想：幸好兩岸分隔四十年，若當年共產黨也渡海解放了臺灣，那麼回到臺灣的那個我也只能過著我現下的命運了。

有時聽些老鄉說及這個那個大陸老兵回大陸探親的故事，不免都是一把辛酸淚。少小離家老大回，鄉音無改鬢毛衰。有的是家破人亡，只能上香；有的是妻離子散，人不知哪兒去了。還能相聚會面的就是幸運，至少還能抱著哭他一哭。這些於我們留在大陸的臺灣人多少有些對照之下的尷尬。就說從《台聲》雜誌看到的那些個在福建的臺籍老兵的投書，對岸的老兵可以回鄉探親，此岸被國民黨拉拐去當兵的臺灣人難道不該也能開放回鄉探親麼？有一書簡提及國民黨開列臺籍老兵返鄉規定：老兵在臺親屬不提出申請，不能回去；不是定居，不能回去；不交代清楚四十年來在大陸的履歷，不能回去；參加過中共各種組織不自首，不能回去；在臺原配偶堅不接受者，不能回去；想帶已成年子女返鄉的不能回去；指望撫恤補償金做路費者不能回去……。比較起來，那位隱居在印尼叢林三十年的老兵李光輝或許還幸運得多，至少他備受禮遇返臺，該接受的補償也有了。思及這些臺籍老兵回臺尚如此阻礙重重，我等老臺胞要到哪天才可能回去看看呢！

九

廣場上發生的事令我不敢相信！即便當年我還是個中學生時，參加地下黨組織的遊行、集會，也從來沒受過這樣嚴酷的對待呀！過去四十年中國人民受的苦難竟還不足以兌換一點太平日子麼？我實在不能理解。

事情發生的時候，我不在現場。但坦克的履帶輾過馬路的聲音，人們急促散亂的聲音，單車倒地的摩擦聲，隱晦的槍聲，火焰燃燒的光影，全都像配上聲光的電影，自個兒在我腦裡放映起來。白天才經過的人擠人的廣場，怎麼就這樣陷入全然黑暗了呢？那臺灣來的老鄉侯德健不還是在那兒絕食、唱歌唱得好好的？怎麼一下子全變了？

這逼使我聯想到那未曾親歷的二二八事件。那是我從來難以深究的臺灣往事。發生這樣的悲劇，自然是國民政府統治無方，也不願好好傾聽人民的聲音，矛盾愈來愈大，終而採取錯誤政策，激化了臺灣人的反抗規模。然而這樣的對臺灣人的誤解，並非僅限於國民黨，而是更深層的大陸人民對臺灣人民的曲解誤會罷。我記得父親在抗戰勝利後那會兒，曾說過笑話，大意是大陸人每每要詢問受了日本奴化教育的臺灣人抗戰期間在哪、做些什麼事、有無參軍，其實都是想檢驗你是否幫過日本人欺壓中國人，不論直接或間接的給予幫忙，都有可能蒙上漢奸之名。於是臺灣人不如就乾脆省了這些詢問，面對大陸人的閃爍提問，直接回答自己是不是漢奸罷。

那麼四人幫垮臺以來不過十餘年，好不容易社會氣氛都熱絡些也向上些了，學生的訴求難道不也是代表了社會上的一部分人的意見麼，怎麼就這麼鎮壓下去呢？四十年前與四十年後，學生遊行仍是一貫學生遊行的熱誠、直率，我怎麼也不敢想像軍隊會開槍打人。這些孩子是犯了叛國通敵還是什麼滔天大罪，非得這樣整治不可？我想我永遠不會曉得這些政治權謀的竅門。我只知道，這事件一日沒有獲得真相大白，就會像體內陰暗的傷口，默默化膿潰爛，只能爛在裡頭，沒有痊癒的可能。

十

這信真是愈寫愈像札記了，對話的對象則日趨黯淡。有如一張斑駁的肖像貼在牆上，隨著日曬雨淋益形稀微。我重又翻開〈門〉中那篇「給弟回信」的段落，一直以來，我已一廂情願的認為那是鍾先生提早好多年寫給我的回信，抄錄部分在此：

請你留神，感情強烈的人，往往會被感情本身焚毀，它往往會叫一個人抓住幻影當是能兑現的理想而期待著的，你須冷靜的內省你所拿住的是幻影，抑是實際，幻影雖華燦，破滅只在瞬間。

你該知道，世間用完自己的春青、力量、熱誠，而尚不能達到目的底事情很多很多，社會上既存在的成見，是強而有力的可怕的東西，它要使有反抗性的每個年輕人，都磨削掉其有彈力性的稜角，叫他屈服，並且柔順如羊才肯干休。沒有反抗的勇氣的人，固然淒慘可悲，但，沒有徹底反抗的勇氣，在半途裡便挫折了的人——他不能徹底實踐他的意志而摧毀了時，那時候，才是人生莫大的悲劇。

彷彿是鍾先生在對我說：

請你只顧向前奔，不顧其他。

我從遠地，一邊盼望著祝福能落在你手裡，一邊禱告神能繼續助你的反抗！

這麼想著的過程中，一年一年過去，很快的我竟七十了。我還能奔向哪？還要反抗些什麼？孩子大了自有自的生活要過，而我們夫妻從二十幾年的養育階段退出，重新思想生活新課題。我們無法反抗自己。

去年臺灣選出新總統，說是我臺南小同鄉，好些老鄉都向我恭喜道賀，好像當選的是我似的。

實話說，高興是高興，卻也不是太明白高興些什麼。對於超過五十年沒踏上過島上一步的我來說，已經很有些隔膜，不清楚臺灣民選總統是怎麼回事。可政治民主總歸是好的吧，至少社會開放，人有較大的自由做選擇。儘管不是什麼事都非要有得選，也不是民主就必然比較好。

就說文學吧。雖然我不頂愛用那些被用得太濫的詞兒，但文學其實就是唯心的、主觀的，沒法投票說誰寫的就比較高、比較好。愛什麼樣的寫家、什麼樣的作品，往往也反映出讀者自身的品味和價值觀。再說寫作的人吧。寫作是真的能選擇的麼？我近來才從去過臺灣的朋友手中得到鍾先生與鍾肇政先生的書信集。我幾個日夜就這麼埋頭看著早已不熟悉的繁體字，一篇一篇細讀，才比較能感受到鍾先生當年處在貧苦病弱的狀態，仍要堅持寫作，卻也不是沒有過自我懷疑的。我有點釋然。很可能多年來我早已在我心中將鍾先生刻劃成一個無怨無悔獻身於文學的殉道者，而殉道者是不該有遲疑也不會躊躇不前的。

兩位鍾先生的通信起始於五七年四月，我那會兒已經逐漸蒙受反右運動的籠罩，而那同樣只是個起頭。讀信的過程中，我像是一點一滴增補了對鍾先生的認識，知道他始終在貧病的處境，不能忘情於寫作，甚而四處投稿、參賽，就連獲獎的長篇小說《笠山農場》都未能在生前出版。終其一生，竟只有我少年時就寓目的北平版《夾竹桃》一書曾出版過。

而我也發現過去的幻想大錯特錯了。原來鍾先生等一干臺籍作家在當年就困於語言和省籍緣故，在當時文壇處於邊緣（用您們信裡的話是沒有地盤）。幸而有鍾肇政先生發起《文友通訊》，邀集文友通信、互相評閱彼此作品且能討論一些文學題目。我一則欣喜，一則遺憾。欣喜我從前曾有過類似構想，與想像中的鍾先生通信、討論習作；遺憾的是即使鍾肇政先生熱心勉力維持通訊，卻也不過一年半載就難以繼續了。當我讀到五八年八月二日鍾先生的信，心中一沉：

每當我拿起筆來，就苦於不知應如何措辭。寫寫文學活動吧？根本談不上。本期通訊中已說過，除看了點書，自二月以來就幾乎停止了一切文藝活動了。因此寫來寫去，不免就扯到教人心煩的生活瑣事上面去。這樣一來，就難免囉嗦了。怎樣好呢？

我的生活中嗅不出一點文藝的氣息：它是平凡、庸俗、零碎，充滿了憂愁、艱難、疾病和苦悶。我個人在這裡獨往獨來，不為人理解和接受，沒有朋友、刊物、文會……。我常常會忽然懷疑自己到底在做什麼？

說來你也許不會相信，我不但沒有工作房——書房，也沒有寫字檯。我寫東西幾乎是打游擊的。紙，一枝鋼筆，一塊六寸寬一尺長的木板，這是我全部的工具；外加一隻藤椅，一堆樹蔭。我就這樣寫了我那些長短篇和《笠山農場》。我早就懷有要給自己做一間書房的心思，但生活迄不讓我的算盤按自己的方式打。還有很長一段時間我還須利用那塊木板來寫我的東西。

……說到創作，更令人氣短。寫出來的東西無人要，要的東西，卻也難得出版，嘔了心血，還算白費。也許不夠堅強但我常不免這樣想：究竟我們的寫作目的何在？難道我們必須永遠做沒有報酬的工作嗎？當這種灰色的懷疑在噬嚙著心葉時，我有什麼辦法再教自己坐下來寫作呢？

理想也是會有保存年限的麼？讀著信，我的年紀像是又縮回到二十七、八，我試著回想那時會兒的自己，都在忙活些什麼。在那樣毫無餘裕的時代，光是要試圖自保都得耗盡氣力，我身邊的空氣彷若真空，誰見了都要躲開。但若是當年讀到這信，我又能說些什麼？這或即是全體立志從事文藝活動者的咒詛罷！窮，病，不被理解，又加之普通人家的生計問題，再大的心志都要消磨一空。我該老實承認，那文學之夢早就消失無蹤了。我只是不願正視它，我只是揣在心頭想著它，把它當做一種自慰，想著文學種種就自我感覺良好。想完了，又敷衍著對付欺壓過來的生活，就這樣過了一輩子。

我讀鍾肇政先生兩篇〈文友書簡〉，尤其感到我從未對文學付出過什麼，我只是自怨自艾的埋怨臺灣人的出身，埋怨時不我予。我從未認認真真的寫完過一篇東西。那麼我又是怎樣會想要自己成為一個作家的呢？一直以來，我都以為是鍾先生的緣故。恰恰因為，年少時認識了一位真正出過書的作家，才讓我生出了那樣不切實際的想望，也想成為一作家。我記得老舍先生曾說過，當年開始以白話文創作，光是將新式標點符號放置到字句中間，就感到那是多麼痛快有趣的事。

這樣的文字解放的狂悅，我不曾有過。然而我不禁也要想，那麼鍾先生又是如何想要成為作家的？鍾先生在自敘曾提過您的異母兄弟在讀過您的短文後，忽然說也許您可以寫小說。自此不斷寄來日本蒐得的世界文學、文藝理論著作，讓您不斷與文藝發生關係。此外，您與夫人的同姓之婚不見容於舊社會，迫使您將感情的暴風藉由筆尖宣洩出來，萌生了當作家的想法。

但當時北平尚屬淪陷區，戰後的社會動盪甚至令寫家的鬻文為生也不能夠。餓著肚子又怎麼奢談寫作？興許同鍾先生一樣曾心懷奉獻文學的青年作家大有人在，可絕大多數人都在日後一一忘卻了曾有的心願和志氣，而甘願放下筆桿屈服於生活了罷。這勢必得是天性就歡喜寫作才辦得到，不然何以解釋造次必於是、顛沛必於是的那般去寫作呢？我認為您的心中始終有著一盆火，那是作家身上最重要的事物。而那燃燒自是會燒痛自己，也使得周圍的親人感受到灼熱燒炙的罷。距離得稍遠些，如我，則感到的是火光和溫熱，而那多少照亮了一絲黑暗，讓我不致活在暗影下。儘管這麼多年來，我所見識到的都是這火光的幻影。即便如此，也足夠了。

肇政先生第二篇〈文友書簡〉內有文友R．R引文：「我的一生為了寫作什麼都廢了，至今還沒有一個自立的基礎，生活一直依賴於人。為了三餐，將寶貴的時間幾乎都費在微賤的工作上。」讀之悵然。可我又立馬思及，這些年來大陸的諸多政治運動，竟是連讓人自願為了寫作而荒廢人生都沒有辦法。時代風潮是這樣的一波波將人席捲而去，連一點抵擋都不能，遑論為了寫作可以交出全部的人生。黨、單位、組織是這樣巨大的存在，遠大於個人意志，寫作，至多只能是抽屜裡的事、火爐裡的事，乃至於最後只能寫在心裡。

十一

鍾先生，忽忽又過去幾年了，寫信的這會兒，我剛滿八十。前兩年身體大病一場，怎麼也查不出確定的病灶，拖著病著您在醫院內，像是國共兩軍對峙在身體裡頭，打個沒完。今春天氣暖和，始見好轉。家裡給我做了壽，孫兒才去了臺灣一趟，特地帶回一套新版《鍾理和全集》八大冊精裝本當祝壽大禮。

接到這禮物，真真讓我激動呀！知道您在臺灣的後人為您精心編輯了最完整的作品集，我也好像與有榮焉了。全集許多篇章先前均已看過，唯日記、未完稿從未讀到過。又或者該說，未完稿部分，我早在當年已抄錄大半，如今看到印刷在紙頁上，重讀之際，感慨良多。

連日來我讀著鍾先生的日記，常常不能自已。其中北平時期日記使我最有共鳴——那同樣是我生活在北平的日子。彼時我還是個懵懂少年，偌大的北平總讓我深感渺小。許多事情不甚明瞭，即使當年親眼目睹或聽聞，也無法覺察其中意涵，只能有著膚淺的、表面的印象。此回讀鍾先生日記，眾多沉睡在腦海深處的記憶彷彿漸次復活，而我已能以耄耋遲暮的閱歷試著加以解讀了。

例如過往有段時間父親時常往和平門的舊簾子胡同跑，原來是臺灣同鄉在那兒合辦了新報紙《新中華日報》。該報取名似要與臺灣的國民黨營報紙《中華日報》區隔。但最終似乎未獲成功。

中山公園：鍾先生記載在四五年的九一八當日夕至中山公園，隔著護城河翹望紫禁城，角樓、午門和蒼蒼的牆。我慶幸此景仍大致如舊，八六年後多了座孫中山銅像。

讀到四五年九二八此句令我驚訝，直如預言：「到了這個世界，藝術也將穿起國家、民族、我們勝利了什麼什麼等等的主義的外衣，儼然闊步於大街之上了。」往後三十多年的中國文藝景況幾乎不脫此言也。

鍾先生在四五年十月日記幾次提及戰後北平所見日本人狀況。我腦中突然有件舊事被激活了。那時城裡的東單練兵場充斥著甩賣雜貨家私的日本人，以及搜購的中國人。在周圍人潮喧嚷，每天都聽說誰不由分說打了日本人。我當時覺得那是很可怕的，有幾個孩子，狹路遇見日本人，不管對方什麼身分、年紀、男女，就是在要占幾句口舌便宜後，掄起拳頭開打。打日本鬼子像是遊戲，像是發洩怨氣，哪怕打人的有許多並沒上戰場跟日本軍隊廝殺。可嘆的是，我當時無法不從俗，竟也下手掌摑了一個日僑孩子，他哭得價響，我反倒訕訕的收手，不好意思再打了。打日本人的瘋狂的民眾多，自然有不少打錯人的，像是吾等臺灣人或朝鮮人。有時額門挨了一記，從洋車被扯下來，喊著表明自己是臺灣人或中國人都是無用的，打人的就會以親日、漢奸這樣的詞堵回去，只有被打得更慘的份兒。再後來，搶劫日人亦時有所聞。

這些其實都預示了日後新中國的瘋狂的一面。狂喜之下，難有思考的空間。而人人難以倖免，抗俗既做不到，只好從俗了。多少人能守住一點道德原則和底氣，盡量不傷害無辜？經歷這些年，誰又能說自己是全然無辜的呢？這中間有太多的灰色地帶。思及此，我雖不算是巴金先生的讀者，但他文革後所寫的《隨想錄》倒是誠懇實在的真話。當初我一讀那書的序言就幾乎潸然淚下了：「我明明記得我曾經由人變獸，有人告訴我這不過是十年一夢。還會再做夢嗎？我的心還在發痛，它還在出血。但是我不要再做夢了。我不會忘記自己是一個人，也下定決心不再變為獸，無論誰拿著鞭子在我背上鞭打，我也不再進入夢鄉。當然我也不再相信夢話！

沒有神，也就沒有獸。大家都是人。」

關於二二八事件：鍾先生現存的四七年日記完全是第一手材料，直接錄下了當時事件的實況。讀來亦是一篇傑出的報告文學或紀實小說。在您描寫下的眾生相，外省人與本省人之間的齟齬、誤會，以及肅殺的氣氛，在在使我聯想起我生命中最艱苦的那些年。事情是不同的，時地是不同的，但人身處其間的境地是可類比的，而我只能以肅殺恐怖的記憶來想像別處的肅殺恐怖。何況我們同樣在事情過程中再也不敢多話，只能沉默以對。

也是讀到日記才知道鍾先生返臺後幾成病人，那些大段大段的住院隨筆，往往又讓我連回去五十、六十年代的困難年歲。久病未必成良醫，我卻見到您怎樣磨鍊心志，有懷疑，有動搖，有沮喪，但終於以勇氣挺過手術的煎熬，重獲新生。您手術前寫給夫人的遺書真摯動人，到底是一塊冒險犯難過來的夫妻啊！而遺言交代諸事，令我想起魯迅、郁達夫兩位先生的身後交代事項，簡單，又充滿著對家人的體諒。幸而當時能度過難關，也才有換得之後近十年的寫作時間。

在閱讀日記的過程中，我明明知道這是長輩的日記，同時又明白這些時光都已經停在數十年前了。我事先知道了您的死，因而覺得一頁頁翻過去，也在一步步逼近您的終局。我想像，若是以我現今八十老人的面貌，與四十幾歲的您重逢，會是個怎樣的光景？您在五七年的日記載有好些文學的思索，我想以一個老讀者的立場來與您商榷，試著答辯一番。

五七年十二月六日，您讀完毛姆《世界十大小說家及其代表作》，對作者後記結論說：「一般說來，他們都不是好人！」您說：「一個作家如果他的品格不好，而又能寫出一篇『好』的作品來，那簡直是奇事。」三十日又提及：「儘管一個作家的私生活是不正當的，不誠實的，但寫出來的東西仍然可以是崇高的偉大的。這種說法，使我深深的困惑。」

我以為，您所不喜歡的陀思妥耶夫斯基的小說正是顯例。然而毛姆在該書對陀氏之評論，恰恰符合您的脾胃，或者如此才使您困惑了。此外，就是您評價不惡的海明威，如若以尋常人的價值評判：他結了三次婚，做著打拳擊、海釣、狩獵等容易損傷身體的活動，最後開槍結束了自己的生命，可說與好人二字沾不上邊。

我想這與您承接五四傳統有較大關係。梁啟超最初作新小說即是為了啟蒙，五四之後，中國文藝雖漸能展露個性，卻也時常被賦與啟迪民智、反映社會的任務，繼而戰後竟上綱到更無所不包的政治目的，兩岸皆曾有過政治指導文藝的樣板年代，集體壓倒了個性，致使作家的寫作都免除不了政治運動語言的習氣痕跡。如果您讀到另一美國大家福克納說作品比諸作者重要得多，會怎麼說呢？福氏甚至認為為了創作，可以借錢、乞討或偷竊搶劫；為了完成寫作，自尊、幸福、榮耀這些皆無足輕重，乃至要搶劫自己的母親都在所不惜。精妙絕倫的作品可以出自雞鳴狗盜之徒。終究我們得承認，作品是衡量作家的第一且是唯一標準。誠然，我們應當避免只就單一面向檢視作家與作品，正如不能僅從一個方面來把握一個人。可空有優良品格，卻寫不出一部好作品又有何用呢？況且，寫作不正是為了超越那在俗世軟弱的自我和肉身的局限嗎？——作品即是生命的結晶。它將汰除生命的雜質，只留下精華。一個人終要死亡，一部好作品卻可能超脫時空桎梏，接觸到更深處的未來世界。譬如從前讀老舍先生的《貓城記》，曾驚詫於他將小說場景搬到了遠在宇宙的火星，哪天人類就在火星上閱讀《貓城記》亦未可知。又譬如，您絕不會料到您這些作品在五十年後抵達我的眼前。

十二

二〇一六年三月上旬，李先生一如往常到鍾理和紀念館的辦公室準備開始一天的工作。他打算將鍾理和筆下的美濃地景串連起來，規劃出幾條文學散步路線，給紀念館的訪客有更多想像和感受鍾理和文學的可能性。只是得不斷花時間跟附近民眾反覆溝通。可能的話，他也想規劃紀念館後方山頭一條當年受白色恐怖迫害的鍾理和胞弟與友人的逃亡路線。

紀念館所在地原是鍾家的農地，即是鍾理和筆下的笠山農場。平實的兩層樓建築，擺置故去的作家遺物、稿件及相關物件。來客一進門就可見到鍾理和的半身雕像，一樓布置了像是鍾理和書房的空間，木桌、藤椅、書櫃、油畫，其實他生前從未擁有過這樣的書房。當日天氣因寒流轉涼，空氣潮溼，天空陰沉，隨時可能下雨。進了辦公室茶水間，那兩條鄰人送來的玉米還躺在桌上，他想先泡杯熱茶。辦公室旁的廁所有些動靜，他見到一個中年男子扶著一個老人。他們彼此點頭做為招呼，男子與老人走進了紀念館，感應燈亮。

李先生想，這裡雖然偏遠，卻總有人不辭辛勞來訪。大多是去黃蝶翠谷岔過來晃晃的，有不少人都是對鍾理和有些興趣才特地過來。也見過在簽到簿上寫著「尋根」、「參拜」之類的到訪理由。李先生在這裡就職還不到一年，而這座紀念館已經三十多年，幾年前才內部大翻修過一回。現在的空間比起以往至少平整、開闊多了。二樓增加展示以鍾理和命名的小行星模型和星圖，還做了以鍾理和作品選段的籤詩遊戲，多少讓單純展示的紀念館有些互動氣氛。雖然李先生也不知有什麼人大老遠到了這裡，會因為玩了籤詩遊戲就覺得好棒好開心的。

過了約一小時，李先生從辦公室走出，發現紀念館的燈還亮著，就跟站在門庭吸菸的男子攀談。原來他是帶北京來的長輩來訪，據說老人是老臺南人，但出生沒幾年被家裡帶去北京。這次返臺是老人去中國大陸後的第一次。

「我看應該有超過七十年沒回來了。伊老爸是阮阿嬤的兄弟，幾個月前突然說想回來看看，就一個孫子帶伊過來。這裡是他唯一指定要來的，其他什麼故宮、日月潭反倒都沒聽伊說欲去。」

「他們在大陸那邊也知道鍾理和嗎？」李先生有點意外。

「坦白說，我在臺灣我都不知道鍾理和了。只有印象好像秦漢演過他。是阮女兒說現在課本有收他的文章。我這阿叔是有說過，好像細漢時候有見過鍾理和還是讀過他的冊。」

「這樣子啊。」

男子口中的孫子從裡頭走出來，李先生也打了招呼。高高胖胖的孫子跟他說，以前曾在臺灣買了一套《鍾理和全集》扛回北京送給爺爺。這次來，也算了了爺爺的心願。

「自他拿到全集就天天讀，讀了就一直唸叨著什麼時候回來一趟。總算成行了。」

「剛才聽說這位爺爺曾見過鍾理和是嗎？」

「是這樣的，我爺爺說我太爺爺從前在北京，那時候叫北平，都是臺灣同鄉會的朋友，彼此認識。大概因為這層關係，有見過鍾理和吧。其實鍾理和的書我讀不太下，總覺得有些平淡，總是寫些農村呀、田園呀，隔膜。當然也可能是跟豎排繁體字有關，讀著快不起來。不過我爺爺是真喜歡的，有時還寫信給鍾理和。」

「寫信？」李先生疑惑。

「是的，你沒聽錯，寫信給鍾理和。據說他老人家老早養成習慣，每隔一段時間就要寫信給鍾理和匯報，說說近來的生活點滴。我看他今天走這一趟，回去肯定又要寫信了。倒是你們這兒一會兒亮、一會兒滅的，我得在這兒走進走出，免得我爺爺一下看不見。這跟在臺北有些酒店的衛生間老自動沖水一樣啊，挺煩人的。」

李先生不好意思的笑笑，在門口探頭看館內老人的背影。他似乎正拄著拐杖在低頭看著櫥櫃裡的手稿。老人逛得很慢，像是要將展出的稿件、信件、日記都一張一張看過。李先生轉頭，抽菸男子和老人的孫子在門外各自站著，目光收束在掌上的手機，就像老人看手稿那樣認真盯著小小的螢幕。李先生準備走進辦公室，打算多泡幾杯茶跟他們坐下來聊聊。那孫子叫住他，問：「我爺爺剛才倒是好奇，這裡有沒有種夾竹桃呀？」

「這裡沒有。」李先生回答的同時才生出疑惑，是啊，這裡比起北京更適合栽種夾竹桃，怎麼沒種呢？

這時雨稍微安靜地落下，門內的燈又熄滅了。

你讀過《漢聲小百科》嗎？

小時候常有人問我有沒有讀過《漢聲小百科》，通常這麼問的人下一句都是：妳長得好像裡面的阿桃喔。那時我跟阿明商量過，他覺得最好不要承認，不然很難解釋，何況小百科已經離開，被說是騙子就更麻煩。

說了只是徒增困擾，乾脆不說。誰叫這套書當年那麼暢銷，幾乎我這輩的孩子都是讀《漢聲小百科》長大的，小百科領著阿明、阿桃飛天遁地，陪伴大家度過無數的童年時光。我們穿梭古今，上天下海，親臨各種知識的現場，從地殼變動、板塊漂移，去過月球，見識恐龍，走訪都市下水道系統，分析品嘗不同種類的柑橘，乃至鑽入身體觀察器官機能的運作。誰也沒想到小百科和我們真實存在，同樣跟著大家成長、逐漸變老。書仍在繼續流通，相隔三十年居然復刻再版。當我突然看到網路書店的廣告時，不禁感嘆時間過得真快。

現在回想小百科的模樣依然歷歷在目：圓圓的頭像超市賣的黃色有機蛋，整顆頭黃澄澄，導致我後來看到「黃疸」這個名詞直接聯想成小百科的臉。多年後才覺得奇怪，小百科號稱外星人，卻跟人類一樣有眼耳鼻口，頂上只有四根毛（還是比較粗的觸鬚？），胸口是大大的太極圖，戴手套穿靴子，肩背上是類似香蕉葉的披風。他有許多超能力，感覺很厲害，不過僅僅限定教學用途，其他時候就跟普通人類沒兩樣。

小百科來的那一年我們每天只要等著玩，什麼都不用管。直到他離開的時間愈長，我才愈來愈明白那是多麼特殊的經驗。我們很快落入大多數同齡小孩的處境，上美語班、學鋼琴，寒暑假就是去哪個營隊報到，我們只能讀著紙本的小百科想念小百科。上了國中，我們接連被扔進私立學校，在嚴格、無趣的升學管教下，讀完高中和大學。結果我們大學畢業又回到學校，阿明去當小學老師，我成了高中老師。

我偶爾猜想從小百科的角度來觀察此時的自己，會看到什麼？一具老化中的身體？各種器官機能圖解？那些充滿趣味的換算（例如把一個人體的血管拉出接在一起約有十萬公里可繞地球兩圈半），如今看來就只是數字，還比不上在便利商店看到買一送一的衛生棉特價給我的興奮感。我甚至不知道什麼時候失去了對世界的興趣。我知道有些讀者一定不敢相信，跟著小百科混過一整年的孩子長大後變得這麼乏味。有時興起，搜尋網路，總會見到幾串跟小百科有關的討論，大部分說有多愛讀這套書，少數人就阿撒不魯。我每每想回覆：

我沒跟阿明亂倫。

我也沒跟小百科嘿咻。

謝謝你暗戀我。

也謝謝你把那些青春期的新鮮精液奉獻給我。

看到這些不會讓我心情不好，也不至於冒犯到我。只是讓我更加想念那年無憂無慮的日子。我沒跟人提起認識小百科的事，歷任交往過的男友皆不知道我就是那個阿桃。不過我倒是會以有沒讀過小百科當做交往的衡量標準。這聽起來有點變態，其實滿實際的。如果小時候好好讀過小百科，這人對於各式各樣的知識可能就會開放很多，比較不偏廢；可能對我多一分親切感（我也叫阿桃呢）；還有就是，如果家裡有一套，表示家境不會太差，父母重視孩子的教養狀況。

似乎從林小樓飾演的桃太郎爆紅以後，就沒什麼人叫我阿桃了，開始有人叫我momo或momo醬。再大一點則是香港三級片《蜜桃成熟時》當紅，有些討厭的男生會故意叫我蜜桃。過幾年，有男同學看了吳宇森的《變臉》，學尼可拉斯．凱吉演的壞蛋說「蜜桃一顆我可以吃好久」，猥褻地吐出舌頭亂舔，就是想看我有什麼反應。這類青春期的瑣碎煩惱，小百科當年從沒跟我說該怎麼辦才好，我只能自己學著應付（跟著他環遊知識世界那時才八、九歲啊）。小時候學過一點防身術（阿明可不敢欺負我呢），小學男生不敢對我太放肆，可惜長愈大身手愈生疏，馬步蹲得虛浮，只剩花拳繡腿和幾個名詞，沒法教訓那些滿臉痘痘的臭男生。最近幾年，劉德華跟葉德嫻主演的《桃姐》上映後，大家竟開始叫我桃姐了。

說到對人體的理解，我比一般同齡孩子豐富得多。但高中時候談戀愛，第一次舌吻，在溼淋淋的口舌交纏、唇齒磨蹭的過程中，好像有什麼黏液在腦子的深處、身體的底部慢慢浮現、擴散開來，整個人有點陷在無意識的酥軟狀態，可以感覺得到對方的體溫、身體接觸的熱，以及頂在胯間的凸起物。

我們進展得很快，在某天午後無人在家的他房間度過第一次。當時只有撕裂的劇痛感，現在回想卻奇怪地可以清點那個下午的所有細節，彷彿複製那個房間的擺設、光影、窗簾顏色、書桌上的參考書，甚至是單人床上的皺褶。高中的戀愛就像大人告誡的那樣短命，一畢業，分隔兩地上大學，各有各的生活圈和新朋友，逐漸就失去聯繫。我或許理解身體的變化，卻不怎麼明白情感也有變化。我記得小百科帶我們穿越時光隧道，觀看一歲到十五歲的成長過程。他說：「要知道，人每天都在成長，隨著成長的過程，不但身體器官會改變，連思想和行為也都有很明顯的轉變，很有趣喔！」那時候的阿明也想要快快長大，想當阿兵哥保衛國家，還要做太空人飛去外太空找E．T。

生活一天過一天，我在某些日子會想起模糊的印象，或深或淺。比如一月八日是阿美族李光輝回到臺灣的紀念日。他在二戰時入伍，隨著日軍在印尼的摩羅泰島作戰，趁機逃離隊伍，獨自在熱帶叢林度過三十年。小百科曾把我們丟進叢林試著野外求生，阿明跟我簡直嚇死，連生火也不會（阿明居然想在陰天用眼鏡聚光生火！），蟲魚鳥獸樹木一概不認得，最後是小百科給了火柴和塑膠布才勉強度過那一晚。小時候只覺得三十年是很遠很遠以後的事，難以想像有人在叢林獨活三十年，沒人說話作伴，卻擁有活下去的種種技能。我分不出那是懲罰還是獎賞。在那罕有人跡的林木間，李光輝始終保持不被發現的警戒，絕不在白天生火。比起我們，他可能跟數萬年前的原始人還接近一點。也許他沒想過戰爭會結束，沒想過能回家，沒想過繼續活下去是為了什麼，他只是回復到生命的原廠設定，像史前第一個發明用火和自製器具的人類，也像是終結歷史的最後一人。

李光輝在熱帶雨林藏匿期間受過傷、得過瘧疾都能痊癒，回到臺灣不過四年就肺癌過世，只活了六十歲。他的身軀大概已無法適應太多文明。我後來發現，像他這類的「逃兵」不是唯一，在他之前還有兩個日本軍人分別躲了二十八年和二十九年，都活到八、九十歲才過世。以前從小百科得到的資訊說李光輝回到臺灣，與家人一起住在家鄉臺東，享受天倫之樂，可惜時間太短。然而後續有報導提到，「李光輝」是他返鄉後多出來的從沒用過的新名字，妻子改嫁，兒子成家，父母已逝，七個兄弟姊妹僅剩一姊一妹。他不願干擾妻兒習慣沒他的生活，甚至分送手上的大筆日本政府賠償金給妻子的現任丈夫，選擇獨居一處。多出來的他，獨活的時間沒隨著回來而停止，不斷延長到最後一口氣。據說他生命的最後四年鬱鬱寡歡，把內心封閉起來，絕口不提往事。更沒有像另兩個日本人出版傳記，接受自己成為歷史遺跡，順便多撈一點老本。

小百科當時沒告訴我們這些，可能考量到不太適合給小孩過於陰暗的故事吧。李光輝的一生，從史尼育唔（Suniuo）變成中村輝夫，再成為李光輝，被稱為「中國的魯濱遜」。但他覺得自己是邦查（Pangcah）、日本人還是中國人呢？我不知道。

我想起小百科的第一封信。那個跨年深夜出現在阿明床上的信，說是只要當他的徒弟，就可以上天入地、穿越時空到處去玩，不過我們得在拜師前回答兩個問題：（一）你住在哪裡？（二）你是誰？

當時我回答第一個問題：中華民國、臺灣省、臺北市、八德路4段72巷16弄5號4樓。

現身的小百科說不對不對。他要我們假設一個在宇宙邊緣的太空郵差要寄信，地址該怎麼寫。接著他拍了腰間的紅色按鈕，投影出3D影像，原來我們所在的地方是一層層不同尺度下的空間座標，所以答案應該是：宇宙、銀河系、太陽系、地球、中華民國、臺灣省、臺北市、八德路4段72巷16弄5號4樓。

想起這些真是滿溢著懷舊氣味，此時此刻，幾乎沒人會提起「臺灣省」這個行政區域的稱呼了。小百科這套書的slogan是「願這套由民族本土出發的知識百科叢書，使我們的孩子由認識自己，進而探究萬物奧祕，做個護土保國的中國人」。曾幾何時，「中國人」簡直跟髒話沒兩樣，我們這一代剛好躬逢其盛，趕上本土意識的大爆發，國族認同的新聞民調這些年來一路從「我是中國人」滑動到「我是中國人也是臺灣人」、「我是臺灣人也是中國人」，再到「我是臺灣人」。可是且慢，當年小百科降臨臺灣，本來就是要「尋找聰明的中國孩子做徒弟，傳授知識」。說來有點不好意思，但我們李家族譜寫著來自甘肅隴西，據說祖先就是唐太宗李世民，到阿明與我這一輩已是李家渡海來臺兩百多年了。那時我就對小百科回答第二道問題：「我是李永桃，隴西堂李家遷臺的第十一代子孫，也是中華民族大樹上的一片葉子。」我從小相信自己是堂堂正正的中國人，但也不覺得自己不是臺灣人。現在的國中生開始接受「認識臺灣」課程的時候，我正在讀大學，有些教授告誡說，諸位同學啊，你們要記住，你們以後出去教書，別只當自己教國文，你們教的是國學、是國粹，要自己看得起自己，別跟外頭那班政客瞎起鬨。

開始在學校任教後，見識過形形色色的學生和家長。有次為了處罰班上學生無照騎機車，家長來了只知道護著自家孩子，氣噗噗指著我鼻子說：「恁做老師的一世人沒出過社會，怎知道啥叫社會事？」我一時氣憤，找不出話頂回去，只軟弱說那也該要有駕照才給他騎車吧。我深刻體會，家庭對一個人的價值觀影響，實在重大。可是現在許多家長忙著工作，等於是把管教的責任都丟給學校、老師了。大學同學偶有聚會，多半就聊些學校八卦、交換家長和學生奇觀經驗談。大家說說笑笑挺愉快，但那家長的指責始終讓我耿耿於懷。

大概是在立法院被占領的那段時間，我猛然又想起那句話。我不明白那群學生為什麼要以這麼激烈的方式表達異議，也不明白為什麼愈來愈多人每天晚上去那裡待著。我在學校任教的生活，難道真是與社會上多數人區隔開來的平行世界？有天晚上，我決定到現場感受一下。出了捷運站，我走向立法院周邊，隨意坐在濟南路靠林森南路一帶布滿拒馬、蛇籠的柏油路，混在人群中。碰巧那一區有像是研究生的人在帶小組討論，散落在附近幾個人圈。那些問題很簡單，不外乎為什麼想到現場來、來了之後的感受、對於服貿議題有什麼瞭解和意見、從自己的行業來看服貿有什麼感覺等等。我身邊是兩個北醫醫科的大二男生，他們侃侃說著現在就已經知道健保、臺灣醫療體系崩壞的狀況，以後當醫生只有繃緊皮苦幹的份。對服貿不太瞭解，但好奇現場的實況，想來親眼體驗；髮廊來的洗頭妹說是趁著下班後的空檔來看看，據說服貿會影響到理容業的生意，要是通過可能會有很多大陸妹來搶生意；出版社的編輯分享他們現在工作是上班打卡制、下班責任制，服貿雖然不包括出版，但有印刷業，日後陸資來臺掌控印刷廠、削價競爭吃下大筆訂單，到時想印什麼敏感、反共的內容搞不好都會被拒絕呢。

輪到我發言的時候，我自稱李小姐，高中國文老師，單純來看看現場，怕要是有學生來了不知安不安全。我不太敢在這種場合表達自己真正的感受和意見，雖然那研究生不斷地鼓勵大家多說一點，間或追問得更深，希望引出更多討論。但我依然只是聽，少說少錯。那個夜晚相當平靜，前方群賢樓附近的舞臺不停輪換講者，喊口號、帶動唱，到處都是瓦楞紙箱和睡袋，物資堆得像小山，醫療站總有人值班，有一小群人分送饅頭麵包廣東粥當宵夜，另一小群人在做垃圾分類，流動廁所在不遠處。人很多，或躺或坐，時走時停，有搭起帳棚讓小孩跑來跑去的父母，也有寫著大字紙板「今日香港明日臺灣」的香港人。

很難整理分類那晚的情緒。我看著繩索拉出來的醫療通道和垃圾分類，著實覺得不可思議：想像中的抗爭現場是鬧烘烘、混亂和潦草將就，暴力隨時可能發生。但這附近的喧嘩底下，隱含著秩序和規矩，到處有人在馬路邊談論或實踐民主。我繞著立法院周圍走一圈，微小、衰弱的其他聲音，化身長年駐守在立院門口的臺獨歐吉桑，以及在青島東路口附近搖旗放廣播的統派老杯杯。我訝異這些政治色彩如此不同的族群，全都圍繞在立法院四周。那裡好像政治立場自助餐，什麼都有得選，什麼都有人跟你站在同一邊。

當晚回家後我依然困惑。說真的，我對政治實在欠缺理解的動力，以前阿扁當選、阿扁兩顆子彈、紅衫軍反貪腐、阿扁被關、小馬哥上臺、小馬哥連任這些，我都覺得與我無關。我們既然是個民主國家，誰當總統好像沒什麼差別。我決定暫時不主動關心，也別讓人感覺我在關心。可這些氣氛畢竟籠罩著，我仍會知道哪些人成了媒體寵兒，哪些人變成箭靶，那陣子下的冷雨都似乎比較刺骨。我在高一班講袁宏道〈晚遊六橋待月記〉，在高二班講《戰國策》裡的〈馮諼客孟嘗君〉，在高三班講賈誼〈過秦論〉順道幫他們做點高一古文的總複習，只要是白話文我都放牛吃草，沒道理看不懂吧。這些課文呢，從我讀高中就是這幾篇，到了我教書還是這幾篇。就說西湖，我從小到大都覺得杭州西湖一定就像詩文寫得那麼美，而且理所當然覺得那是「我們的」杭州西湖。其實我至今沒去過杭州，只去過三義的西湖渡假村開研習會。那並不妨礙我欣賞文字裡的西湖，想像必然比現實還美。我喜歡讀得懂這些千年不變的漢字，喜歡這些方塊字的一筆一畫，喜歡那些筆畫和文字組合背後跟淵遠流長的中國歷史有這樣那樣的連結。

回想小百科傳授的天文地理知識，我隱約可以歸納出他想讓我們瞭解，萬事萬物都有來由，動植物經過漫長演化而來，地貌也歷經久遠的光陰造成。如果將一百五十億萬年的宇宙濃縮在十二個月的宇宙曆，人類的文明歷程不過十幾秒，而此時人類的一年只占47分之1秒的存在。

我有時在課堂上跟同學們講到這些，說生活在二十一世紀的我們居然可以讀懂兩千五百年前的漢文原典，那是多麼驚人的事。所以我們該珍惜文字，珍惜我們的正體字傳統，那幾乎就是活化石。大多數學生昏昏欲睡，好像來學校的任務就是想辦法撐過整天課程，把神智活力全保留在下課和放學後。這些年輕學生的身上沒有一絲歷史感，他們像是有幾輩子的青春可以揮霍。有時我真羨慕他們可以安於自身的空洞無知。

跟光頭王講到這些教書的事，他總說學生就是這樣啦別太認真。我們在某次研習認識，初見面就覺得他好面熟，瘦長的身形，耳朵尖尖的雞蛋頭，頂上的毛髮稀疏接近光頭，穿著金州勇士隊藍色T恤印著大大的海灣大橋隊徽。一打招呼，他就自己說是不是覺得我很面熟很多人說我長得像小百科呢哈哈。他這一說我真差點以為是小百科化身成他的模樣與我重逢。他一看我名字就說哎呀真是有緣妳就是阿桃嘛好久不見。

光頭王當然不是小百科，他是有妻有女的人類，自得其樂做個教書匠。我甚至還沒細想我們就走在一起了。我每每想分析自己為什麼那麼多人不愛，偏偏要愛光頭王。許多感觸，比方說，就像某個星期天下午無事可做、無人可找，不想逛街不想看電影也不想待在家，才愕然領略孤獨是怎麼回事。就像盲人終於摸出了牆壁與牆壁之間只有死角。隨著年紀日增，周圍結婚生子的朋友自有週末的例行規畫（帶小孩去公園或大賣場走走），爸媽不需要關心比妳還忙碌（爸爸退休後更是放心帶著媽媽到處爬山賞鳥），反而要時常回應他們來關心妳的感情生活。至於阿明嘛，我們家誰也不清楚他在忙些什麼。

那種時刻如果出大太陽，我就會覺得那陽光殘忍得像刀，有我無法承受的溫暖。如果下著雨，就跟我心裡的陰鬱押韻對仗，滿溢冷峻的潮溼。如果是陰天，我的腦子就無限循環播放莫文蔚唱

「陰天在不開燈的房間」，怎樣都關不掉。那時的我很不正常，會脆弱得想跟世界多點聯繫，得想辦法忍住不聯絡光頭王。

要是我的學生知道老師是個通姦者會怎麼想？我頭一次看《鋼琴教師》，女老師跑去男學生看A片自慰的MTV包廂撿起包裹著新鮮精液的衛生紙嗅聞，也自慰起來，我就知道那拍出了深藏在我心中的欲望。那種膨脹的時候，我閉眼念口訣似的背誦小百科教導的人體知識：人體內含6根鐵釘，可製成900支鉛筆的碳，可製成2000支火柴頭的磷，足以載人飛上高山的氫氣，頭髮可支持8000公斤，心臟一生跳動26億次，指甲一生可長250公分，眼睛能分辨800萬種顏色，鼻子可分辨4000種氣味，打噴嚏的速度比颱風還快，一生可排泄3000公斤的糞便。許多知識在轉換之間逐漸散失意義，無用的知識使我安心。

小百科在的最後一個月，帶我們到未來世界走了一遭。那時年紀小，無法分辨真正可能的未來與想像的未來之間的差異。每次我腦內重播這些記憶，一開始只是看，漸漸才辨識出哪些只是樂觀的假設，哪些不是。這很像《回到未來2》，主角穿梭到三十年後的二〇一五年十月二十一日，電影裡的滿天飛天車、球鞋自動綁鞋帶、出門可用懸浮滑板、濃縮還原披薩這些，都沒在真實的二〇一五年實踐（芝加哥小熊隊不僅沒奪冠還正好那天被淘汰）。小百科版的未來生活也是如此。那個未來世界中，人類城市移往地下、海底跟海上，且幾乎都有玻璃罩包覆整座城，以隔絕空氣汙染。那裡有無人駕駛的自動公車、時速一千公里的磁浮列車，家裡有機器人僕役，吃調味營養藥丸或自動烹調廚房送來的餐點，穿可溶免織布服裝，用巨大的電腦學習知識、做功課，用電視電話和電子傳真機通訊。這些都是小百科從當時的人類想像擬造出來的逼真場景，我們就像在電影實境演出。也許《回到未來2》裡吐出「你被解雇了！」的電子傳真機就是小百科讓我們見識到的那一臺。

小百科讓我們模擬過一場美蘇大戰，結局是兩敗俱傷，地球毀滅。就結果來說，顯然是要給世人教訓，期許人類多從未來的可能回望現在，避免釀成悲劇。我還有印象，玩過戰爭遊戲當晚，我跟阿明的心情都很差，一方面不瞭解自己為何無法勝出，一方面真擔憂起遙遠的美蘇兩國局勢。雖然我們照樣上學放學，吃飯睡覺，生活中從沒感受到任何挨餓受怕的威脅，卻隱約察覺類似陰影的東西。像是幽靈、鬼魂，我們很怕看到其實從沒看過，卻又覺得有。那時沒想過小百科常讓我們看螞蟻、飛鼠、蔬菜之類動植物剖面圖的用意，可能也是要鍛鍊我們的眼力能看到眾多事件、現象底下的剖面圖吧。畢竟誰想得到一九八九年柏林圍牆倒塌，隔年東西德統一，而蘇聯竟在一九九一年瓦解。那會兒我們忙著跟一大堆參考書、測驗卷搏鬥，從電視新聞看到那些小小的畫面，只當是背景沒多加注意，還不如那時大家在瘋的中華職棒，連補習班上課都有人偷偷戴著耳機聽轉播。

有回我跟光頭王躺在一起的時候，我問他以前看不看中職。他說何止看，簡直不離不棄，當年時報鷹簽賭案多傷他的心啊。他是中南部鄉下小孩，上臺北讀大學才有機會進場看球，全靠廣播、看《民生報》和《大成報》的體育新聞吸收職棒資訊。也就是說，他完全錯過時報鷹最顛峰的時期，只目睹到剩下空殼的二代鷹。我們這一代的成長過程就像工廠生產線，很自然地九年國教、家裡期待的往上讀就繼續讀高中、大學乃至研究所，能讀盡量讀。可是我們也完整錯過了社會的變動。校園是個封閉的場所，知識在此凝固不前，許多內容一再重複，只是逐漸加深複雜度。不管是住鄉下的光頭王或是在城裡的我，都住在隔離區，遠遠觀看世界。他沒有因為鄉下出身比較認得五穀雜糧或四季水果，手腳不俐落，不會游泳更不太運動，所有我們城市小孩想像的抓昆蟲放風箏爬樹玩水一概不會。他說哪有你們那麼好命什麼都有，我們在前段班就是考試讀書考試讀書，家裡不叫你幫忙做田裡的事很不錯了。他們沒課外書可看，有也是每週一本三十五元的《少年快報》。我問那你怎麼有小百科可看。他悠悠地說，有個鄰居家裡開工廠，那家媽媽聽信推銷員說這是為孩子好，二話不說買了。我常去他們家看卡通、看他們兄弟打任天堂，看到那一套小百科十二本亮晶晶擺在客廳的電視酒櫃裡，上上下下盡是些白蘭地、茅台、金門高粱啦，鄰居說隨便我看。那陣子我每隔幾天就借一本回家看，心想我長大了也要買一套給自己。我還記得書裡面教跑步的是紀政，教打擊的是亞洲巨炮呂明賜。

我靜靜地聽，分神想著我們從小到大升學，畢業了接著在另一所學校教書，直到跨越四十歲，沒出過社會，大概就會一直錯過外面的世界吧。每個學期開始發新課本的時候，我習慣順手拿來歷史和公民課本，想到就隨意瀏覽幾頁。總可以發現一些不記得的、一些不知道的、一些以為記得又忘了的。我的記憶似乎外在於歷史，瑣碎、零星、片段，毫無脈絡可言。有時遇到什麼年分日期或事件就想上網查維基百科，我真不敢相信小百科說人類大腦可以儲存兩千萬本書，這輩子要是能記得二十本書的內容就很不得了了。

光頭王說前幾年才雄雄想起小時候有個夢想是買整套小百科。他記得那天特別開心，立刻在拍賣網站搜尋，選到一套保存良好的二手書。他說小時候對小百科講到第一個上外太空的科學家王贛駿特別有感，做過書裡的太空人測驗，夢想有天搭太空梭飛躍天際進入太空。可惜國中數理化太差，高中根本不敢選自然組，自然放棄了太空夢。他女兒現在不過四歲，他已經想著要陪她一頁一頁重溫小百科了。他又說，以前從來不覺得，重新翻閱才發現小百科搞不好是統派，那裡面的大中國思想實在有夠濃，到時跟女兒重讀得跳過那些章節，不然有點不切實際。

我轉頭望著他與小百科神似的臉，恍惚錯覺他竟有認真反省統獨意識的一天。以今日的檢驗標準來看，小百科毫無疑問是統派。胸前是太極圖，灌輸我們中國如何如何，投影出來的中國地圖是秋海棠形狀，說起老祖宗就是北京人、山頂洞人，還帶我們參觀遠古中國的恐龍樂園。那確實在潛移默化中造就我們與中國文明的聯繫感。我們就是在以全中國尺度和眼光的巨大幻想成長起來的，只是剛好住在臺灣省臺北市。那時沒人會跟我們說，中國的疆域早就長成老母雞，承認蒙古人民共和國的國家比承認中華民國的還多。小百科細數了各式各樣「中國之最」，地理的、氣候的、動植物的、礦藏的、建築的、藝術的、人口的等等。其中那句「中國最小的省、最大的島：

臺灣」如今大概對很多人來說非常刺耳。但當時我們的歷史、地理課本都這樣寫，老師從來沒跟我們說過哪裡不合理。說起來，那時讀高中還有三民主義要背要考，我們照樣應付，沒人質疑三民主義根本沒在全中國落實過。我的高中老師說，不管你當歷史還是小說看，你們就當這也是文化基本教材全部背起來一定不吃虧。

自稱有點臺的光頭王說，想想也對，國民黨統治臺灣超過五十年，如果沒建造一座超巨大的幻想國度，怎麼有辦法待得下來。層層疊疊的虛構，一代傳一代，根深柢固，且讓人民自行生產催眠幻術，輔以國家民族大義，遇有某些少數聲音就壓抑、忽略，多美好啊。我們是中國人，握有中國傳統優良文化的詮釋權，何止中華民國在臺灣，中國就是臺灣。每天走在臺北市的街路，在在提醒我們擁有全中國、一個國父、一個五連霸總統、一個美國總統。那些美其名為臺派的獨派怎麼能理解這種巨大幻覺之必要。

光頭王說完看我沉默不語，接著說：欸唷別想太多，統派獨派都嘛一樣，一個是博大精深的過去式幻覺，一個是篳路藍縷的未來式幻覺。妳想哪些人會產生幻覺？要不嗑藥，要不精神病，妳要選哪個，我可都不要。一個做掉另一個，只是抓交替，最好都超渡了吧。倒是我對妳說的那篇「中國之最」有印象。前幾天我翻八月那本看到，裡頭說中華民族是五十六個民族融合而成，漢族人最多，超過九十三趴。這真的很妙，妳知道為什麼嗎？五十六這個數字其實是中共官方劃定的，其中有一族叫做高山族，囊括全臺灣的原住民，光是這點我就覺得超可疑的。更可疑的是，為什麼這條內容會出現在解嚴前的臺灣兒童百科全書？雖然也是寫得很馬虎沒把五十六個民族都列出來。

為什麼？

我不知道。反正那個民族劃分一定有很多問題。

光頭王嚴肅起來的時候會不自覺摸摸額頭，說不定他真有四根看不見的觸鬚。那天我沒回住處，回去爸媽家。爸媽不在家，我躺在自己房間的單人床，沒開燈，漆黑中直直看著天花板。這裡有一切我熟悉的事物。養了十六年的小老虎的項圈始終在書桌上，靠近聞似乎還嗅得到牠遺留的味道。以前收集的各式香水信封信紙的檔案夾還擺在書桌上方的櫃子，桌底有兩個鞋盒放滿舊信、卡片和一些明星小卡、沒用過的鑰匙圈。牆的另一邊是阿明的房間，一樣有張單人床、一張同款的學生書桌櫃。我們家那套小百科就擺在他房間。可能那套書完全依照我們跟小百科的遊歷寫成，成書之後我反而沒怎麼想過要讀，總覺得還歷歷在目，記憶猶新。我起身進到阿明房間，小百科就擺在床邊的矮櫃，我隨意抽了兩本坐到桌前，扭亮燈。翻閱的時候，偶然看到那頁介紹身體成長歷程，裡面預言我想在二十五歲結婚生子，阿明則是二十八歲成家。這裡夾著一張信紙，看來是阿明前男友豪哥偷偷放在這裡的。我稍微想了一下二十五歲在幹嘛：正式開始教書的第二年帶班當菜鳥導師，總統是阿扁，論及婚嫁的大學時代男友劈腿，草草分手。後來我們又糾纏了幾年，他還是跟別的女人結婚了。我記得那時阿明會把我拖出門，帶我到忠孝復興站旁搭巴士上九份，逛乏味的老街，吃芋圓，喝山粉圓，坐進茶館看彎曲的山路夾在山裡，看遠方小小的汽車來來去去。有時阿明也找男友豪哥一塊。彼時豪哥還在讀中文研究所，常參加文學獎比賽，拿到獎金就請我們兄妹吃飯。

豪哥曾跟我們聊起小百科，好奇我們的人生是否有受到怎樣的影響。阿明回答，或許可以這麼說，小百科讓我以為我長大後想要到中國旅行。可是我搭上飛機，下來的時候發現自己身在泰國。我一下子有點困窘，不會說泰語，身上帶著都是人民幣，只好去換泰幣，在曼谷市區找家飯店住下，開始研究接下來幾天可以玩些什麼。豪哥故意鬧他，你什麼時候去曼谷爽都沒說！阿明說，只是打個比方嘛。我說，不知該怎麼說，但有點像阿明形容的那樣。

我不是很明白他們同性戀的世界是怎麼回事。這是我們家的祕密。我不知道為什麼自己那麼魯鈍，直到那陣子阿明帶失戀的我出遊，才發現他愛男人。第一次跟豪哥出去後的晚上，我們罕見地聊了好久。阿明說他試過要跟女生在一起看看，怎樣就是沒辦法，他總是以理智來看待男女交往的關係，機械地一步一步發展，什麼時候牽手，什麼時候擁抱，什麼時候親吻，像在做數學習題那樣。他大概國中畢業後逐漸確定自己應該是喜歡男生（他說以前最喜歡的是小太陽鍾漢良）。上了大學才有機會參加同志社團，恰好遇上豪哥，漸漸比較瞭解自己多年來壓抑的情感需求是怎麼回事。他是那種禮貌整潔的男生，絕不會違抗父母師長期望的乖乖牌，人前人後親友都稱讚有加。成了模範生的結果就是必須更壓抑本性。逢年過節老是被關心有女朋友沒、什麼時候結婚（當然我也不例外），他往往敷衍應付、含糊帶過。直到他師院畢業，分發到嘉義縣的小學任教，總算擁有比較完整的自我空間。

不過這樣一來他跟豪哥要維繫感情就變得困難。他們好不容易撐過阿明當兵那一年，終究分手，原因是阿明劈腿。豪哥打來約我喝咖啡的時候，我沒料到會親眼看他在吵雜的人聲中崩潰痛哭。豪哥說，在他們的世界裡，大家各自出去玩玩其實沒什麼，睜一隻眼閉一隻眼也就算了，只要不得病回來就好。我對坐在淚眼朦朧、俊美瘦高的豪哥跟前，或許周圍的看客甚至以為是我這女人不知好歹，竟弄哭了男友。

回去路上我馬上打電話給阿明，他在另一頭只是長長的沉默與嘆氣，最後只說了句妳不瞭解別管那麼多。之後好幾年阿明幾乎不回臺北，拿著距離當藉口，跟爸媽親友少有聯繫，寒暑假總安排出國旅行，直到有天他帶了個女生回家說要結婚了。爸媽驚嚇之餘自然是很開心，大概認為年輕人談戀愛怎麼談都好，要結婚知道回來稟報父母即可。他們先有後婚，婚禮喜宴發帖火速在一個月內辦妥，婚後半年就有了第一個孩子。那時我總覺得哪裡不對，即使我對同性戀再無知，多少理解性向沒那麼容易轉換的。大嫂在嘉義市的國中教生物與健康教育，夫妻取了兩個學校的中間點買透天厝，阿明平常總說孩子還小不想開長途車南北奔波，若爸媽想看孫子歡迎到嘉義去。他們寒暑假帶孩子回臺北，卻常待個兩三天就離開，說是家在彰化的大嫂也得分配回娘家的時間。

我跟大嫂沒太多話說，見面交談內容多半繞著學校裡的事打轉，交換彼此任教學校的人事、校長風格、學生的八卦瑣事。大嫂寡言，產後身材略顯臃腫，但他們像是趕進度似的，很快有了第二胎，那些多長的肉再也消除不了。他們難得回臺北一趟，目送阿明一家離開的時候，往往發覺我們這幾天根本沒說到什麼話。我安慰自己，這或許就是長大成人的實況吧，各人各有一個需要投注的生活要對付，無暇顧及別人，儘管那是自己的父母、哥哥或妹妹。

細想我跟阿明在成年後最親近的時間，正好是他跟男友感情穩定，而我遭逢失戀的時期。在那以後，我們的生活日漸岔開，各自邁向漸行漸遠的人生道路。阿明對於閃電結婚生子，只解釋說時候到了，年過三十五總要下點決心，能捨才有得。別忘了我們李家的第十二代孫要靠我傳承啊。看他跟兩個小孩相處也確實覺得他是喜歡小孩的，沒因為整天在小學跟一堆小惡魔相處，變得不耐。可能大嫂看上去比較一板一眼，怒目相對就能讓兩個小孩乖乖把飯吃完，一個家總要有人扮黑臉，恩威並施，不然太寵日後就難管教了。

他們一家於我愈來愈像候鳥，一年兩次返家居留，其他時候我很少想起他們。非常偶爾，在臉書看到豪哥自拍照，發發週末喝酒文，有時貼貼跟小嫩男的合照，我總想到阿明若還跟豪哥在一起現在會是怎樣呢。跟一個人好好走下去不容易，若要加上彼此的家庭就更艱難。以前有幾次跟大學時代男友回家見父母，行前我一貫緊張焦慮，煩惱該帶什麼伴手禮以免怠慢，卻老是被男友取笑哪有那麼嚴重放輕鬆點他們又不是壞人。我明白他們不是壞人，但這一切對我像是預習日後媳婦入門的演練，我不想被挑三揀四的批評。當我們徹底分手的時候，我彷彿看到有一扇門逐漸縮小溶解，半掩門縫中是他父母的臉，接著一瞬間縮成黑點，消失。門後的所有想像，全部化為烏有。豪哥也看過類似的畫面嗎？我不知道。有些人大概只需要給予遙遠、清淡的關心就好。

某天我跟光頭王才進了房間，寧靜的枕被都平整潔白躺著的時候，陽光淡漠靠在牆邊。我的手機突然鈴聲大作，嚇了我們兩個一跳，本以為學校那邊有什麼急事，卻是未顯示號碼的來電。我習慣按掉所有的未顯示來電（那通常是銀行業務、地下錢莊或保險推銷），那次反常接起答應。是大嫂打來的。我可以清楚聽見她的啜泣哽咽，我問怎麼了，她的哭泣聽來像是正在用吸管把內心搖晃的溶液快速吸起似的，她不回答，只是持續發出很靠近的哭聲。我坐在床邊，示意光頭王先去洗澡，隨手把包包放在床頭櫃，默默地聽。直到光頭王洗完圍著浴巾走出，我耳邊還斷斷續續有細微的聲響，持續了超過十分鐘，近於某種動物觀察箱的潮溼感，大約又幾分鐘，她說了對不起，結束。光頭王看我放下手機，隨即猥褻地解開浴巾，秀出他擡頭挺胸的小兄弟逼近我的臉頰。一股嫌惡湧出，我伸手拍掉，他喊說幹嘛這麼大力啦很痛耶，摀著縮小些許的小兄弟，紅著臉。我沒看過紅著臉的小百科，對房裡瀰漫的消毒水和偷情混合氣味突生反感，撂下一句老娘今天沒心情啦，走出房間。

大嫂從來沒打過電話給我，連她是否有我的手機號碼都不曉得，但她打來的電話沒顯示來電很可能是公共電話。有什麼事需要她不用自己手機反而找公共電話打來？他們一家四口平靜無波的日常，能有什麼大不了的事發生？我毫無頭緒，手邊也沒大嫂的號碼可以打回去。我打給阿明，聽上去他正在課堂，聲音正常，我說按錯了沒事不好意思。我猜應該不是家裡的事吧。等了幾天，大嫂沒再打來，阿明一如往常沒什麼消息。

我狐疑又不好明說，傳了訊息跟阿明說打算來個週末嘉義小旅行，自己找民宿住，會去看看他們。阿明回訊問得詳細，連我搭幾點幾分的高鐵來回、住在哪裡的民宿、什麼時候碰面都要知道。我回又不是要住你家幹嘛緊張，到時候再說。阿明更堅持地又問一遍，要我好好規劃，不然他們本來有別的行程安排。我想也是，說不定他們原訂要回嫂嫂老家。後來整個狀況讓我覺得很瞎：他們房子明明就在高鐵站所在的太保市，我卻得先搭接駁車到嘉義市區入住旅館，約晚餐在市區新民路的左阜右邑複合餐飲店。嘉義市區小小的，街道格局方正，我下午沿著中山路走逛，嘗了味道不怎樣的噴水雞肉飯，買了圓環附近的手搖葡萄柚茶飲。前幾年的電影《KANO》裡的噴水池圓環中央是吉祥物管樂小雞，如今換成據說是嘉農投手吳明捷雕像。我越過圓環，往北走，到舊嘉義監獄附近，遠遠看到穿條紋囚衣的假人偶掛在監獄高牆的蛇籠上。我到監獄門口探看才知道得事先電話預約參觀，只好繞著周圍走一圈。舊監獄旁是破敗的司法一村，在零落散亂的拆除木料、碎裂瓦片之間，有一道高聳的斑駁老牆戴著蜿蜒鋒利的冠冕。當下有種不爽的心情，為什麼非要預約啊。

我還是乖乖搭計程車依約抵達餐館。真是夠麻煩的，也沒YouBike可騎，招了老久的車才搭到，車資起跳還比臺北貴。司機說小姐不常來嘉義吧，我們這裡路上很難招到車的，都得用叫的，喏，這張名片給你。我簡直要翻白眼，又是預約。

我一進餐館就看到他們一家四口在右手邊的桌子，攤開品項繁多的菜單研究中。兩個小孩坐得挺好，並不躁動，乖乖等父母詢問點單。這類餐飲店在臺北很少見，從蜜糖吐司、小火鍋、簡餐、咖哩飯到鹽酥雞、甜點、各式手搖飲料都在菜單上。這頓飯吃得我不知所云，阿明跟兩個孩子嘻嘻哈哈，邊吃邊玩，一點沒搭理我的意思，大嫂自顧自地吃面前的小火鍋，好像只是併桌的客人。除了逗逗小孩，我們聊的都是阿明老早知道的資訊（一個人來，住市區旅館，我們有小孩的人沒夜生活不知市區晚上去哪，不然去逛逛文化路吧），根本談不到什麼別的。我看著他們一家四口，小的塞進後座安全座椅，大人上了前座，揮揮手再見。如果要看他們離去的車尾燈，留在臺北就好，我真不曉得為什麼特地下來一趟。不過看得出來他們夫妻應該有些問題，可能還在冷戰吧。

一個多月後，大嫂打了電話說北上開研習會順道約我碰面。

我們約了臺北車站二樓嘈雜又人來人往的星巴克。整個聽她說話的過程，我的腦袋內部不斷響著嗡嗡聲，耳鳴，直到我送她走下樓去搭高鐵。看她一吋一吋被電扶梯運走，我呆站在車站大廳，人來人往的聲音被封閉在天花板底下，突然好想知道臺北車站的剖面圖是什麼模樣，那些複雜的管線和通道可以把在這裡進進出出的人們轉運到哪裡。聲波由外而內逐漸把我壓擠成一錠藥片，溶化在這片人聲之海。我打給光頭王，速速約了車站附近的旅館。待我發洩似的做完，我要他聽我說話。

今天下午我跟我大嫂碰面，她跟我說了一大堆話，好像要把過去幾年沒機會跟我講的話一次出清，像是以後沒機會再見了。她說，小妹這些話我不知該從何說起。她曾有個不上不下的結婚時刻，對方跟她在一起五年，見過彼此父母，參加過彼此兄弟姊妹的婚禮，隨時都可以結婚卻終究沒結。那是個「不結婚就分手」的點。不知為什麼兩個人交織出來的關係會演變到那個點。跨過那個點不久，朋友邀她聯誼，就這樣認識了我哥。兩人任教的學校近，時常下課約了開車到附近縣市晃，最常跑臺南。某晚在北門水晶教堂夜遊，安靜的夜空下，他們聊到對未來的打算、對家庭的嚮往，她著迷似的點頭加入，一切發生得很快，好像她睡了一覺起床，赫然發現自己住在不熟悉的屋子，身邊躺著有些陌生的人，床邊嬰兒車有一團軟軟的活物。還在坐月子，阿明就急著想再要一個，他們趕高鐵那樣衝刺，隔年又有了一個。如果只是他們一家四口，吵吵鬧鬧怎樣都可以。

直到她住進阿明那幢透天厝，才知道有個年約五十的大哥也住裡頭。阿明總是說，大哥曾給剛到嘉義時的他諸多支持和幫助，他才有信心建立自己的家庭。現在大哥退休了，孤家寡人，找他來一起生活也好有個照應。大嫂挺著大肚子，沒多想，只覺得阿明情深義重得有些說不上的詭異。起初，大哥常笑咪咪的，早起幫他們兩個老師準備營養早餐，晚上料理一桌讓他們無需外食。大嫂雖覺得跟長輩住一塊到底有些拘謹，可大哥就像個管家把整個家弄得妥貼舒適，不好再說什麼。她始終覺得沒法跟大哥說上什麼話，可能她自己本來話就不多，不善與人溝通。阿明婚後與她分床睡，說是怕睡覺翻來覆去踢被影響到胎兒和她的睡眠。大嫂努力回想，幾乎要確定自從她懷孕以後，他們就沒有擁抱或親吻，彷彿阿明已經完成播種任務，接下來就是等果實成熟。

大嫂沒機會恢復身材，第二胎又在肚子裡長了。大哥三不五時煲雞湯，烏骨雞、老母雞、麻油雞之類的，不停滋補她。有次她真的喝厭了反胃，開玩笑說好啦大哥我又不是代理孕母這樣夠了。大哥的臉部線條倏地繃直，阿明在一旁咬著下唇皺眉不說話。一室沉默。大嫂想，說錯了什麼話嗎，怎麼突然嚴肅的氣氛像巨手握住整棟房屋，有種緩慢離地的虛浮感。

大嫂說最後悔的是答應我哥再生一個孩子。平時他們夫妻倆各自到學校教書，孩子就交給大哥帶，阿明說人家大哥願意主動幫忙當免費保母要知道感恩。大嫂知道大哥帶小孩辛苦很感激，可是幾年下來，兩個小孩看到她知道喊媽媽，她卻絲毫感受不到自己是他們的媽媽。我問大嫂，扣除白天工作，還有晚上和假日可以相處，畢竟住在一起，沒道理跟妳不親啊。大嫂托著腮，眼神飄忽，輕嘆，說她也這麼以為。他們怎樣都是從她肚子裡出來的，怎麼說都是血親，何況她又不是沒花心思跟他們相處。但他們每日的相處時間實際上只有下課後回到家的兩三小時，一天工作下來夠疲累了，陪他們洗澡、吃飯，到九點鐘準時上床，說真的她怎麼打起精神都難免恍惚。有時自告奮勇要下廚，大哥夾了幾筷就不吃了；有時想自己帶小孩出門逛街、逛夜市，阿明一句不要破壞小孩的作息就塞過來，約莫十次只有一兩次能出得了門。接著是愈來愈多的理由，外頭的食物不乾淨，外頭人多妳一個女孩子帶兩個小孩出門要是弄丟了孩子怎辦。演變到後來，她會一個人到市區，看看哪個時間最近，鑽進電影院看電影。回到家接近午夜或更晚，她總要在停好車後，熄火，在車上聽嘉南地區的Apple Line蘋果線上電臺無止盡地播放國語流行歌。她有時會聽到連續好幾首歌都是少女時期的老歌，模糊地懷念起那個貼著卡式收音機熬夜收聽夜光家族的自己。下車，摸黑打開門，進到自己房裡。阿明通常睡了，她待在光亮明潔的浴室裡洗澡、吹頭髮、擦乳液，清楚地知道不會吵醒阿明，知道此時她待在全家唯一明亮的所在，而她把自己洗得好乾淨。

大哥料理的菜餚一貫養生健康，口味淡，大嫂不定時發作的進廚房做飯，又惹來大哥的不快。大嫂說，妳知道他怎麼說嗎，他說我老了已經沒辦法配合別人生活了，所以妳應該要配合我。全家上上下下吃的、喝的、用的，如果不是我每天費心操勞，哪有你們一下課回到家輕輕鬆鬆吃飯配電視的份？現在外頭食安問題那麼嚴重，我是想要全家人健康，妳怎麼不想想。接著就是冷戰持續一陣子。我問，那阿明呢他怎麼都不說話？大嫂淡然說，他？他不說話就很好了。要是他開口，也是站在大哥那邊一起教訓我。至於孩子，我實在很不想在他們面前吵架，當場生氣我一句話吐不出來，總是事後才悔恨自己怎麼沒想到可以怎樣頂回去。

大嫂對那樣的家庭生活已經到極限了，才會有那通哭給我聽的電話。她學校有個比較熟悉的同事，常會給她支持和安慰。她們討論過各種可能，包括阿明跟大哥其實是同性戀這個選項。她又覺得奇怪，他們在家，不論有沒其他人在場，確實就像一般長輩與晚輩的相處狀態，沒感覺親近，沒散發情愛氣息。大嫂幾乎有機會就偷窺他們私下有沒背著她做些親密動作，至少就她跟他們生活的四、五年都沒看到任何蛛絲馬跡。她同事說，可能昇華了，性對他們來說沒那麼重要，其實很多夫妻也這樣的吧。

我當場很想跨過桌面和飲料用力搖大嫂的肩膀，跟她說：妳傻的嗎！阿明是gay啊！他就是拋棄了前男友跟這個大哥在一起的啊！我沒那麼做，只是靜靜聽她說下去。

大嫂後來漸漸覺得自己正在實踐多元成家。阿明要她一起買保單，說是要給兩個小孩預備教育基金，每個月一萬塊的保費要她吃下來。可是在那個家裡，她像在付錢寄宿，跟一對gay couple和兩個小孩生活，扮演名義上的媽媽，負擔媽媽該付的帳單。但大哥才像是掌管全家的大媽媽。大嫂對這個大哥無法有清楚的角色認定，到底該當他是公婆那樣的長輩，或者當他是配偶競爭者？他似乎介於兩者之間，又不完全固定在哪個角色。

她有次心一橫，沒跟阿明和大哥打招呼，就載兩個小孩出門逛街。他們平常不吃垃圾食物，她偏要帶他們去吃麥當勞，一人一份套餐外加玩具，母子三人坐在市區中山路靠噴水池的麥當勞二樓，她的手指沾滿薯條的鹽和油，有著想哭的衝動，這竟然是她難得撐出來的一點點自由。好幾個學齡前小孩嬉笑追逐、哭鬧，滿場喧囂，她兩個孩子依然安安靜靜在座位上吃眼前的漢堡、薯條。她還在回想上次吃速食是什麼時候，小妹渾身發癢起紅疹，雙手也腫了起來，她一時慌了，直接飆到嘉義基督教醫院掛急診。醫生開了抗過敏藥給小妹，她好恨自己怎麼忘了小妹容易對海鮮過敏，卻點鱈魚堡給她。折騰了一兩個小時，總算回復正常，無處可去，只能帶兩個孩子回家。

阿明跟大哥在客廳等著，一語不發。兩個大人不對她說話，對著兄妹倆柔聲說你們去哪啦，怎麼不跟爸爸或阿伯說一聲，很不夠意思耶。哥哥回說，馬麻帶我們去吃麥當勞喔，本來吃得好好的，可是妹妹要去看醫生。他們一聽麥當勞就變了臉，聽到妹妹看醫生，阿明吼向大嫂，妳白癡嗎，妳一定點了什麼海鮮類的東西害她過敏對不對。大嫂說，妳知道多可笑嗎，我已經夠難過了，結果是大哥勸阿明別生氣，人總有不小心的時候。我看著他那副和氣的笑臉打圓場，真想一拳打在他臉上。

那之後，大嫂在外頭租了房子，慢慢把自己的東西遷移過去，整個過程，阿明沒說什麼，大哥沒說什麼。他們正在談離婚，談怎麼分配孩子。大嫂說阿明起先的態度是擺明絕不離婚，她主動提了許多次，甚至想請大哥幫忙說服，阿明才逐漸鬆口。最新進度是，兩個孩子可能全讓給阿明，她固定時間探視、交錢。大嫂說，這五年多像放屁一樣不見了，只留下臭味。

光頭王聽完這一大串，開始發問：我覺得這只是她單方面的說法，有機會妳還是跟妳哥聊聊，看他那邊是怎麼想的。我怎樣都很難想像一個媽媽這麼輕易就放棄兩個小孩。又或者她是給自己留後路，帶著拖油瓶很難再談下一段吧。

我覺得義正辭嚴的光頭王推測得不錯，只是他說完這些就起來甩著老二去沖澡、準備穿上衣褲要回家，難免讓這段話的理性光輝打了折扣。退房下樓的時候，我突然想問光頭王有沒有關心過太空人王贛駿後來怎麼了。光頭王說沒有。好像是在美國的大學裡當教授吧。

當他從我的視線中漸次淡化、退出的時候，我的世界就萎縮成我自己。阿明、大嫂、那位大哥、光頭王、我爸媽都不存在。他們就跟離開很久的小百科一樣不存在。我拿出手機在路邊騎樓，倚在館前路麥當勞騎樓的柱子，查詢維基百科，查那些生命與我八百輩子不會有交集的人，例如王贛駿。以前聽說他帶中華民國的青天白日滿地紅國旗上太空，當時媒體都說是受到中共打壓，逼他不可帶那面國旗出任務，而這位老王就把國旗藏在內衣裡，後來回臺，他將那面上過太空的國旗送給行政院長俞國華。這是漢賊不兩立的典型故事，即使人在美國、上了太空，心裡念念不忘祖國；即使被打壓了，也要堅苦卓絕找出辦法巧妙對付。但百度百科有另一個版本的故事。他帶上太空的是中華人民共和國的五星旗。他在一九八五年訪問中國之時，將那面五星旗送給代表中國政府的總理趙紫陽。這怎麼回事？我一個連結一個連結打開，大致確定原來老王當年帶了兩面國旗上太空，之後分別交給兩邊的人拿去說嘴炫耀。

螢幕的光和字使我暈眩，靠在柱子，把手機收進包包。小百科當初離開時對我們說，要進入知識的寶庫，最重要的是這幾把鑰匙：好奇心、觀察力和對周圍環境、世界、人類以及萬物的關心。我曾經學會這些，卻逐漸遺失了這些鑰匙。長大後的我以為，只要奉公守法，繳稅，不管是生活或國家都不會傷害我，而我或能繼續抽象地愛它們。但現在我不怎麼確定了。那就像我試圖去愛莊子說的大鵬鳥或大鯨魚，在這些巨大的存在之前，我的愛渺小得幾乎不存在。

我腦中浮現小百科當年導覽關於流淚的知識，流過眼球的眼淚通常經由鼻淚管排到鼻內，分泌過多時才由眼眶排出來。我蹲了下來，看不見星星的夜晚猛烈搖晃，搖到身體裡全部的水分都跑上眼睛，爭先恐後地流出來。

宇宙連環圖

彼日，深夜落下一場細雨。酒吧透出微弱的昏黃光線，輕輕穿刺薄薄的雨霧。小賀打烊妥當，靠在吧檯畫圖。關掉背景音樂的室內，冰櫃運轉聲斷續，鄰近狗吠低低流過。這些細碎聲音會生出線條，這些線條會連成圖樣，這些圖樣連續編織下去，就是連環圖。小賀專注，幾乎沒有意識的任隨右手和自來水毛筆自動運作。

小賀在筆記本上畫呀畫的，想起不久前阿伯的孫子問他怎麼老是在畫畫。他說大概習慣吧。我不像你是寫字的人，只會畫一些幼稚的東西啊。今晚阿伯離開前神神祕祕塞了本雜誌給他，說有空看看。當時正好客滿，收下鈔票和雜誌，忙著招呼其他客人，事後才注意到原來雜誌刊出他孫子的小說。阿伯這人呢，在孫子面前就會鬥嘴鼓，其實老稱讚孫子真能寫。孫子在哪發表作品，他就多買幾本雜誌或幾份報紙；孫子得了哪個文學獎，他就急急忙忙打電話詢問主辦單位何時何地舉辦頒獎典禮、能不能多拿幾本得獎作品集留念。阿伯說，我教一輩子的小學生，哪想得到這孫仔遮勢，寫得削削叫，拿文學獎，以後不定確擱出冊喔。小賀記得阿伯第一次推門進來的時候，以為看到走錯場子的教務主任，禿頂白髮、方框銀邊眼鏡，短袖白襯衫透出內衣背心搭淺灰色西裝褲，像來尋找蹺家學生似的。阿伯開口問這裡有沒有伯丁罕啤酒，順勢坐上吧檯區的高腳椅。小賀還記得，那時店裡的投影白牆正放著《牯嶺街少年殺人事件》，沒其他客人。阿伯調整座椅方向，望著電影，默默啜飲啤酒，整個晚上他就專注著畫面，喝掉四罐啤酒，看完全片。他結帳離開前，對小賀說，遮攏是阮少年時代的代誌呢，那些外省仔共電影演的同款，那時不管外省本省攏在結拜做兄弟，氣氛抓得有夠準，什麼時陣的片？小賀答覆，阿伯收好找零說了莎呦娜啦。

那之後，阿伯每週至少出現兩三次，他不算特別健談主動，待在店裡有時滑手機，有時翻翻書架上的書或雜誌，或者就看小賀當晚播放的影片。阿伯有次問起小賀為什麼取這個店名，小賀隨即從牆邊的書架上抽出賀景濱的《去年在阿魯吧》遞給阿伯，喏，因為這本小說。阿伯翻開第一頁看到「GG該放在哪裡好」就笑了，現場讀完第一章，開口向小賀借回家繼續讀。小賀說，免啦，送你。我手頭囤了十幾本，隨時送給有緣人。

小賀的阿魯吧開在臺南市區的長北街上，隔壁是占地廣大的豪宅，高高的圍牆內不知住著誰，經過門口的暗紅大鐵門，偶爾傳來幾聲低沉渾厚的大狗吠叫。靠近西門路口一側，有另一戶雙併大院，據說是前臺南市長辛文炳的宅邸。小賀覺得這地點挺理想，靠近大潤發、小北百貨、俗俗的賣，往南一小段就是鴨母寮菜市場，採買飲食材料、臨時補貨都相當方便。他轉了附近一圈，公園南路口是大歡喜碳烤小炒店，店旁有家聖保羅Pub。長北街和長賢街交口處有三百杯酒吧。長德街靠公園南路口是鐵工廠Bar。公園南路近公園路口還有老牌的兵工廠Pub。小賀心想開在這裡，感覺滿競爭的啊。聯繫出租事宜，才發現店面已經被人包租五年做共同工作空間。幾經周折，總算談妥他在前三分之一的空間開設阿魯吧，營業時間訂在週三至週日晚上七點至凌晨兩點，條件是空間成員可以免低消。由於這地方先前也開過酒吧，吧檯設備位置都預留好了，幾乎不大需要裝潢，經過簡單整理即可開張。

一間店的風格就是老闆性格的縮影。阿魯吧的日常是這樣的：通常有三、四人從後頭工作空間走出來吃晚餐，有時買幾杯飲料。九點以後會有幾個客人來喝啤酒、聊天，不大專心地邊看電影邊滑手機，十二點以後幾乎沒什麼人，小賀就自己看電影或聽音樂、看書、隨手畫畫直到凌晨兩點打烊。阿魯吧的藏書大多是漫畫，從小賀小時候看的盜版《機器貓小叮噹》到授權正版的《哆啦A夢》大長篇，成套的如《聖鬥士星矢》、《七龍珠》、《魁！男塾》、《幽遊白書》、《灌籃高手》、《JoJo冒險野郎》、《單身宿舍連環泡》、《聖堂教父》等。手塚治虫的經典作品如《火之鳥》、《三眼神童》、《怪醫黑傑克》等。香港漫畫家馬榮成《風雲》前兩部、溫日良《海虎》三部曲、司徒劍橋《超神Z》、劉雲傑《感覺百分百》。最豐富的是臺灣漫畫家作品，像是鄭問的《刺客列傳》、《阿鼻劍》、《東周英雄傳》、《深邃美麗的亞細亞》；林政德的《YOUNG GUNS》、《鬥陣》；麥仁杰的《天才超人頑皮鬼》、《零代戰記》、《黑色大書》、《狎客行》、《花木蘭》；阿推的《九命人》、《久命人》、《超人巴力入》；陳弘耀的《一刀傳》、《時間遊戲》；任正華的《修羅海》、《魅影殺機》、《頑劣家族》；敖幼祥的《烏龍院》、《漫畫中國成語》；曾正忠的《遲來的決戰》、《張雨生大兵日記》、《無膽狗熊TATAMI》；鄭又菁的《帥哥警察》、《俠王傳》；大邱的《超能一族》；李崇萍的《搖滾狂潮》；以及葉宏甲的《諸葛四郎》系列作品散本，一些零星的《歡樂漫畫半月刊》和《星期漫畫》。兩側牆面貼滿電影或動畫海報，像是《阿基拉》、《攻殼機動隊》、《新世紀福音戰士》、《駭客任務》、《抓鬼特攻隊》、《追殺比爾》等等。

這些藏書起因於他發覺如今要找家漫畫出租店多麼困難。比如他要找漫畫，在網路上搜尋關鍵字「俠王傳」，出現的是布滿廣告的漫畫網站、漫畫書刊拍賣網站連結。他知道大家都改用平板電腦看漫畫，只要下載應用程式，就可免費看到飽（品質就別講究了）。以他老派的頭腦，第一時間就想，就算搜尋方便也得知道要搜尋什麼啊，不然光看漫畫名稱或封面圖，哪知道該看些什麼。他回想過往在租書店的翻書經驗，逡巡書架任意瀏覽，隨手拿一本起來翻幾頁，物理實感，塵蟎，觸感，重量，這一切都得在三維空間才可能成形。他略微感到悲哀，當這些都被收束進二維空間，就全部解散了。他知道有很多很多漫畫被收納到巨大的數位資料庫，可是還有很多很多漫畫缺席，許多人甚至不知道失去了什麼。

小賀待在阿魯吧總是很安心，因為他就待在自己的心裡。這些漫畫、電影堆砌出一層厚厚的膜，讓他在這裡反芻種種的夢，交換或授與別人關於這些夢的內涵。時不時有些客人會跟他聊起某部漫畫，透過反覆確認故事情節和細節，彷彿就能獲得理解。大多數人只是來聊天喝酒，偶爾抽幾本漫畫隨意翻翻，沒遇過誰像他如此寶愛這些漫畫收藏。有那麼一些時刻，小賀看著書架，多麼希望自己不是這裡的主人，而只是一個客人，意外走進夢想中的房間，驚奇地望著滿架漫畫不知從哪本看起。

阿伯再來的時候，笑嘻嘻說小說讀完了夭壽好看，不曾看過這款寫法。你跟作者同姓，恁有親戚關係毋？小賀說我真願意跟伊有親戚關係，無知人要嘸。阿伯喝了口伯丁罕啤酒，實在講，有機會要邀請伊來阿魯吧坐坐。欲放哪塊片？小賀從背後的影碟架掏出片子，看這片好毋？與你頭一擺來店那齣同個導演，這齣猶是三點鐘久，可以否？阿伯接過影碟殼，拉起眼鏡到額頭，瞇著眼看簡介，攏好啊，片愈長愈好，若無轉厝亦是無聊。

他們重播似的分坐在吧檯內外，望著投影白牆搬演的影像。

看完電影已近午夜，阿伯還沒有要離開的意思，又要了一罐啤酒。小賀好奇，伯仔常來飲啤酒，一般老大人通常毋愛啤酒，人講薄酒傷身體，恁身體蓋勇喔。阿伯答，各人狀況不同，我就愛飲啤酒，尚愛這款英國啤酒。卡早做老師，歸天對小朋友說喝酒不好不好，不敢飲多，退休以後才有在喝。喝這種趴數低的，一日喝個四五罐沒要緊啦，當糖水飲。阮兒在隔壁幾間，就算飲醉嘛還好。頭拄仔電影搬的劇情，其實我亦是有感應，吳念真就像我卡早一段時間，有序大要侍奉，有序小要晟養，加在我教冊，免煩惱公司倒去，若無一家伙仔的恩恩怨怨實在管不完。我有時想，當初時若無做老師，可能創啥，想想沒意思，其實我沒特別想欲做啥。大家同款食米飲水，生老病死，不同命運，同款結局。我就身體健康這項贏，毋免賺錢與醫生共家開。其他馬馬虎虎。老話說，好額毋值得會食，好命毋值得勇健。

小賀說，伯仔曾偷吃否，像電影內的吳念真，初戀情人真香喔。小賀恁問得太過直接了吧哈哈。阿伯掩飾般喝了口啤酒，抓了把花生米丟進嘴裡。說起來，往擺讀師範彼時，交過一個同學，後來沒結果，阮老母不合意客人，我又是長子大孫。後來分發不同學校，我轉來臺南教冊，伊佇

看完了——
嗯……
放電影好了。

宜蘭，結果最後我娶的是老師，伊嫁的也是老師。一年一擺的同學會才有見面。大概二十年前吧，伊來臺南開會，我載去安平吃海產。彼時陣我們都剩沒幾年就可以退休，伊說其實一直以來都過得不太快樂，共頭家沒話講，囝仔攏出外讀冊後，整個人時常感覺空空。後來我載伊去車頭，我一直對自己說，做伊去。做伊去。做人要負責任，毋通食到五十幾擱舞一齣袂收山。有時陣想到，其實會後悔呢。伊就是需要往事的安慰，我安慰一下，惜一下，沒人會知嘛。一世人攏太過正經，結果今嘛足無聊。

恁太太？

伊生淋巴癌，算起來死了十八九年囉。剛好就是我和初戀同學莎呦娜啦沒多久發現的。一開始當做感冒，常常發燒，做檢查才知道是癌。治療一年，沒啥效，話去就去。阮生三個，一個接一個去臺北、出國、去大陸吃頭路。講起來我可能跟囝仔無緣吧。往擺阮某就說，食老過咱自己的生活，別麻煩兒女序小。

莫怪恁常來交關。

凌晨一點多，阿伯離開後，小賀慢慢整理店內環境，音響大聲放出蔡琴吟唱「是誰——在敲打我窗——」。他心算自己跟阿伯的年紀差距，想著也許三十五年後做不動了，不知有沒有這樣一間酒吧讓他窩著。整理完，他到外面騎樓抽菸。店隔壁本來是一戶請了外籍看護的家庭，他們搬走後租給搞音樂的做文創工作室。半夜此時，只有灰撲撲的鐵捲門。他從外頭向內看，什麼都不想，發呆，靜靜抽完一支菸。他降下鐵門，發動摩托車，隔壁圍牆內傳來幾聲狗吠，車身拐進210巷，接長德路轉公園北路，跨過陸橋，返回開元路邊的套房。

共同空間的二房東詹姆斯當初問他為什麼想來臺南開店，小賀回說因為㑑你媽的臺北啊。他們都笑了起來。小賀猜想詹姆斯家境應該不錯，這胖子開著白頂鮮紅車身的MINI Cooper，包租一整層做共同工作室空間，據說接案做平面、網頁設計，有時兼做一點商家、商品包裝或T恤設計。他沒很關心這幾人的工作狀況，只覺得他們每次外帶8818的披薩回來，都有算他的份這點還不錯。他們聚在一起吃飯打屁的時候，看上去總是很快樂。婚姻平權修改民法吵得正兇那陣子，他們全體報名遊覽車北上參加抗議，店裡不少支持各種社會議題的小貼紙也是出自他們的設計。詹姆斯有次訕訕跟他說，小賀哥，我一開始覺得你要開這店很酷，有那麼多漫畫，還放電影，就像大學社團的社辦，讓人很放鬆，但其實不曉得這是要怎麼賺錢。你的啤酒、飲料都是叫來的，也只有水餃、厚片土司這類吃的。小賀心想那你幹嘛租我，嘴上回，夠用就好，真要賺錢就不會來臺南啦。做餐飲服務業真的累，所以小賀決定要開自己的店時，首先想的是怎麼簡化銷售品項和工作內容。其次是一人打全部，不雇用員工。重點就落在營造店內的氛圍，希望盡可能輕鬆、隨性，想來就來，想走就走，給人窩著當漫畫出租店也沒關係。他不預設店能開多久，開得下去就繼續，開不下去就收掉，再找其他事做。反正呢若要做牛，毋驚無犁可拖。

阿伯來的時候，他正在重看《俠王傳》。複習這套漫畫的時候，時而線性地讀全本，時而隨性跳著翻幾本，視線穿行在大小方格，記憶有如背後靈蹲在牆角，一個二維三維四維的疊合，成為彼此的觀察者與被觀察者。三維的讀者觀看二維世界就像記憶看著他一樣平靜。他藉著觀看介入廖添丁，讓那些方格碰碰車似的交相碰撞，將撞出的立體火花、衝擊全部內化成更低維度的事物，把心鍛鍊成密度極高的點。

這啥？

畫廖添丁故事的尪仔冊。

今嘛罕聽人講到廖添丁囉。以前攏聽吳樂天電臺講古，每擺開場就是「講添丁、說添丁、添丁說不盡」，有夠勢幹古。

恁可以全套拿轉去看，保證參吳樂天的版本不同。

臺南出過一個文人，叫做許丙丁，聽過否？聽說連戰的阿公連雅堂蓋欣賞許丙丁。伊尚有名的是寫過不少臺語歌詞，老輩臺南人攏知影伊的小說《小封神》，寫臺南宮廟神佛之間的故事。印象中伊亦寫過廖添丁的故事。講廖添丁翹去落地府，結果是命數算錯，閻王判定命不該絕，讓廖添丁再世回到陽間。故事就寫日本時代再世廖添丁怎麼犯案、警察怎麼追捕的過程。另日去圖書館找看覓。等等要放哪塊片？

他們看完電影，進入閒聊時間。阿伯說頭前搬足慢，差一點盹龜。沒想到伊開始拍一群猴戰來戰去，搶水搶食物，後面直接跳到太空船那支飄浮起來的筆。恁講這一九六八年，就是民國五十七年的老片，看起來一點沒落伍呢。

伯仔記得民國五十八年七月米國人上月球否？還有印象彼日悿在創啥、在啥所在？哪有可能會記。算算彼時我剛畢業，七月時應該休假在臺南，等去國小實習吧。米國人上月球這件代誌有聽新聞在報，沒啥注意。後來的中秋，擧頭望月亮時，才雄雄瞭解真正不可思議。人類竟然可以去到那麼遠的所在。照這樣發展下去，人類可能很快到其他星球呢。結果五十年過去，人類猶原只去過月球。

一直有人在傳，說這片的導演幫忙米國政府拍片，假影彼三個太空人有上月球。經過五十年，大家愈傳愈譀古。

其實就算當時是假的，人家米國後來真的有能力上太空。以前臺灣有出個太空人王贛駿，伊上太空時還有帶中華民國國旗呢。

有有有，我記得，《漢聲小百科》有寫。

不過我今嘛想，上太空對人類有什麼幫助？花那麼多錢，卡輸研究治療癌症、愛滋病這些，現在人類比較需要這種醫學進步。對啦，擱有空氣汙染什麼PM2.5。這些環境問題不解決，以後人的生活真可憐。加在我今年七十，活夠本了。

隔天小賀起床後，到住處旁的開元振興公園對面喝魚皮湯。肉燥飯和湯端上來，每喝一口夾雜薑絲和裹著0．5公分厚魚漿的魚皮湯，甘美鮮甜就在口腔裡劇烈撞擊。每頓早餐總是讓他充滿感激地讚嘆全臺灣哪有什麼地方的飲食比臺南更好呢。接著他騎車到永福路上的My Beverage，點了杯檸檬紅茶，逕自到二樓繼續複習《將太的壽司》。滿室老闆收集來的老家具物件，幾組深綠亮皮矮沙發、裝滿漫畫的舊櫥櫃、裁縫車改裝的桌子、老款大同電扇，還有支黑漆亮面木吉他改裝的單聲道音響，正在放著二〇〇〇年代的國語流行歌。時光在這裡彷彿被調得緩慢一些，特別適合慢速重看一些年少時期的漫畫，在場的器具都比他老得多，好像不用逼著自己非要做點什麼貢獻社會的工作。出了店，斜對面就是掛著手繪看板的全美戲院，進場看了湯姆．克魯斯倚老賣老的乏味動作片。他晃到慶中街的城南舊肆，讓大批舊書刊包圍。他站在書店中央，在知識和時間的深處瞻望一切，試著捕捉某本書，或者讓某本書打開他。隨後在前往開店的途中，他想到今天過得挺資源回收，去充滿古物的店喝飲料、看二輪片、泡舊書店。

阿伯在阿魯吧後街的長德里活動中心唱歌跳舞完畢，進來報到。

在看啥？喔，我以前也買過一套給小孩。從哪變出來的？

下午去舊書店蛇，剛好看到有一套，就買回來放店裡。我小時候看這套都要去學校的圖書室才有，每本都被翻得髒髒爛爛的，我還是看得很高興。喏，以前我最怕這張圖。我記得第一次借回家看，奇怪這兩頁怎麼被釘書針釘起來，撬開一看，書摔落地，好大一隻蟑螂。

小賀翻開《漢聲小百科》第六冊的蟑螂跨頁圖給阿伯看。

這哪有啥，拖鞋拿出來就ＯＫ啦。老實說，我不知我那三個到底有沒有看這套小百科，我某的學校一些老師講這不錯，不少人作伙訂，算算有三十年前喔。你不早說，不然我就拿家裡那套給你。

免啦。其實我細漢時陣就想過哪天大漢，要自己賺錢買一套。上回不是聊到王贛駿，雄雄想起應該來買這套冊。

說到這，我印象中很久以前看《中華日報》，有個建築師說設計過人類登陸月球紀念碑，結果米國跟我們斷交，去跟中共建交，最後紀念碑沒做成。蓋可惜。

小賀立刻點開手機上網查詢，原來是設計過臺北國父紀念館的建築師王大閎的設計提案。查到的圖片顯示，原訂建造在美國休士頓的紀念碑是一對高窄細長的純白石塔，象徵人類伸長雙手想要擁抱蒼穹，顯出人類自古以來想奔向月球的夢想。方形的基座上由兩邊高聳碑塔圍成一間由兩個半圓形組成的紀念堂，擡頭是一線藍天，來客可坐在裡頭看天光雲影的變化，聆聽風從塔碑屏風鏤刻穿梭、遊盪在由直線與曲線共構的空間。基座由月球攜回的灰土拌地球泥土混合製成。主體材料由鋼筋水泥、白色大理石及白色馬賽克磁磚編組，紀念堂兩側尚有兩面石雕嫦娥奔月、后羿射月，一陰刻一陽刻相互映照。紀念碑高252.71英尺，等比例象徵月球與地球最大距離的252710英里。

阿伯看了圖片說，簡單大範，現場看起來應該真婧、真壯觀。

小賀回，說不定以後人類直接在月球起一座登月紀念碑。到時王大閎的設計就可以拿來用。

詹姆斯此時從後面工作室開門走出來，跟小賀、阿伯打招呼，隨即開走他停在門口變電箱旁的MINI。阿伯看了看門口，轉頭對小賀說，這囝仔的爸爸是我學生，長得跟伊老爸一模一樣，攏有夠大箍，真大隻。啥，恁說伊叫做詹姆斯，這英文名吧？

我一開始也當做英文名，伊講這是本名，人家真的姓詹，號做姆斯。

啥貨，這不就跟姓邱號做邱吉爾，姓羅號做羅斯福，姓柯號做柯林頓同款？

伊講伊亦真困擾，詹姆斯可以直接號英文名James，可是伊姓詹，全名不就要叫詹姆斯詹？

伊遮大箍，號做詹姆斯胖拄好。

他們繼續看《漢聲小百科》第十二冊。

伯仔恁看，那時很樂觀，預測二〇一〇年建立最早的月球工廠和小型月球移民站。這幾年歐洲有很多難民問題，若是人類真的有辦法，送去月球倒是不錯。地球負擔太重了。

毋可能啦，月球基地要靠米國人創，人家有那個技術。今嘛米國人選彼個川普做總統，上任就發禁令，不讓那些伊斯蘭教國家的人入境。還要在墨西哥邊境起長城，伊們煩惱國內外問題就煩惱沒了，哪有空去舞外太空的代誌。

伯仔，若是像小百科寫的，二〇七〇年就有太空移民站，不定確我有機會活到彼時上太空站生活喔，到時也開一間阿魯吧，內裝完全共這裡同款，放一堆尪仔冊、放電影、食土豆、飲啤酒。

恁慢慢等。我是沒那麼樂觀，尤其去年臺南搖遮大下地震，霸王寒流，這幾年全地球的環境

還是沒人來……
終
©YANG and his GAN
等等怎麼招呼第一個客人……
Got You!
哈！你第一名！
董仔，很久沒來捏！
終於……

破壞有夠恐怖，大地反撲，今年會出什麼代誌還不知，挫著等。等等欲看哪塊片？

阿魯吧漸漸吸引到一些常客，有時長德里活動中心長青課程結束的老年人會結伴到裡頭喝一杯，市區各處開店、打工的年輕人也會去。像是小賀常光顧的 My Beverage 老闆夫妻偶爾來，小聚餐館的史考特和阿芬會出現，暖暖蛇咖啡的阿勇和毛毛在自家打烊後會牽著法鬥犬來待一會，南十三咖啡的文哥有時來抽幾根菸聊幾句。在臺南開店愈久，愈容易認識其他店的主人，大家互相交關，上門消費讓彼此賺一點。每個人多少都需要一個回家前的去處，在外頭待一會，再回到自己的小窩。開店的人整天把自己的心思袒露給所有來客，需要關掉自己，走入別人的心，放空。這或許是為什麼科幻電影裡總少不了一間酒吧驛站，眾人在此相會又錯開，即使航行的刻度要以光年計，即使要曲率加速，即使抵達另一座星系，人類始終期待有一家酒吧可以放心推門走入。

阿伯跟小賀抱歉說，因為孫子回來，看到那套尪仔冊說想看，晚幾天再還。

小賀說，不要緊啦，慢慢看，又不會罰錢。

這版廖添丁真正有帥，原本想說這種題材，淡薄仔俗。以前吳樂天講得嘴角生波，還自己演電影，攏靠廖添丁騙食。不過這尪仔冊編得亦真譀古，打來打去，什麼比武招親、登塔打通關，原來攏是一場空。

伯仔恁算接受度高，不壞。少年人看尪仔冊哪像恁卡早看武俠小說練功，主角要帥、有正義感，然後經過考驗、挑戰，完成夢想。我高中看到廖添丁尪仔冊，想說廖添丁哪有這麼緣投。彼時學校只教一寡臺灣歷史，背那些總督名、實施政策蓋無聊，常記不起。看尪仔冊什麼角色攏會記，連功夫招式攏知影。問題考試考課本，不是考尪仔冊。我後來查網路資料才知，這裡面很多人名是真有其人，只是漫畫家攏改成別款樣。譬如彼個反派民政長官後藤新平，伊來臺灣時已經超過四十歲，做過醫生，算對殖民臺灣的基礎建設有滿多貢獻。跟他同時的總督兒玉源太郎也不是尪仔冊畫的那種怪人。若不計較這些，這套算不錯看啦。

頂回不是有說到許丙丁寫過廖添丁再世的故事？我有去圖書館翻，其實伊等於寫另外一個人的故事，只是牽拖到廖添丁。大概伊做過日本警察，幫忙追通緝犯楊萬寶。聽說楊萬寶當時是大賊王，曾逃出嘉義監獄，大家攏沒辦法，親像廖添丁再世。我想，彼時不發達，傳說傳來傳去，愈講愈真，大家就都當真了。啊對了，雄雄想到，今嘛沒講，等下會忘記，許丙丁的契女兒就是楊麗花。

演歌仔戲彼個楊麗花？有影？

沒第二個楊麗花吧。

臺南真正臥虎藏龍呢。有次來了個廣告導演，說是安平人，祖厝就在古堡旁邊，伊自己說祖先是跟鄭成功逗陣來臺灣的部將，上岸就落腳安平，算起來有四百年。我當說笑，今嘛想想應該是真的。

阿伯的手機訊息音噹噹叫，他看了看，說孫子等等要來店裡坐坐。

小賀回想他們祖孫的對話。主要在聊阿伯的二兒子在上海的生活。孫子說跟爸爸因為三一八運動的事鬧得不愉快。孫子特別強調不要講太陽花，不要講學運，那是公民運動。孫子說，老爸在上海當臺幹，面試來應徵的臺灣人竟然要人家說明對三一八的立場。這種自我審查太可怕了，工作能力跟政治立場能畫上等號嗎，臺灣人弄自己臺灣人真是可悲至極。阿伯的二兒子聽自己兒子這麼說就爆氣了，指責兒子不顧自身安全跑去跟人衝行政院，讓家裡擔心死了又算什麼。幸好是沒被打，要是被打到殘廢啊、被告被關，還不是靠爸媽出來擦屁股。孫子說，幸好我爸三個月才回來一趟，不然很難一起生活，無法溝通。阿伯用臺灣國語說，你要瞭解你是獨子咧，而且你爸做人家幹部，拿人家薪水，也是沒法度。總不能在那邊對員工講話時說自己支持臺獨、說法輪大法好吧。他整天處理各家百貨公司的專櫃業務就有夠累，哪有幾個像他那個年紀還在大陸拚，有空生你出來我就很滿意了。莫非你不是他親生的？若這樣我要收回以前給你的紅包。孫子說，阿公，金排球啦。

孫子問小賀，聽說我阿公整天泡在活動中心唱歌跳舞把熟女，他自己說很罩，有沒有帶女朋友來過？

有喔，有時還一次帶兩三個進來。你要多注意你阿公的身體，我跟他說過很多次威而鋼不要吃太兇，他就不聽。

喂喂，小賀，當今嘛是對亦毋對，我每回只吃半顆哪有吃很多。

小賀感覺得出阿伯滿疼這孫子的，練痟話練得笑咪咪，他很樂意陪他們說幾句。

隔晚九點多阿伯和孫子一起出現，拎回那套《俠王傳》。孫子跟小賀說漫畫很有趣，尤其是角色彼此的垃圾話滿好笑的。他們討論起本土英雄問題。孫子認為，廖添丁搞不好是戒嚴時代的反抗象徵。因為那時黨國高壓統治談的都是大中國歷史、長江黃河那些離臺灣本土很遠的事物，一般民眾沒有英雄典範。所以廖添丁身為俠盜，劫富濟貧，對抗日本殖民統治，就符合造就本土英雄的條件。解嚴以後，到處都是英雄，美國的、日本的、電影的、小說的，一堆英雄還有超能力、能變身、操縱機器人，大家可能就漸漸失去對廖添丁的興趣了。只覺得那是很土很俗的故事。阿伯插話說，攏是國民黨的陰謀啦，醜化臺灣人，好像阮臺灣人文化水準低落，講臺語就是俗、就是沒水準。我以前做老師，最討厭小孩子做抓耙仔舉報哪個同學說方言。害我每次都不得不叫同學來辦公室，好好跟他們說，偶爾講方言沒關係，我們是臺灣人嘛，但是要小心別被太多人聽見。記得在師長面前說國語就不會有事。然後我會給一顆沙士糖當做安慰。孫子回，要是拿到沙士糖的同學跟其他同學說怎麼辦？抓耙仔不就很沒成就感。阿公說，為什麼要給打小報告的人有成就感？這是壞習慣，尤其是這種無聊的事情。不要營造那種抓耙仔會得到獎賞的風氣，就不會有人整天沒事抓別人偷講方言。若要說偷，國民黨才是大賊，連我們的語言都偷走了。

小賀說，伯仔今日對國民黨特別有意見喔。孫子接話，阿公最近不爽年金改革啦。他說都是國民黨陷他們軍公教於不義，還有一些所得替代率超高的退休高官出來抗議年金改革，讓他心情很差。阿伯灌了一口啤酒，悠悠說，以前常聽人家罵恁老師卡好，我想說做老師哪有比較好，領死薪水，餓不死爾爾。十八趴領得不公不義，我亦不想多拿啊，每次看到年輕人罵軍公教我都覺得像姦撟到我。真不爽快。孫子回，不然這樣啦，你以後每個月直接轉帳到我戶頭，我代表全臺灣的年輕人感謝你。

小賀近日才注意到長北街和公園南路交叉口的聖保羅Pub收掉了，大歡喜碳烤小炒也收掉了。空出好大一塊地，接下來不知會開出什麼店來。他想，阿魯吧在未來的某日或許消失，或許轉移到別處，再不會有此時的氛圍。就像人會變，店同樣會變，哪天他老得開不動一家店，但願他能變成某家店的常客。在這漫長的接力賽，或有朝一日，不只臺南，不只地球，可能在月球，可能在火星，總會出現一個暫時收留人心的場所。他塗塗畫畫結束，收好筆記本，降下鐵門，獨自騎進雨後的冷冽，潮溼的夜伴他回家。

或許二十年後，他仍會重讀《俠王傳》，再次複習十幾歲的自己，那些小小的少年煩惱，將變得更渺小。所有他喜愛的事物不是消失就是離得更遠。那時他會依照年歲，編織剪貼此生讀過的全部漫畫，一本本蕪雜、跳頁、畫面模糊，每一格摻雜部分自己，每一本都是記憶的足跡。漫畫在那時將不是純粹的觀覽，而是學習拗折自己到二維，躲開其他不相關的資訊巨壓，比空氣還輕地遞入線條構成的平面世界。

隔晚阿伯問小賀，啥款，阮孫彼篇小說有趣味否？伊把咱攏寫入去了，看著真熟似，亦寫到

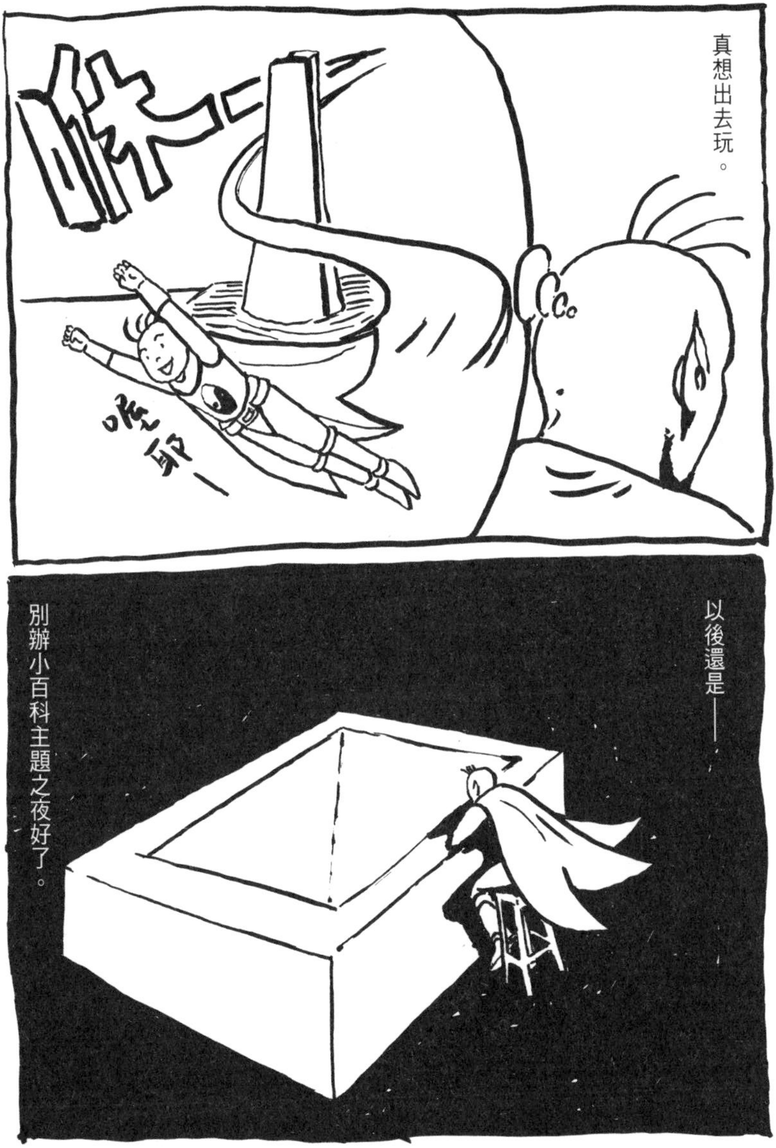
真想出去玩。
咻——
以後還是——
別辦小百科主題之夜好了。

這間店呢。

小賀還在想要怎麼回答。他的思緒瞬間飄到兩億公里遠的地方。

他想像著，凝視藍色星球逐漸遠離，變成一個小點，消失在視線中，是否會感覺到某種重要的連結斷掉了。不過沒關係，當他很久很久以後抵達那個不下雨的紅色星球，他會重新打造出一顆心，讓自己可以繼續待在裡面。

向前走

我的朋友小雞很討厭人家叫他小雞——巴。尤其是不太熟又想開他玩笑的人。他會以假笑掩飾他的不爽。也不能怎樣，難道要像韓國電影演的那樣，突然把手上的臺啤玻璃瓶抓起來從對方頭頂敲下去嗎。據他表示，這個綽號來自我們小時候紅到破表的電影《七匹狼》，由張雨生飾演的弱雞角色紀孝華正好跟他同名同姓。

「那時候每個同學都叫我小雞小雞咕咕咕，煩死了，咕你去死。」他說大家這麼叫他的時候，他還沒看過電影，那感覺好像自己被孤立、被矇在什麼騙局裡，每個人都知道內幕，只有他不知道。但他也賭氣不看，至今仍沒看過那電影。

「朱延平這一生拍過什麼厲害的電影嗎？我看過《好小子》很多遍夠啦。」

他時常疑惑我整天泡在咖啡館看什麼雞巴小說，我回以那你在家裡做什麼雞巴音樂至少我不會吵到別人。大學時候除了有時一起約去唱唱KTV，我也不太知道他玩團玩得怎樣。他似乎參加熱門音樂社找人組團，曾經學伍佰戴上威尼斯化妝舞會用的華麗羽毛面具，在中午人來人往的福利社門口樓梯平臺邊唱邊跳。我當時路過買便當，只覺得很吵，也聽不清楚在唱些什麼，倒是唱歌那人身形很像小雞讓我有股尷尬，抓了便當結帳就離開。晚上在寢室碰面，小雞問我中午幹嘛一臉見鬼慌張跑走，我才知道那果然是他。我支吾得像打手槍被抓包，隨便唬了個要趕去課堂小組討論之類的爛理由。小雞那個團後來持續到他延畢那年吧，之後有成員要出國留學、他自己要準備考研究所，就散了。

我問過他解散是怎麼決定的。他說也沒怎樣，就是團員有的要這樣、有的要那樣，本來就很難繼續。加上大家只是不想先說，這時候團長就要有那敏銳度，在適當時機宣布。事實擺在眼前嘛，彈keyboard的小君要出國，我得去考那雞巴機械所，你說我們那貝斯手黑輪已經在工作了但練團時間不好喬，吉他手略過，團長就要幫大家下決定。我問那你們團長？他說，我們團長就是我本人啦！

你不想玩了？小雞說，不是啊剛不是說了現實擺在眼前，這就像女朋友的心不在了，再怎麼勉強攏無效啦。他深深吸了一口菸，菸頭燦亮一瞬，呼出煙。那時他跟兩個朋友租賃在新店七張一帶的老公寓，前陽臺正對著路燈，鋁窗菱形格紋的陰影就熨貼在他臉上。我們才看完王建民以落枕般不爽的眼神狠K雙城隊奪勝。雖然大多時候小雞在一邊喝啤酒吃洋芋片歪頭打瞌睡，只有常富寧喊著「K YOU VERY MUCH！」才會睜開眼一下。直到比賽結束的虹牌油漆logo打出來，他才昏茫醒來，抽出一支菸，在陽臺抽菸打屁。我們大一同寢室那年，沒見過他抽菸，不知什麼時候養成的。

那時我們聊到周杰倫。大概是氣憤於他怎麼可以就這麼幹走了我們的侯主播。我說當年你買了他第一張專輯，哪想得到現在紅成這樣喔。

「馬的我那時買的還是第一版非常陽春的CD，在他還沒被吳宗憲狂推之前，也還沒拍到十支MV，連陳怡蓉都還在乖乖讀輔大。當然他還沒滿嘴是屌，也不用戴髮片。」

「你看你們玩團的，五月天五個人打他一個都打不過。想到周杰倫是我們的『時代精神』，真是不知該說什麼。」

「『時代精神』是啥碗糕蛇，而且你居然以為五月天代表玩團的？」

「不是嗎？他們最紅啊，不然哪團比他們紅？」

「他們就是太紅太popular啦，根本樂團版周杰倫。還有一堆團實力更強，也比較有趣。最近發片的蘇打綠就不錯，有點怪的團，主唱聲音超飄的。你要補充一點音樂知識啊，不是要寫作嗎，你看人家村上春樹的音樂品味多好。」

「靠北，在我看來村上簡直就是五月天。」

「不管啦，我覺得他不錯就是不錯。不然你舉一個作家很懂音樂的。」

「張懸她哥焦元溥。」我還真是想不太出來。

「你不要以為我不知道她哥是古典樂專家。」

「馬世芳。」

「你為什麼不去呷賽。」

我躊躇了好一陣。對啊，朱家姊妹、張大春、駱以軍這些也沒看過他們寫什麼音樂相關的東西。「好像沒有。」

小雞挑眉，仰頭噴了一個煙圈，一副看吧我就說吧的表情。其實我還想跟他說，薩依德超懂的，不過講了個他沒聽過的外國學者也沒意思。直到騎車回宿舍迎著清晨五點的涼風，我才想起那個寫《失戀排行榜》的英國佬。但他是外國人。想到沒幾個作家懂音樂，而我正在被周杰倫引領的時代精神所圍繞，即將要亮起來的天好像準備黯淡下去直達黃昏。

可當時我就是用小雞的電腦整天播著周杰倫首張專輯，學他一團漿糊的咬字，想著什麼時候去唱K可以點出來大聲唱。那時覺得周杰倫簡直一出場就把陶喆、王力宏打趴，雖然當年親耳聽他唱跨年猛走音，還是很開心地跟大家推擠著搶他丟下臺的螢光棒。熟悉到每一首歌都會哼，每段歌詞都記下來，等到他出第二張專輯《范特西》就立刻跑去唱片行買。小雞那時加入熱音社，整天在寢室撫弄著吉他，開始聽些地下樂團或另類音樂。這都是我一廂情願的解釋，總覺得那些跟我聽的周杰倫、五月天、張惠妹有些遙遠。我們少有的公約數是陳綺貞。

有時我下午蹺課，就開著小雞的電腦反覆播陳綺貞的第二張專輯《還是會寂寞》，按照曲目順序一首一首聽過去，讓她的聲音慢慢螺旋狀地絞進我的耳蝸，彷彿我是一卷錄音帶。放完一輪就再一輪，中間我睡睡醒醒，總覺得下午漫長得睡不完。醒著時候，想起班上女同學描述那首〈告訴我〉，「就像感情再好的人也會吵架呀，唱唱這首歌好像就可以和好了。」小雞要是回來，就喊著臭雞掰又在聽你們綺貞聽不膩捏，接著就把歌單換成他正在聽的專輯，好比說閃靈的《靈魄之界》。「整天醉生夢死，聽點heavy metal的比較醒腦啦。」接著他跟著Freddy嘔吐般的唱腔嘶吼，環繞在濃厚音牆矗立，真的非常之哭爸哭母，好像他一直在反覆吞吐嘔吐物。不然就放林強的《娛樂世界》，企圖把我電醒。在那之前我從來不曉得林強有發這張專輯，還以為他只有《向前走》和《春風少年兄》兩張，後來就跑去演電影，不出唱片了。這種感覺有點像是看著伍佰好好的音樂不做，硬要跑去演電影。幸好伍佰還是知道自己的天職是什麼。但林強在《南國再見，南國》演混混扁頭真是演得不錯，氣口很對味，跟伊能靜一搭一唱演一對混不出名堂又會添亂的爛咖情侶，就像他寫的主題曲〈自我毀滅〉，毀滅一切，自我毀滅，有種黑暗的爽啊。

大三以後，我跟小雞分到不同宿舍，除了上他FTP抓點A片、抓點歌，沒太常碰面。有次難得他邀了當時的馬子黛西一起夜唱，我們三個就亂唱一氣到清晨。那時很羨慕他跟黛西總是在開彼此玩笑，唱歌照常芭樂到不行，什麼吳宗憲溫嵐對唱〈屋頂〉、張學友高慧君對唱〈你最珍貴〉、張雨生張惠妹對唱〈最愛的人傷我最深〉、張雨生陶晶瑩對唱〈我期待〉等等，小雞和黛西像在表演那樣彼此和聲，看得我都不太敢唱，隨便點幾首五月天、周杰倫了事。包廂時間快結束時，黛西唱了〈告訴我〉。像是暗示，隔天我在必修課堂下課時間，當面向那女同學告白。自然是被拒絕了。那天晚上，我自己唱了一個人的KTV，把所有想得到的歌都唱了。那次我才發現，原來要是失戀的話，歌曲的選擇實在多到誇張，每個歌手的主打歌幾乎全是這些悲戀、苦戀的內容，螢幕上每個等待填充的字，都可以把自己填進去，像在柔軟的曲調中施打麻藥，大量的情歌麻痺大量自以為洶湧的情緒。一個夜晚切分成許多的三分鐘，一首首歌如醫生開刀似的不斷接近傷口，加以清創、處理，讓我在推開包廂門，跨到外面正在清醒的世界時，感覺被縫合。

我開始聽比較多從小雞FTP抓來的非主流音樂，濁水溪公社、瓢蟲、脫拉庫、四分衛、董事長之類的。偶爾去看小雞的團演出（全校各系、各社團都有的什麼晚會），聽他飆著我聽不太懂的自創歌曲，跟著大家搖手擺動做做樣子。每次看過他的演出就更確定：這個團大概沒什麼未來，而我終究只能當個遠離舞臺的冷淡聽眾。我只是聽著那些音樂，沒有意識，沒有熱情，就是聽著。在這過程中談了一些戀愛，短短的，像是三分鐘的流行歌，聽過之後沒留下太深痕跡，音符列隊行進走過，難得會想找來反覆聽。周杰倫照常紅他的，蔡依林又紅起來了，在不斷延長的大學時光，我總在金興發生活百貨店聽梁靜茹。經過布滿抽取式面紙、特價洗面乳、洗衣精、花花綠綠的抹布的店門，冷氣涼涼的跟著梁靜茹某首歌曲吹出來，每一首都溫軟撫平原本躁動擴張的毛細孔，汗漸漸乾了，眼神可以跟著曼秀雷敦、Men's Uno、露得清、妮維雅之類的logo印在滿滿的個人清潔商品架上。各種顏色的液體裝在各種顏色的瓶罐軟管，我上上下下掃視品名和價格，一區過一區，梁靜茹的聲音像施捨一般從天花板落下，好像可以這樣無止盡逛著賣場，像個品管員一一檢視所有的商品。如此來回幾次，不管店內播放的換成別的歌手，聽起來總覺得是梁靜茹。她擁有類似這樣量產、平價且以實用取勝的音質，最重要的是，她跟極大部分的商品生產地一樣都來自東南亞。可能那一個十元的塑膠打火機就出自中國浙江的某個小鎮工廠，那裡的女工聽著〈如果有一天〉，之後在運貨的卡車前座流洩出〈勇氣〉，運送到各地倉庫的管理員放著MP3〈無條件為你〉，接著是各賣場non-stop放著諸如〈愛你不是兩三天〉、〈分手快樂〉、〈我喜歡〉、〈瘦瘦的〉之類的超級精選。

出了梁靜茹百貨店的轉角是地下社會。我時常路過地社門口，在它隔壁的屈臣氏深夜假裝要買東西實際在納涼，或另一側隔壁的鱔魚意麵吃蚵仔很少的蚵仔煎。獨獨只有一次，跟小雞踏下那吸管般的樓梯，窩擠在窄小的舞臺前，看著錫盤街表演。那跟我想像中的表演不同，沒人唱歌，沒有戲劇式肢體擺動，團員就在臺上調弄著筆記型電腦、鍵盤、音箱，貝斯和鼓也不像面對著觀眾，他們似乎在錄音室準備錄音，眼前沒有人，只有起伏的音調和曲式，一切化為數字，而他們是認真做著每一道數學作業的小學生。小雞偏著頭在我耳邊說，這叫做後搖滾，順帶補充說有機會可以聽聽甜梅號。也是在那陣子，地社、The Wall興起一陣爭取藝文表演場地合法化的訴求。我很少關心這些，也沒怎麼去過這些場所，沒錢進live house看表演是主因，沒小雞以外的音樂掛朋友帶出去見世面更是。況且那時我非常認真研究著各種文學獎參賽規則和得獎作品的公式，無暇顧及那個世界在發生什麼。

直到小雞爛醉的那晚。在被黛西甩了的晚上八點多，他來電話說要去唱歌。我進包廂他已經喝掉幾罐啤酒，一手夾著菸，一手拿著麥克風跟著張震嶽吶喊「說愛我說愛我難道你不再愛我」。我拿起一罐，夾幾粒冰塊到杯中，看著倒入的泡沫爬升，艱難地露出一截金黃。碰杯喝了幾口，我開始點歌，就這樣一路喝一路唱到清晨捷運發車後才出門搭車回新店。小雞的研究所算是沒戲了，根本沒去過幾次補習班；黛西分發到桃園的小學教書，在那裡另外找了個符合家人期待的男友（不知為何總是竹科工程師）。他們早在黛西畢業時就協議分手了，小雞只是不甘心，想要證明自己也可以去當個人模人樣稱頭的雞巴工程師才勉強自己去報研究所補習班。這些他先前全沒告訴我，細節有如清倉大拍賣似的就在那間黯淡的包廂傾巢而出。

我訝異小雞這樣自許玩團的rocker，點的歌單壓倒性的充滿芭樂，只有少許非主流樂團的歌。包括：周杰倫第一張和第二張專輯全部歌曲、張惠妹前兩張點得到的歌、孫燕姿前三張點得到的歌、蔡依林《看我七十二變》之後兩張的歌（小雞說明：我以前很討厭她，但你看她多麼努力，即使被甩了照樣唱歌跳舞又整型不斷挑戰極限多讓人敬佩）、全部的陶喆、王力宏、陳綺貞、五月天、伍佰以及全部的張學友（每一首都會唱有嚇到我）；點得到的薛岳、沈文程、葉啟田、施文彬、江蕙、梁靜茹、莫文蔚、林強、張震嶽、優客李林、董事長、四分衛、脫拉庫、乩童秩序、L.A. BOYZ、MC Hot Dog、大支……。我像是見識到了小雞的個人音樂成長史，而他確實真能唱，竟然嗝了整晚還可以飆〈Hotel California〉，再繼續點出Backstreet Boys誇張地唱唱跳跳。聽到後來我有些毛骨悚然：到底是怎樣的情緒積累讓他非得透過那麼大量的芭樂歌紓解？一個充滿姿態的rocker私下其實多麼需要這些芭樂，偷偷吃甚至更爽快。

小雞穿插解說，其實我超愛林強的，他後來不出專輯我覺得好可惜。我以前還會邊彈邊唱〈查某人〉給黛西聽。你看這才是現代的臺語歌嘛，不要唱來唱去都什麼羅時豐、陳雷，要不就〈雨夜花〉、〈望春風〉這種老調。L.A. BOYZ我也迷過一段時間，小時候還買他們兩卷街舞教學錄影帶偷偷在家練習，「釘孤支」這招看過沒（他說著就跑到螢幕前示範，仰躺雙掌撐地，朝上彈出一隻腳），有沒有，就是這樣（他起身拍拍手，喝了一口酒）。以前國中我們班大家還決定啦啦隊比賽要用L.A. BOYZ的歌，我們幾個男生整天窩在同學家看錄影帶練那些街舞動作，開始時候大家狗趴嘻（go posse）、狗趴嘻、狗個不停，看到後來都在偷看同學爸媽藏在房間的A片，舞根本練不起來也編不出來，最後靠一個女同學救火編出全部的舞步才搞定。你知道那是誰的歌嗎？幹你一定沒想到是林志穎那首〈全新的愛〉，要是孫耀威的〈認識你真好〉或〈愛火〉，甚至鍾漢良〈OREA〉也就算了。但林志穎？！我們也只能盡快練好整齊劃一的動作和舞步，拿下全校第二名。

這時小雞插播林志穎〈全新的愛〉，又唱又跳的把整首歌舞步跳完，簡直像十幾年來日日複習從來沒有荒廢過。他說，我有跳給黛西看過喔，這世界上你是我成年以後第二個看過我跳這舞的人。我想他真的有些醉了。

最後一首點播出來的歌是〈去香港看看〉，我完全不知道張雨生有這首臺語歌。茫了的小雞吐著酒氣，邊唱邊抓間奏空檔說你看很屌吧詞是吳念真寫的，畫面上張雨生背後那個團其實就是《麻將》的主角，MV剪很多電影片段，那個打鼓的有沒有就是從從唐從聖，彈貝斯的是張震，彈keyboard的是柯宇綸。

小雞當然不是照著歌詞正常唱，「去香港看看」（ki hion gun kwa mai）被他唱成諧音的「去乎幹看覓」，整首歌不斷迴響著被幹的心情，唱到「你若貪爽一直撞　就會淒慘落魄」。小雞嘿嘿說，以被幹的心情結束這一晚還不錯。接著他把桌上還沒清光大約一手份量的啤酒全部咕嚕嚕灌進肚腹。七點多走到外面天光燦亮，大批汽車、機車的轟隆作響，城市醒來好一陣了。在搖搖晃晃的捷運上，他就是個拼裝的秀逗機器人，我們塞在通勤人群中，突兀的濃厚酒氣逼得周遭乘客都皺起眉頭，有的在努力憋氣。小雞整路喃喃念著好難受好難受，卻又可以跟我描述《麻將》的劇情大綱，什麼張震飾演的「香港」是專門釣馬子給好友分享的髮型設計師；唐從聖演的「紅魚」是這票人的頭頭，成天鬼混想空想洞的詐騙斂財。「電影有趣歸有趣，但以楊德昌的水準來說應該算是爛掉了吧有點可惜。你看竟然沒什麼人知道張雨生、鄭智化都有幫電影寫歌獻唱。隔年張雨生就出車禍嗚呔去了。」我還真不知道原來他對楊德昌竟然略懂。

出了七張站，小雞歪歪扭扭走到住處門口，像個做復健的老人顫巍巍爬上四樓的公寓，他室友似乎都在梳洗準備出門上班。他扶著牆壁，等室友從廁所出來，旋即轉身、趴在馬桶開始一長串的嘔吐。吐得聲嘶力竭、天崩地裂，彷彿他嘔出的不是穢物而是好幾隻活跳跳的兔子。然後他爬出廁所，艱難地攀上客廳沙發，用盡一生的力氣點燃一支菸，露出智障般的傻笑跟兩個室友說早安、拜拜。接著他雙眼一閉像個行將過世的人，掉入疲憊的睡眠。我抽走他指間的菸，捻息在菸灰缸中，屋子平靜下來，零星車聲遠遠近近穿刺室內，我也覺得有點累。也許是小雞唱了整晚的芭樂歌，我的耳際此刻播放著巫啟賢高亢裝悲嘶喊「我真的好累 你要的我都學不會」。我像隻襪子攤在沙發上，模模糊糊睡著了。

待我醒來，他已經洗新新像個重新做人的更生人了。他說，不如我們來合作吧，你來幫我寫詞，我們一起弄個EP，去找地方演出順便賣單曲。我說，不然我來寫你昨晚唱的那些歌，每首歌配一則極短篇弄本小冊子，這樣你的單曲也可以放在裡面。到時候你演出就賣單曲賣小冊子，我去弄講座你就來唱歌推銷單曲跟小冊子。我們都覺得似乎可以試試，也相信要做到這些不難，但那股微弱的火焰其實在我回到宿舍房間就化為灰燼。在我快要忘記有這回事的時候，小雞傳來自己在家弄的粗糙demo，音檔標題是「bubble」，只有一把連我聽起來都知道不大純熟流利的電吉他和弦跟語焉不詳的哼唱。我得先填好詞，才有可能延續這首歌曲的生命。但我始終沒有填完。小雞的研究所巡迴考試以國民政府撤退來臺的姿態結束，隨即入伍當兵。那年夏天就在足球天王席丹那記令人錯愕的世紀頭錘中結束。

再見到小雞的時候，他已經是穿西裝打領帶的保險公司業務員。他說以前樂團圈流傳rocker十二守則，不綁頭髮、不騎腳踏車、不帶雨傘、不穿雨衣、看電影絕不排隊、不戴安全帽、喝酒要乾杯、不能跟馬子牽手、要有皮夾克、不穿高領毛衣、要騎打檔車、不搭公車之類的，哪像現在一點也不rocker了。我們坐在星巴克咖啡店，喧鬧的人聲中，對著洗衣泡沫般的奶泡，我看看他，他看看自己、看看身邊的女友小如，手牽著手。他接近平頭的短髮綁不了，大太陽或下雨就為小如撐傘，如今幾乎不騎機車，在臺北就靠公車、捷運和YouBike移動。音樂聽得少了，自然也不怎麼去live house看表演。他不知道崔健來唱過Legacy開幕演唱會，不知今夜伍佰演出過了，不知許許多多的團。他已忘記當年亂彈阿翔在金曲獎頒獎典禮大聲呼喊「樂團的時代來臨了！」他只知道他們公司的形象代言人是五月天。小雞說，所以說很怪嘛，rocker大概也不買賣保險的吧。他問我是否還在寫作，我說是啊反正就試試看，丟些文學獎比賽，看能不能撈點獎金補貼開銷。聊著往事的時候，我腦子裡自動回放《力挽狂瀾》一幕飾演過氣摔角手的米基．洛克跟脫衣舞孃在酒吧的對談。大隻佬米基說，八〇年代最棒了，那時候的音樂也是，卻被柯特．寇本這娘炮毀了一切。九〇年代爛透了。我們來得太晚，無法理解八〇年代，對九〇年代懵懵懂懂，二〇〇〇年後據說是音樂產業不斷下探的深淵。我們在壞毀頹圮的廢墟中緬懷著偶爾閃現的靈光，連柯特．寇本也沒得記憶。我提議去唱歌，小雞一副有沒有搞錯的表情，小如說不好意思明天還得早起拜訪客戶，這傢伙業績還不太行，得拚一點。

他們離開後，我繼續待在原位看了一會書，連鎖空間的嘈雜時常中和掉飄散的樂聲，就像杯中面目模糊的咖啡，所以能夠整齊、量產，能開得到處都有。離開後到二手書店晃晃。我照例從文學區逛起，一路經過推理小說、科幻小說、奇幻小說、武俠小說、各國文學書架，停佇在華文創作區，看著滿架的新書舊書，想著自己哪天出書也是擺在這裡，靜靜等著被拿起的一刻。有時隨手抽起的書上頭留著簽贈者的姓名和句子，我總把自己當成簽贈者本人出手買走這些尷尬的書。接著到三本一百特價區，一排排曾經的暢銷書穿插幾本劉德華、郭富城、庾澄慶之類的明星書，以及寫張雨生的《再見雨生》。張雨生的父母弟弟妹妹都寫了序，內有相當多張雨生從小到大的生活照、宣傳照，收錄幾篇他的文章、大學時候寫給父親的信，還有九〇年代最流行的個人檔案資料，羅列出他的身高體重星座血型興趣喜歡的和不喜歡的人事物等等。張雨生在其中一篇寫淡水的文章說：

人的際遇有時候非常非常難講。從小我的夢想，沒有一個和音樂有關，我既非科班出身；又沒經過正統訓練，沒想到，卻進入音樂圈子，轉眼間近十年時間，時間過得很快，快到讓人無法掌握時間的脈動。

小時候，我夢想做太空人，國中的時候實際一些，想做文學家，詩人，我想這樣將來如沒飯吃，還可以做老師。高中時，我喜歡寫東西，看書，期盼做個文學工作者，到了大學，我想可以當個助教或是出國深造，做研究工作者。

我拍下這頁，傳給小雞，附上訊息「喏，你學長張雨生寫的」。他回傳「我已經沒有夢了」。小雞從前曾不無得意炫耀過他是張雨生在豐原高中的學弟，也是他在臺中東華重考班的學弟，可惜讀理組沒機會幫他考到第一志願臺大歷史系。張雨生活得那麼短，再過幾年我們都比他老了，可他永遠會是個歷史人物（他當年紅到漫畫家曾正忠得以畫出一系列《張雨生大兵日記》的搞笑漫畫），我們只是歷史塵埃。雖然最終他只能帶著宛如奧林帕斯眾神在山巔交談般的華美歌聲走入墳墓。如果他還活著，會去當《超級星光大道》的評審嗎？阿妹會有機會做出更棒的專輯嗎？我能做的只有為這本書結帳。

但讀完書，幾乎沒有增加什麼對張雨生的認識，他一如想像是個乖小孩、對人友善、音樂才華洋溢。這些跟他的媒體形象完全一致，對他的疑惑沒有減少，大概就多知道了他媽媽跟周杰倫媽媽一樣叫惠美，而他的生日跟大他兩歲的林強是一樣的六月七日。想想這滿神奇的，張雨生跟林強都是中部人，差不多時間出道一炮而紅，也差不多時間發行個人最具實驗性格的專輯（《娛樂世界》與《卡拉OK Live．臺北．我》），之後林強演戲做電影配樂，張雨生也去演舞臺劇做音樂劇。再之後，張雨生車禍嗝屁，林強自己終結了螢幕上的林強，據說信佛吃素，還公開懺悔年少時期的種種不是。

不管他們後來如何，留下的作品和花邊故事都是臺灣流行音樂史的一部分了。據說張雨生因為愛唱歌的妹妹意外溺死，才突然想到似的報名參加一九八七年木船民歌餐廳的比賽，獲得注目；而隔年另有一個傢伙唱臺語自創曲，演出的一開始麥克風沒聲音，後來吉他斷弦兩次，最後以音準不準的吉他唱完。那就是林強。一切皆需要時間累積，讓原本空白的土壤可以透過一具具軀體、血肉堆肥，才能夠提供充足的養分給下一個長成的人。當我們終於能擁有好幾個二十年、三十年甚至四十年的老樂團之時，我們就能有足夠厚實的土壤可以培植出下一個存活超過二、三十年的團。儘管這些與我跟小雞都沒有關係。

沒關係到什麼程度呢，當地下社會在二〇一三年六月十五日結束營業時，我只在臉書上看看朋友的哀悼文，連到門口看看都沒有。小雞的臉書則完全沒動靜，好像地社的最後一天不存在，地社也不存在。我覺得小雞的轉變，最可怕的不在於他變成保險業務，而在變得無趣乏味。他會跟小如一起聽Adele，反覆聽她少女年紀超展開的歐巴桑傷懷，並真心被打動。他就跟大多數唱片公司試著砸錢堆砌出的偶像明星一樣，跟著俗濫的旋律，唱著無聊的歌，努力扮演一個商品唱唱跳跳。只有成為商品才能販賣其他的商品。但他那晚卻說要去唱歌。

我們就像原班人馬演出的續集爛片，再次在深夜的KTV包廂碰面，同樣吸食著過量的啤酒和有害身心的流行歌。小雞點了動力火車〈第二次分手〉，前奏響起，嗓音依舊濃烈，臉上掛了兩條亮亮淚光。他說，黛西回來找他。他們出去過幾次，該做的都做了，麻煩的是她已婚。黛西的故事跟成千上百偷情人妻的理由相似，丈夫排班輪休，上班打卡制，下班責任制，手機全天開著等上司召喚。而她在小學的教書日子平穩，結婚幾年沒有懷上孩子，就這樣兩個人過著小日子，說不上哪裡不好，也說不上哪裡好。然後有一天，該死的臉書頁面介紹你可能認識的朋友，就這樣輾轉重新聯絡上小雞。大家先是客氣得像久別的不熟同窗，比較有空的黛西訊息逐漸多了，愈來愈是毫無主題的關心在幹嘛在哪裡，有時也傳一個人的晚餐照。接著是時不時想到過往某個時間點還是戀人的小雞和她一起做了什麼、看了哪齣電影。再一天，黛西一個人過生日，他們重逢，就做了。小雞說，結果做完以後是我泡在浴缸裡靜靜的哭，超娘炮的，好像我被強暴了一樣。整間浴室都起霧了，我仰躺在按摩浴缸，水柱噴著背……對啦難得嘛以前沒機會，想說用高級一點的套房。總之我的眼前霧茫茫，我的內心也很茫。以前為了怕她家人看不起，勉強自己去補習、考研究所，連私立大學的備取最後一名都摸不到，真是浪費錢。退伍後，這我沒跟你說過，我看《超級星光大道》那麼紅，想說唱歌我難道會輸給這些人嗎，我有過第一階段初選結果在錄節目時唱了三十秒就被淘汰了。只有領到那張參賽者名牌做紀念。我選什麼歌？我跟你說這種歌唱比賽的訣竅就是男生選女生的歌唱，女生選男生的歌唱，這樣就不會被說唱得像原唱，同時又容易被辨識出來。我那時選莫文蔚的〈陰天〉，現在想想真是太白癡了，選歌超失敗，沒辦法好好展示聲音。那時我真是被徹底打敗了，什麼音樂、夢想有的沒的都沒用啦。我沒錢、沒女人、沒工作，這樣一無是處的人留在臺北幹什麼？跟那些玩團的朋友一樣，找錄音室打雜、去live house做音控、賣票？還是去唱片公司做宣傳行銷，帶一些有漂亮臉蛋的智障上智障節目？

他點了〈陰天〉唱，一邊唱一邊說幹我就是唱這首被淘汰的啦你老師哩。接著點施文彬的〈誰是老大〉惡狠狠飆髒話，再唱〈七仔〉悲憤交加讓整張臉皺縮得更難看。小雞說，你看世界很不公平啦施文彬那麼有才又很會打電動，還是電競協會理事長多威。我要不是又遇到小如，現在死去哪裡都不知道，就算要回家種田也沒田啊。小如就是那種大家都有的不太熟的國中同學，後來長大變成超強保險業務，這種人就會仔細盤點一生的親朋好友，然後像打怪一樣一個個close下來。她跟我聯絡的時候，大概本來只是看看我有沒買保險的可能，看我可憐，就帶我入門了，算起來就是她的下線啦。你說我們感情好不好呢，你也跟我們出去過，對，她是比較強勢，但心地很善良，看到小貓小狗也是會起惻隱之心，但工作歸工作，該怎樣就怎樣，公私分明，這是我最欣賞她的地方。像她賣給我的投資型保單就是精心算過的，反正存款放著也是放著，不如丟進去套點賺頭對吧。我剛說我沒錢？對啊，那些錢是我媽的，我第一筆成交的保單就是我媽。道理很簡單，你要當個正直誠實的業務，不要唬爛也不要騙人，自己的家人就是最好的練習對象。你真心為對方著想，對方就感受得到，那就距離簽約不遠了。好啦，還是會有一點行百里者半九十之類的，就差那麼一點。但我跟你說，這行沒什麼訣竅，就是努力跑、努力拜訪客戶，拿出最誠懇的一面，經驗值就是時間累積出來的。我跟小如在一起，就是要徹底拋掉過去，吉他收起來，音箱、效果器都收起來，琴譜擺到書櫃深處，CD能賣的就賣掉，但林強、張雨生、伍佰這些人的我真的捨不得賣。我想要重新做人。

他唱起陳綺貞的歌，邊唱邊批評，雖然很愛很愛女神，但《華麗的冒險》整張的曲調、曲式、旋律這些也太像她偶像Radiohead的東西了吧。我問他有沒去看電臺頭的臺北演唱會。他說沒有。拜託怎麼可能，以前我最愛那張《The Bends》，有張歪歪的大頭像摩艾石像印在封面，還有《OK Computer》、《Kid A》也超棒的，但他們來臺北我只能乖乖在家，因為小如不喜歡人多的地方，覺得站著聽演唱會很累。幸好他們去的是南港展覽館，我聽說音效超爛的，場地不好，不去也罷。

要是他們去小巨蛋，真的就有可能要跟小如吵一架了。

小雞繼續唱他的歌，接下來是滿滿兩頁的周杰倫。我在充滿混合菸味與芳香劑的包廂，拿著麥克風跟著合唱或亂哼，喝幾口澎大海，吃幾口豆干、毛豆。每一時期的代表人物和歌曲，皆可在此點選，KTV的空間配置卻二十多年沒太大變化。我們購買時間、租用房間器材，合法點播各家公司提供的正版伴唱帶。最初從具備體積的錄影帶，一卷卷以長寬高18.8×10.4×2.5公分塞滿房間，播放人員無止盡多工操作放帶、抽帶、迴帶，處理絞帶。我想他們一定很幹那些趕在最後半小時瘋狂插播又只潦草唱個半首就切歌的顧客，總有人在點歌遲遲不出的時候說裡面放歌的服務生不爽了喔。電視逐漸從真空管變成扁平的液晶螢幕，錄影帶也減重成光碟，不再需要那麼多空間放帶子，所有的歌透過這個那個代理商灌進那臺專業級播放機，隨便切歌也不再有愧疚。

某些歌會沉澱，從我們十幾二十歲後就牢牢卡在記憶內壁，經過十年、二十年那些歌還是在包廂裡迴盪。比如小雞口中那前幾張周杰倫。他混雜、拼貼得一如二〇〇〇年前後的臺灣，迷惘於強人遠去又狂喜於臺灣人站起來了，提供吃到飽的多元曲風，渾圓軟Q的R&B加Hip-hop加融二十年甜膩情歌傳統，就像一杯完美的珍珠奶茶。多年來周杰倫精進的是做出一杯又一杯珍奶，有時調整配方比例，有時強調採用純手工製作絕不含硼砂的粉圓，或者牧場直送鮮乳，或者一斤幾千的特級茶葉，他依然是充滿臺味的珍奶，乃至於他自身也成了臺灣認同的隱喻。他舉歌攻向中國大陸，去香港演日本漫畫改編的電影，去好萊塢演娛樂瞎片，完成一個臺灣之子想像極限的功績。他像臺灣企圖維持現狀，做著一路走來始終如一的音樂，自組公司、搞潮牌成衣、開餐廳、拍電影，以玩著《美少女夢工廠》的心情等待十四歲的女友長大成人。

我看著小雞不換氣極速噴灑歌詞，伴著抽搐的音符，哼哼哈哈，終於唱完周杰倫。我們開始點些單純欣賞用的MV。孫楠〈燃燒〉劇情是師大附中高中生搞大了同學的輕熟女姊姊肚子；梁靜茹〈勇氣〉是清純嬌蠻的蕭淑慎要倒把酒保熟男；在還沒有無印良品可買的時代，每次上KTV總有人要點來看光良和品冠的〈掌心〉探望那個封存在1分10至32秒右上角窗子的白衣人和自動拉開的窗戶；也老是要看看〈裙襬搖搖〉時候的李心潔，甜美得，嗯，就像她在MV裡不斷走動的漂亮腳踝。宛如儀式，最後點的往往是那些對你有意義的歌，可能跟誰一起唱過，可能在某一個心碎或大喜的時刻即時成為配樂。那不續包廂的倒數一小時，每首歌都化成一支湯匙，一匙一匙挖著回憶中的幾西西。

我們不再拿著麥克風唱歌，聽著被消除人聲的曲子輪番出場，空白的字自動填滿，而癡傻地放空。羅大佑的〈美麗島〉流瀉出來，小雞說欸我還以為他唱的是李雙澤那首原來不同喔。消音的羅大佑在螢幕上張嘴，我說李雙澤有寫過一篇小說〈終戰の賠償〉，不錯喔還得了吳濁流文學獎，可惜他那時已經溺死了。吳濁流是誰？他最有名的就那本《亞細亞的孤兒》，羅大佑也寫過同名歌曲，原書說的孤兒是指臺灣，後來王傑唱的版本更紅，就電影《異域》的主題曲啊，大家就都說那是在講泰北孤軍的歌。李雙澤那小說寫個年輕導遊帶日本老婦到菲律賓憑弔戰死的兒子，無意間發現詐騙圈套，想騙那日本阿婆的錢，有冒充她兒子生前好友的，也有要冒充她兒子的遺腹子的，結果知道真相的是在飯店打工的菲律賓前游擊隊員。結局？結局就是他們都沒騙成，被另外一組人搶先啦。那小說是一九七七年李雙澤到菲律賓鬼混了幾個月才寫出來的，很屌喔。就說重點不是結局，現代小說的結局不重要啦，重點在他怎麼呈現。裡面有日本人、華人、菲律賓人，大家講話夾雜日語、英語、閩南語，又很多嘴炮，要是李雙澤活下來還有寫小說的話，說不定不會輸給王禎和哩。不知道誰是王禎和？改天借你書吧。畫面上的羅大佑閃人了，好難想像他六十了。我一直覺得羅大佑很奇怪，八〇年代那麼前衛的酷人，那麼會寫抗議歌曲，怎麼解嚴後好像有點藍得莫名其妙。當然我是長大後才知道要回頭聽他的歌。我跟小雞一樣，還是對林強、伍佰比較有感。或許羅大佑就適合在一個有惡魔黨的時代，一人飾演諸葛四郎和真平，自己打怪。惡魔黨化妝轉型，他就突然不知要打誰，那千瘡百孔的社會幹譙嘲諷了三十年還是死樣子，剛好綠色怪物出場，他又敲鑼打鼓歡快打怪去了。結果接下來竟十年沒出專輯。大概年紀大了要應付剛出生的小孩也不容易。搞不好我這種希望他從一而終站在反對者立場的心態也是錯的。這只透露我的天真，居然無法面對人的矛盾和複雜。況且人家要相信什麼是人家的事。想想李雙澤死得早，還來不及體驗「唱自己的歌」之後的社會轉變。據說他跟莫那能唱〈美麗島〉唱「篳路藍縷以啟山林」，馬上被莫那能嗆說「你們一來篳路藍縷，我們就開始顛沛流離」。結果兩人幹了一架，繼續喝酒聊天。誰知排灣族莫那能日後意外瞎了開按摩院，還加入中國作家協會，支持兩岸統一。

幸好張雨生死得早，不然也要接受統獨問題的拷問吧。

我問小雞：如果伍佰與菜籃補路到七十歲還開老阿公演唱會，你會不會去？小雞回廢話當然要去。有時我覺得，一定是我們的歷史太短促，還累積不夠多有意思的人和故事，才會狹隘的批評別人，其實只是我們自己見過的世面太少。哪天我們也有像鮑伯·狄倫這種七老八老還在做唱片、唱巡迴的老骨頭，像滾石、老鷹這種臉上爬滿皺紋老人斑又雞皮鶴髮的老團，像年紀輕輕就幹掉自己的伊恩·寇提斯或柯特·寇本，那我們可能就會對羅大佑或豬頭皮有更寬廣的理解。

這回混不到清晨，我們三十出頭就活累了，包廂時間還沒到，小雞說得回去了還是得回去面對小如。在KTV大廳揮手道別後，我才想到他跟黛西的故事還沒說完。

一輩子都在玩角色扮演的大衛·鮑伊死掉那年春天，我和老婆去高雄看大港開唱。反常的冷峻氣候讓我們誤判穿了過多的冬衣，卡在排隊換入場手環的人龍中，我們就決定現場買兩件短T換上。在熾熱陽光和各家樂團的輪番轟炸下，我們的身心都成了一片焦土，只能窩在被塞爆的便利商店納涼，等待晚上最重要的沈文程 feat. 濁水溪公社。早早占據舞臺第一排的位置，看到戴墨鏡、穿豹紋外套和緊身褲的沈文程出場試音，現場就已經出現大吼大叫的粉絲。我附近站了一直以幹恁娘雞掰挑釁濁水溪小柯的阿弟仔，等到沈文程一首首名曲唱下去之後，眾人完全沉浸在歌廳秀的歡樂氣氛，聽沈文程唱跳說笑喔買嘎刀愛你喔。我同樣好難想像他六十了，而他之前似乎也常去為泛藍站臺做歌，可是當他唱起「臺灣股票淹肚臍　臺灣厝價淹下頜　臺灣槍子淹目眉　臺灣人的心事無人知」，九〇年代的往事跟當下的時事如同對鏡自拍。沈文程出道時頂著爆炸頭、小鬍子，穿著喇叭褲，唱片封面打著大大的「最醜陋的美男子」，大大的「心事誰人知」。今晚他的歌聲有二、三十年來的臺灣史，以及從未解決過的揪心沉痾。滿場觀眾大合唱這些老歌，就像時光的遙遠回聲。安可曲他背上吉他自彈自唱，清水合唱團的〈Have you ever seen the rain〉隨著歷史飄落下來。那時我打開手機視訊，轉播給小雞見識見識阿伯震懾全場的魅力。一下下就好，我請他眼睛借我，耳朵也借我，不知他是否感覺到了雨。

狄克森片語

原來是DIXSON，不是DICKSON。有時寫成狄克森、狄克生或逖克遜，不是老二的兒子。我以為自己拼錯了許多年，後來發現賴世雄拼成DIXON，許多片語書封面上不管誰編寫的都要打上「DIXON'S IDIOMS」。誰都不認識那個編了470個片語的狄克森。但狄克森默默推進美國英文的擴張，他編寫的教材隨著好萊塢電影、美軍駐紮世界，逐漸流布各地。狄克森本人沒機會目睹四處打著他名號的翻版片語書，也不可能知道自己的名字留在臺灣那本《新英文法》的序文最後幾行，跟其他英語文學者專家並列。

Lesson 1：to get on/off（上下公車、船或飛機）

羅莉塔在上船之前，回看了這座碼頭。這時候她還不叫羅莉塔，還勉力當著瑪利亞。她想到自己的人生就是這麼來來去去，上了這岸，下了那碼頭，要找一個屬於自己的家。她要到了可以理解人世複雜的年紀，才知道爸爸原來不只是她的爸爸，也是別人的，在遙遙的大海另一端，有個對稱如她的女兒正在等著爸爸回去。所以瑪利亞十七歲第一次遠行就是尋找父親，帶著遙遠的口音說著同一種語言，暴露在加利西亞的沿海小鎮。從閉窒的船艙一登岸，好像眼前的繩索、浪潮和傳遞貨物的吆喝聲，都塗上了一層薄薄的油，滑溜地鑽進耳朵，岸邊來往的人、車輛、攤販正在播送她能辨識卻有些陌生的語音。她不知道自己該往哪裡去，揣著行囊，在這小小的城鎮到處走走。

人家說這裡是舊大陸，每座屋子都有歷史，每個人都有故事。她來自新世界，還年輕得沒有多少故事可說，但她知道自己是個美麗的女孩，總有人搭訕她，要帶她去哪，要請她喝一杯。她還在習慣這邊的聲調，在腦海中試著捲出一個音，默念幾個破碎的單字，模仿本地人的腔調，希望盡可能融入背景。

直到她聽見第一個孩子胡立歐的響亮哭聲，才明白有些語言是生來就會，不需要學，也不用講究發音。有些話則是用同一種語言溝通，就會愈飄愈遠，像一條翻越曬衣繩的毛巾，掉落在怎麼搆都搆不著的鄰家屋簷。像是她的丈夫荷西。回想起來，到底是什麼緣故讓她願意跟著荷西一起走，大概就是為了那句「我們一起找你爸爸。」但這句承諾是有極限的，超過一年，他就煩膩了，說要工作養家，說不能離家太遠，說難道我給你一個家還不夠為什麼你不肯放棄。瑪利亞知道，找不找得到父親不重要，他們的緣分早在他離開古巴的時候就結束了，他有另一個家要照料，他有另一個瑪利亞要疼愛。僅有一萬多人的小鎮裡，有些人認識她父親。有人說他舉家遷移到東邊的大城市了，聽說那裡有很多機會。有人說，當初他就是以為古巴是天堂樂土，才不遠千里到那邊討生活，哪知道那邊只是比較熱，跟這裡差不了多少。一個捕魚的人，不會因為到了遠方就變得會種田。瑪利亞心想，所以他才會給自己的女兒取了一樣的名字。他只是在有限的想像中，重建了一個類似的家庭，一個管不了他的妻子，兩個不受管教的女兒。可能某天，時候到了，他決定要回家，跳上返鄉的船，就再也不回來，一如他當初跳上前往古巴的船，搖搖晃晃，撐過一整個海洋，卻不知自己去幹麼。

瑪利亞第二個兒子小荷西出生，她的口音和舉止已經跟當地人沒有分別，總有一天，她沒有父親的日子會超過有父親的日子。某日經過她上岸的碼頭，一個念頭像劃亮一根火柴，說不定父親又返回古巴了，他們只是錯過。荷西說她瘋了，揮拳留下她，兩個孩子在哭，盤旋在碼頭附近的海鳥叫聲細細傳來，帶著點點鹹味，混合家裡潮溼的霉味，她打起噴嚏。瑪利亞的感官被充滿，暈暈然在餐桌旁躺下，清涼的地板與腫脹的肉正在緩慢中和，小孩還在哭，伴著尿騷和屎味。

沒人知道瑪利亞何時離開家，又是怎麼消失在碼頭邊。據說荷西渾身酒氣回到家的時候，被滿布家中的屎尿味衝得清醒起來，兩個小孩光著下身，骯髒的尿布散落處處。不過幾個月，漁夫兼碼頭工人荷西又釣上一個十七歲的外省女孩，填充瑪利亞留下的空位，而且新女孩不會吵著要找爸爸。

幾年後瑪利亞回來帶走兩個兒子，沒人知道她怎麼安然走出那間房子，又怎麼找到出航的船隻。那時人人都在談論佛朗哥、談巴塞隆納的局勢，當地居民從來不覺得這西北沿海的破落小鎮跟那些王室、政黨或革命有什麼關係，他們只是守著一個小小的港口，勉強討生活，以前如此，以後也如此。但是戰爭捲入了所有人，包括留下來的荷西。他參與的左翼工人組織在內戰後隨即被清洗，他被逮捕後，先是被監禁，接著丟到鋪設鐵路的單位幹活，又轉往他也搞不清楚的某處繼續被監禁。他在短暫的一生結束前，想起那個為他生了兩個孩子的混血女人。荷西不知道他們回到古巴，二戰後遷到美國紐約。一九五〇年代初期，女人改嫁給美國人羅伯特的時候，給自己換上新名字，從此成為一個教人如何使用英語的美國人。

Lesson 2：to wait for（等待）

她帶著婆婆到臺東山間探望丈夫，回來後婆媳都生了病。她猜想可能是在回程途中大武山站休息的時候，拿來飲水的公用茶杯不乾淨。她渾身發燙，虛軟躺在床上，清楚知道漆黑的房間只有自己，樓下是三個孩子的房間，一樓是出版社的辦公區。二、三樓擺滿自家出版品和各種書刊。所有東西都靜止，她卻覺得意識在旋轉。醫生說她們可能感染到肺病，得長期吃藥治療，平常多注意衛生，碗筷盡量消毒。

她有時真的相信自己告訴三個小孩的話：爸爸在美國留學，所以不能陪著他們長大。夫妻一年只能見上兩次面，每次十五分鐘，剛覺得可以好好說話，時間就終止了。逢年過節，她要到附近的堀江商場禮品店挑選外國進口的卡片和禮物，代替丈夫送到孩子手上，讓他們稍微感到父親還是在的，只是太遠，無法親見。但像這種病弱時分，她真希望身邊就有那雙濃眉大眼看顧著自己，甚且握著他溫暖的大手。那是一雙讀書人的手，修長的手指握筆寫稿，寫出指節一粒厚繭。可她只能等，等待一個微小的希望，讓那雙手再次接住自己。

儘管那渺茫的希望同樣在折磨自己。她腦中不時回放每趟跋涉到臺東的旅程：先是搭上金馬號，搖晃過屏東，過枋寮，轉入往臺東的山路，一路風塵僕僕，車子與碎石砂土反覆顛簸，像要把乘客篩出來，所有人的頭髮、眉毛和衣物都鋪上一層薄塵，晚上抵達臺東市區過夜。隔天早上七點多，搭車到隧道口下車，等待成功漁港來的班車，再進到清溪的泰源監獄。丈夫的面容被隔著的鐵絲網切割得零碎，沒有接觸的可能。她總是想在十五分鐘內記住丈夫的神情，然後在回程時仔細比對那些一起生活的熟悉身影。這是倒數的漫長過程，見一次少一次，終究可以等到一切歸零，重新開始的一天吧。

Lesson 3：to pick out（挑選）

瑪利亞記得羅伯特教她英語的時候，會選一些報刊文章給她讀。後來羅伯特也縮寫幾本小說，把故事梗概和主要情節抓出來，保留原作的對話讓她練習閱讀。羅伯特對她兩個兒子挺好，母子三人時常一起聽羅伯特講課，英文單字就像一顆顆糖果逐漸融化在他們的日常，殘存在舌尖，散發淺淺的甜味。上課時候，瑪利亞可以忘記自己帶兩個孩子窩在布朗克斯的兩層樓公寓，跟另兩個家庭分享住房；可以忘記出門要提高警覺，小心別誤入義大利裔或猶太裔的地盤，快快抵達工廠或快快趕回家。所以瑪利亞覺得一切好得不像真的。她原本只是跟一群波多黎各人擠在郊區的紡織工廠做工，跟著人家去補習英語。就這麼遇上大她五歲的羅伯特。羅伯特是個細膩的男人，總開玩笑自己能從亞洲活著回來，一定要做點對人類有貢獻的工作。可他是個只會說英文和一點西班牙文的英文系畢業生，那就來做點語言工作吧。當年戰爭結束後，羅伯特復員回到紐約，找了個紡織工廠差事，管理一大票從中南美洲來的移民工人。那陣子波多黎各來的特別多，可是普遍不會說英語，只能做低技術的勞務，工作上、管理上時常出差錯。他向老闆爭取該給這些工人學點基礎英語，沒成。他乾脆自己找了塊黑板，晚上就在廠裡教工人英文，教著教著竟然產生成就感。這些人再也不是面目模糊的工人，而是有名字、有想法、有個性的一個個人。他們不再只是領班與勞工的關係，還是老師與學生。

隨著一個個字母朗讀過去，羅伯特一邊矯正自己的西語發音，一邊修正學生的英語發音。他在第一批學生中選中了瑪利亞，讓她協助英語課的事務，幫忙分發油印講義，有時幫忙盯分組對話練習。羅伯特喜歡看學生們逐漸熟練起來的表情，像是日常操作的紡紗機器或捲線工具，愈來愈融入當地生活。他的助教瑪利亞進步得尤其迅速，就連口音和文法都自我要求到接近於他的準確。

這段教學相長的時日沒維持太久。有其他同事打羅伯特小報告，說他教外國勞工英語，讓他們變得更難管，甚至會頂嘴。有的影射羅伯特說不定跟共產黨有關，不然怎麼那麼好心免費幫那些拉美工人上課，接下來組織他們做什麼誰曉得呢。老闆叫了羅伯特到辦公室，要他自己說明這是怎麼回事。羅伯特壓抑不住，脫口就說美國是偉大的國家，因為任何人都有權到這塊土地上追求美國夢。美國是大熔爐，紐約就是小熔爐，我們應該幫忙這些移民有機會在這裡立足，幫助他們融入社會，與所有人平等競爭。老闆打斷他，我相信你真的是個好人。你要浪費時間幫那些波多黎各人或猶太佬，我沒意見。我尊重你，畢竟美國有言論自由，開國元老們定下的憲法也說人生而平等。但誰要在我工廠裡搞鬼，誰就是跟我過不去。你知道你接下來該怎麼做吧，羅？

羅伯特離開工廠，繼續在外頭找地方教移民英語，同時著手編寫課程講義，準備出書。他對未來充滿樂觀想像，隨著戰後美國國力日強，一定很多外國人要跟美國打交道，學習英語的需求必定很大。他覺得自己就是那個被挑選出來從事這項志業的選民，彷若看見了自己的著作隨著英語之流，奔向世界各地，屆時整個地球都有他的學生。

Lesson 4：to take part in（參與）

這些年來，她想盡辦法要讓丈夫參與到自己的生活。前幾天她傍晚回到家，開燈看見小兒子在哭，以為是跌倒或跟誰吵架了。問他怎麼啦，他說放學回家後，看不到媽媽，也沒有爸爸可以叫，別的同學每天都可以叫爸爸媽媽，我突然覺得自己好像孤兒，很難過。她看看四周，幾張辦公桌和待包裝整理出貨的幾落書，整個家空蕩蕩、黑漆漆的，難怪孩子感受不到溫暖。她決心辭掉教職，專心在家經營出版社事業，等待丈夫回來。

丈夫每星期都有信來，如果沒接到信，她就忍不住胡思亂想，擔心他在裡面發生什麼事。這麼多年的來信其實都大同小異，限制兩百字以下的信除了問候寒暄，就是簡單交代身體狀況，根本無法說什麼心裡的話。每封信打開，總是一個「效忠領袖反攻大陸」、「保密防諜人人有責」或「查訖」的藍色印章，提醒她要節制，許多話還有別人看得到。但她怕丈夫吃得不夠營養，時時寄餅乾、葡萄乾、藥品、罐頭和奶粉進去，回來的信上面就蓋著「食品易腐禁寄拒收」。恐懼淡淡地籠罩在她的生活，一如當初目睹丈夫午睡被叫醒，連件外套都不給穿就上銬帶上吉普車，自此回不了家。她根本不知道這究竟是怎麼一回事，就連去到臺北的法庭，也不明白何以整天忙著教書、寫書的丈夫怎麼會牽扯到預謀叛亂。她最生氣的是管區警察，明明不是不瞭解他們家裡的狀況，每個月都要來查看，有次居然還要在讀國小的大兒子的照片。她生氣地回說，要什麼照片？

他爸爸被抓的時候他才四歲，根本什麼都不懂。除非全高雄的小孩都要做檔案，不然我不會給。當下這樣說，晚上自己在房間裡，在寂靜黑暗中，仍無法放鬆地擔憂敲門聲響起。

或許三個小孩都敏感的察覺家裡狀況比較特殊，總是盡可能獨立不讓她操心。因為丈夫，她買《基督山恩仇記》給三個孩子看，讓他們知道善惡並不總是那麼容易分辨，例如坐牢的主角就是被冤枉的。她不時跟孩子談起在美國的丈夫，翻看丈夫製作寄回的剪報簿，吸收新知，注意家庭保健，彷彿人在遠方的丈夫透過這些知識訊息，隱隱傳遞著關心，參與他們的日常生活。

其實社裡業務好多事得丈夫決定，報紙廣告的文案也要他擬稿。他是唯一的創造者，因為那本文法書暢銷，才有這家出版社的穩固基礎，也是因為他在裡面辛勤增補改訂新版，才能讓社內業務維持下去。可是她沒法不在意丈夫寫的小說內容。當初讀了刊登在《新生報》副刊的〈北九州的來信〉，心情實在好不起來。後來丈夫在信裡又興沖沖說要好好改寫、加長篇幅，另行出版，她的內心就犯躊躇。他們分別將近十年，她幾乎等於守寡，如今卻要看丈夫對另一個她從來不知道的女人傾訴心思懷念，好像一字一句都是打在臉上的巴掌。莫非她是替代品？這十多年的婚姻算什麼？她忍了幾週不回信，終於忍不住把這些感受寫在短短的信箋上，顧不上有審查人員會看到這些內容。儘管丈夫說「希望您不要以為我真的有過那麼一個愛人。我愛著的只有您，文學作品本來就要那樣寫的，請您諒解是禱。」還是無法說服她。那篇小說她反反覆覆看到幾乎能背起句子來，實在難以相信主角始終愛慕的日本女性不存在，畢竟主角身世的一切描述幾乎都是丈夫曾說過的往事。

三個孩子一起讀爸爸的小說，他們問起為什麼爸爸不是寫媽媽而是寫對另一個日本女生的愛慕思念，她一時答不上來，鼻酸的情緒突然湧出。她也不知道、不確定啊。丈夫的頭腦和能力一向比她好，現在相隔那麼遙遠，她沒有自信說自己理解丈夫在想什麼。她告訴自己這是小說，是假的，卻又被其中的逼真細節震懾住了（她唱給主角的那些歌曲不也是丈夫曾要我唱過的嗎？）。她恨不得可以抓著丈夫的肩膀，請他好好說明這是怎麼一回事，為什麼要寫這篇小說，為什麼對那個日本女人有這麼深的眷戀，甚至暗自期待著自己的孩子有朝一日去日本留學還住在人家家裡，以便和對方的子女發生戀情。這部小說若是出版，就像永遠在告訴世人「我的丈夫始終懷念著初戀情人」，而身為妻子的她就免不了替身的嫌疑。

近來丈夫每封信總帶著歉疚的口吻，三番兩次澄清自己的小說是虛構，絕不是在懷念舊情人。甚至願意修改、放棄出版此書。她看得毛躁起來，一下覺得自己不該扼殺丈夫的創作，一下又想到自己的淒涼。反倒是一天，上國中不久的大兒子，支支吾吾要她說出爸爸到底在哪裡的真相，她拿出判決書給兒子看，跟兒子一起哭。這麼哭過，似乎也明白了不該糾纏於往事，假如那是真的又何妨，我懷中的孩子跟另外兩個小孩可都是自己懷胎十月辛苦生下來的結晶，他們會哭會笑，都是真的。只要照顧好他們，就是讓看不見的丈夫持續地跟我們一起過活。

Lesson 5: to change one's mind（改變主意）

第五章動詞，第六節語氣：（3）假設法（Subjunctive Mood）

假設法用以表示假定，想像，願望等非事實的觀念，亦稱 Thought Mood（敘想法）：

條件句（Conditional Sentences）

A．非事實的現在（Present-Unreal）

表示跟現在（或未來）的事實相反地假設和想像：

當初他重新修訂至這個章節，發覺要不是能以這個形式寫作，自己可能活不下來。每個草擬的例句，都在幫他界定時空處境。正因為如此，他可以想像買了車，到處遊覽（If I had a car, I should be very happy.）；想像自己是一隻鳥，可以自由飛翔（If I were a bird, I could fly.）。對那些壓制他人的人丟出問句，假如現在你處在我這個地位，你將怎麼辦呢？（What would you do if you were in my place?）藉著句型演練，深深地隱藏心底的願望。

1. If I were rich enough, I would buy a car.
2. If I had a car, I should be happy.
3. If I were you, I wouldn't do that.

4. If I had wings, I would fly to you.
5. If you could come, it would be very nice.
6. If he came, I might see him.
7. If I saw him, I should tell him that.
8. If Tom were here now, he would help me.
9. If you fell into river, you would be drowned.
10. If you had more time, would you study Japanese?
11. If it stopped raining, you could go out.
12. If the plane left at noon, it would reach Tokyo at four o'clock.

偶爾樂觀的時候，他計畫出去後買車，就像在信裡跟妻子說的：「每天清晨散步時，眺望遠近美麗的山景，我就想：我們要買一部小汽車，我開車載你和孩子們到鄉下去欣賞田園風光，有時要祇帶著你，兩人到寂靜的山上或河畔，重新和你談戀愛；要是能這樣多幸福，這是我的心願呢，不知您認為怎麼樣？」在多夢的夜晚過去後，他醒來，回想夢中妻子乘計程車來迎接，他們在臺東休息了一個中午，然後高高興興地回到高雄去。他忽然不知自己為何身在此地。究竟為什麼非得要在這小小的籠子中浪費生命。他只能藉著書寫另一種語言，代替自己抵達每個夢想。厚重的時光在一字一句的英文、日文和中文雕刻得稀薄了，他在三種書面語、四種口語間來來去去，有時他想，若是不使用任何一種語言，還能考える／think／思考嗎？在空白的日子裡陷入空白是危險的，他盡量讓自己忙，試著回到幼時沉迷於雜誌紙頁間，在知識中徜徉，編寫英文講義，教同學日文或英文，想想出版社的經營策略，晚上九點鐘熄燈後，靠牆沉思。思緒零碎噴灑。從臺灣搭四小時的飛機就能到達東京，妻子和母親卻要花上將近一天的時間，轉好幾趟車，才能從高雄來到臺東接見。他沒搭過飛機，也沒走過她們前來探望的路途，只能等待這場人生的大雨止息。或許雨過天晴，就能出去了。

B・非事實的過去（Past-Unreal）
表示跟過去的事實相反的假設和想像

歷史藏在語言之中。他想過另一種可能的人生是，戰爭過後，臺灣宣布獨立，建立起一個既不是日本殖民也不是中國國民黨接收的國家。臺灣人的國家。他的生命將會大大改寫，不會在二二八當天，從和平東路的師範學院宿舍出門到中山堂看電影的途中，目睹公賣局臺北分局前群眾聚集抗議，砸毀一箱箱的菸酒。也不會在回到宿舍後，聽其他同學說陳情的民眾在行政長官公署附近被衛兵掃射。二二八會是個什麼都沒發生的普通日子，他們按照原訂計畫看電影，接著畢業成為一名普通的英文老師。沒有被強迫要說的國語，沒有被嚴禁使用的日語，大家愛說什麼語言就說什麼語言。

他又想到少年時在雜誌看過一篇小說，大意是日本轟炸機在華盛頓丟下原子彈，迫使美國投降。美國成了日本的殖民地。那麼美國的地位就跟臺灣差不多，或許他會成為一名在美國教日文的老師。

或者是，蔣氏政權遭到毛澤東剷除，臺灣落入共產黨的勢力範圍，那麼他可能要學習俄文，也許成為一個俄文教師。

堅硬的現實讓他想不出這些狀況如何可能。那些他參考過的英文文法專家學者諸如Harold E. Palmer、A. S. Hornby、A. J. Thompson、Robert J. Dixson以至赤尾好夫、小野圭次郎，有人可能像他這樣關在斗室裡，一邊參酌其他同行的著作，一邊添加自身的見解，完成一部文法書？他不瞭解他們的人生，正如他們不瞭解他的際遇。可是他們卻在英文中相遇，透過那些機械的句型、用法說明和例句，彷彿真能觸摸到英文的骨骼血脈。他知道帶來最多啟發的Harold E. Palmer曾待在日本十四年，擔任過文部省外國語教育顧問，奠定了現代英語的教學基礎。他記得大二時存了好久的錢，走了三趟西門町虹橋書店，才終於買下Harold E. Palmer的原版小書*The New Method Grammar*。他不知道Palmer過世於他買書後一年的一九四九。他同樣不可能知道，Robert J. Dixson帶著新婚太太和兩個繼子從紐約搬到美國最南方的佛羅里達邁阿密，展開新生活的時候，正逢他結束火燒島兩年感訓出獄，重獲新生。

經過那回無故被構陷的教訓，他再也不寫日記，更避免與任何人提及政治話題，世界向左或向右，都不干他的事。只要能夠好好過活，成家立業，教書、寫書過一輩子已經足夠。他確實照著自己的理想，結婚生子，從事英語教育工作，直到那輛吉普車的引擎聲將他從午睡的房裡叫出來。他就這麼跨出自己一手建立起來的家。

C．非事實的未來（Future-Unreal）

表示跟未來的事實相反的假設和想像

例句：If I were to go abroad, I would go to Japan.

（倘若有一天我能出國，我要去日本）（但我知道我不能出國）

他第一篇發表的小說，寫的是自己的初戀故事。他記得第一次入獄關押在單人牢房的時候，偶然看到前人以鉛筆寫在牆壁的遺言，悲哀地想起師範學院時代沒能成婚的女友。結果居然是多年後在另一間牢房中，提筆寫下這些沒有消散的思念和遺憾。他把過去和未來揉在一起，虛構出一位日本女性，擁有一切理想女人的相貌和美德，假想他仍在高中教書，突然接到久違的來信。二十多年一晃而過，自己如今身在當時無法想像的未來，假託主角蔡明哲（這融合妻兒的名字）

活出另一版本的人生。可是妻子卻為這篇小說傷心難過大半年，她竟以為那些都是真的。

這或許就是語言的魔力吧。像一個仔細端詳著地圖的人，盯著等比例繪製的圖像、符號，看久了，就以為那是實際的疆土。他的前半生都在跟語言打交道，透過詞語和聲音，與人溝通或誤解。有些語音一聽就知可以往來，有些聲腔一脫口就該閃遠點。但人心往往潛藏在語言底下，立場則超越省籍出身。同學們大致分成四派，一種類似他的臺獨民主人士；一種是被他這派叫做「紅芋」的共黨派本省人；一種是國民黨軍人出身的外省人；還有一種是信奉共產黨的外省人。每幫人時常一言不合就吵起來，動手動腳，群體間合縱連橫，也有向獄方誣告陷害的。他最討厭國民黨外省人動不動就喊著：「如果臺灣侖他娘的獨立，我寧願把臺灣交給中共！」他想自己從前教書的時候，可從沒遇過這種不可理喻、不受教的學生。轉念一想，其實大家都是失去自由的人，同樣受到迫害，身上無處發洩的血氣就只好往周圍人招呼，這不能說不是一種悲哀。

一九七〇年的大年初三，那幾個年輕人起義失敗時，他深深觸碰到語言的界限。一個人透過語言知道什麼，起身為此獻身，以至犧牲；同樣地，語言有時就跟他所在的監獄一樣，侷限著人去知道什麼、獲得什麼。他事前就知道那幾個當過兵、體格強健的臺獨派年輕人計畫起義，他們打算跟警備隊的臺灣人聯合起來，占領監獄，再占領廣播電臺，向國際發出臺灣獨立的呼聲。他心裡覺得不妥，認為計畫過於空想，應當奪取槍械後就近控制監獄附近的市鎮，接著進入山間進行游擊戰，等待全臺發生連鎖效應。

起義失敗，奪槍逃逸的六人陸續被捕獲，五人同日槍決，一人判十五年。始終待在牢房中的他被誣告為主謀，關入獨囚房一年多。在那盞日夜亮著的燈下，他背靠冷硬的窄牆，獨自唱出所有記得的歌謠，一遍又一遍，以音符和詞語撫慰寂寞的心靈。妻子若是知道他的狀況如此，還會緊抓著虛構的初戀情人不放嗎？但他不能說。當局認為他常教同學英文、日文，懷疑他活動過於積極，早就盯著了。結果起義的本省年輕人怕計畫洩漏不敢靠近他，起義失敗，平日看他不順眼的外省人又趁機陷害他。一切都是語言文字構成的虛構罪責，卻在折磨他真實的肉身和精神。他聽見本來就不對盤的共黨派本省人在鐵窗外嘲諷：「活該，快點死掉算了！」他同樣聽見教過的同學在鼓勵他。他寫下《基督山恩仇記》的基督山伯爵冤獄時說的「你要等待，要等待希望。」貼在牆上當成座右銘。孤獨中，他一次又一次回想自己寫的兩篇小說內容，想著男女主角被外在的語言、國籍阻隔成不同的人，終究無法在一起。許多個無法成眠的夜裡，他翻開英漢辭典，整理分類英語單字，低聲誦讀，聲音輕輕彈跳在狹窄的牆間。絕望襲來的時候，他害怕等待中的未來只是非事實的未來。他使用著語言，也懷疑著語言，靠語言養活一家人，也不斷被語言徵斂。

D・不確定的未來（Future-Uncertain）

表示對未來的極大的懷疑

例句：If I should fail, what shall I do?

（萬一失敗的話，叫我怎麼辦呢？）

他的刑期按理說剩下兩年，但周遭同學服完刑期仍沒有釋放，而是移送到綠島的新生感訓隊。他猜想自己大概也是如此。一九七二年四月下旬，他跟其他同學像綁粽子似的綁成一串丟上卡車，搭上前往綠島的運輸船。半夜的海面墨黑，稀微的月光碎裂在波浪間，他在窒悶的艙內，混雜機油味、廢氣和各種男性體味，搖搖擺擺在水面上前行，想起剛升上國一的女兒先前寫來的信：「我很懷疑你不在美國，而是在臺東，如您在美國，為什麼會用臺灣製的信封，用臺東清溪山莊的用箋呢？還有為什麼我們寫信總是寫臺東郵政七九〇八附二信箱呢？為什麼不寫美國××州××路××號呢？爸爸請您把您的地址詳細的告訴我吧！」他在獨囚房內讀信無聲哭泣著，只能據實以告，期望子女日後長大能夠諒解。但他能等到親眼看到孩子們長大成人的一日嗎？

重回綠島於他的心思有些複雜。他忍不住想起十年前在新生訓導處的往事，腦子裡不自覺比對著眼前新建的綠島監獄和往昔的處處差異。原先的訓導處已改為綠島指揮部，管理竊盜慣犯和新生感訓隊。指揮部前方由水泥高牆圍繞的放射型雙層建築則是綠島監獄。他在放封散步時遇過那個因為翻譯《大力水手》漫畫冒犯蔣氏政權的外省作家，也與那個因組共產主義思想讀書會而遭捕的本省作家交談過。他們都為著語言受到壓迫，彼此卻沒有多少話好說。

他開始覺察，同樣的語言的內部，可能又分成兩層，一層對外，一層向內。語言最裡面的那層，說的是一種只有自己能理解的話語，有時介於抽象的思想和形象的詞語之間。在那深處，不是他所擅長的英語、日語、臺語或中文，無法從中整理歸納出文法結構、句型公式，是某種接近於沉默、說不出來的話語，甚至無法發音。好比說，他每次在家書中提到關於「回家」的時候，往往是他覺得自己回不了家了，妻子卻始終不曾發現他的言外之意。

在綠島的四年比起之前的十一年都難熬。一是他服滿刑期卻被轉移到新生感訓隊，不知何時能獲自由。妻子和母親遠赴綠島來接，以為就此一家團圓，沒想到卻只能在雨中遠遠揮手。再是蔣介石過世大赦，聽著從隔壁監獄出來的人放鞭炮慶祝，他只能繼續重複著勞動、思想改造。他偶爾想起十幾年前那個一起待在感訓隊的老人。七十多歲的老人目不識丁，整天在隊上就是到河畔照顧那一群鴨，像是全隊最自在的人。問老人怎麼被送到這裡，在濃重的鄉音下，勉強知道原來是唯一的兒子逃回大陸，只好抓老父親來管訓交差。所以認得幾個字，能說兩門外語，在獄中比不過一介文盲？監獄於老人只是一堆牆壁、欄杆和鐵絲網的組合。有時他羨慕那樣的空白，沒有任何一個詞語跳出來表達情緒和意義，甚至可以化約自己成一盞燈、一堵牆、一間小小的監牢。彼時或將是真正的平靜，沒有時而高潮時而低谷的情緒起伏，沒有焦躁和不安的等待。希望和絕望幾乎相等。

這樣他就不會為了轉至較為寬鬆的福利社服務而欣喜，不會因為被調派幫副指揮官的女兒補習英文而覺受賞識，更不會受那年輕預官敵視而感沮喪。他訓練自己的語言能力收斂下來，取消詞語的意涵，盡可能去忘記。二十多年後，他終於成功刪除所有的語彙。當做的已經都做完了。

E．可能的未來（或現在）（Future-Possible）

表示未來（或現在）可能發生但不確定的事情

例句：If you work hard, you will succeed.

（如果努力用功，你將會成功）

瑪利亞的原名是Maria Dolores Iglesias Andujar，嫁給Robert J. Dixson後改名Lolita Dixson。她的兩個兒子跟著改姓Dixson。他們一家人在邁阿密的豔陽下，過得還算順利。大多時候，夫妻忙著編寫英文教科書，有時幫忙接濟從古巴來的同鄉親友。大兒子胡立歐已經可以加入編寫的行列，也跟羅伯特合著給英語人士的西班牙文學習用書。羅伯特死於一九六三年，活到五十五歲不算長，但他寫出的英文學習書幾乎每本都活得比他長，年年持續領著成千上萬人走入英語世界。

羅伯特死的那年前後，國內外的騷動令蘿莉塔對未來有些不安。先是古巴飛彈危機在他們毫無知覺中解除；再則是南方的黑人民權抗爭正在劇烈湧動，她跟許多人一樣讀到關押在伯明罕市立監獄的金恩博士那封〈伯明罕獄中書〉，彷彿自己的混血血統正在訴求公平正義，正在挑戰種族藩籬。當年的八月二十八日，金恩博士在林肯紀念堂前，對著二十五萬人發表演講〈我有一個夢〉，她跟許多人一樣深受那鏗鏘有力的嗓音和音韻感動，確信這個聲音的主人，必然有機會實踐那夢想的國度。或許她可以收錄演講全文做為補充教材，一邊播放錄音加強學生聽力，一邊幫助學生記憶文句。

此時五十歲的蘿莉塔反覆咀嚼金恩博士演說的其中一段話：「有了這個信念，我們可以一起工作，一起禱告，一起奮鬥，一起入獄，一起捍衛自由，知道我們終有一天是自由的。」（With this faith, we will be able to work together, to pray together, to struggle together, to go to jail together, to stand up for freedom together, knowing that we will be free one day.）應當屬於「可能的未來」的句型。她期盼這個未來將是真實的。蘿莉塔一直住在邁阿密，活到九十六歲過世。隔年她的兒子胡立歐拖著癌症病體跟她後腳離開。蘿莉塔的孫女茱莉從佛羅里達大學畢業後，成為邁阿密的執業律師。茱莉的朋友們幾乎都不知道跨越美國兩、三代人用過的英文學習工具書，好些出自狄克森家族的手筆。

Lesson 39：to fix up（修理、改善、整理、安排）

狄克森編出的第一本片語書是一九五一年版的 *Essential Idioms in English: Phrasal Verbs and Collocations*，後來陸續修訂到五版。柯旗化在一九六〇年代初編寫《英文單字成語手冊》、《高中英文單字成語總整理》，均參考過狄克森的著作。那時翻版、編譯狄克森的片語書甚多，後來變成英語教學名師的賴世雄曾在中學時就讀過《逖克遜成語》，一九九〇年代初期還以自家的常春藤出版社出了重修版。

我很難忘記世紀末前幾年被關在私立高中晚自習的時光。每晚都要按時收聽賴世雄教英文，聽他渾厚的嗓音講解文法、單字片語，抱著學校訂購的《常春藤美語》月刊做筆記、寫習題。高一入學的時候，全班同學都拿到一本常春藤版《逖克遜成語》，但其實早在國中時期的英文老師就逼著我們背片語，同樣是那本《狄克森片語》。那位英文老師剛從師大英語系畢業，相當認真執教前段班的學生。她發很多補充講義，鼓勵學生勇於開口，大聲朗讀，不要怕發音不準確，盡量在課堂上說英語。可是我們鄉下孩子大多害羞，老師問有沒有問題大都一片沉默，點名起立回答也是羞答答、忸忸捏捏多有停頓，幾秒鐘說不出一句完整的話。課程很快從辨識英文字母進入由主詞、受詞、名詞、形容詞、副詞和動詞組成的結構階段。有些同學始終畏懼著英文，做過再多參考書、考卷，還是常常搞不懂時態變化。老師就說，同學們，你們要想像英文是一輛腳踏車，腳踏車落鏈、漏風，就是給它fix up，修理一下。同學想像一下那個讀音跟畫面，fix長得很像工具，up有種彈起來、飽滿的感覺，好像沒氣的車胎灌飽了就是up，修理好了就是fix up。所以我們可以引申來看，你們家要整修，是fix up your house；你媽媽要去弄頭髮綁辮子，是fix up her hair in braids；你要安排約會，也可以說fix up a date。這我懂，我要是在學校不小心說幾句臺語就會遭到fix up。

我們從小被訓練在學校課堂要說國語，臺語只能偷偷地在下課說，且要避開討厭的抓耙仔，免得被罰錢，最後成了發音不三不四的臺灣國語。上了國中要學英文，語言的位階自然是英文↓國語↓母語。有時回鄰村阿公家，他總是很遺憾我們聽不太懂他的話，我們講的臺語零零落落他也聽不習慣。我們的臺語從一開始就生鏽，以後更沒機會磨亮，就整個廢了。可我們那時卻在瘋美國回來發唱片的L. A. BOYZ，買他們的錄影帶練街舞動作，學他們臺語交雜英語的Rap（英語部分多半糊成一片略過），以及不怎麼標準的國語唱腔。我跟幾個同學曾經拿著L. A. BOYZ的英文歌詞，央求老師講解。老師稍微看了看，說歌詞其實省略不少正統寫法，有些詞是縮寫或簡寫，因為幾乎都是口語用法，會跟你們正在學的文法不太一樣喔。不過你們對英文有興趣還是最重要的。

只是興趣永遠沒考試重要。某次阿公看我拿著《狄克森片語》在苦背，他說，孫仔，若有不識的所在，可以問恁伯公。伊少年讀過日本時代的高中，彼當時聽說成績蓋好。我心想有可能嗎，連我都知道日本人的英語發音實在有點可憐啊。恰好伯公來串門泡茶，阿公指著我說，這隻猴英文學毋蓋通，恁稍指點一下。我看著瘦小黝黑的伯公，只知道他是村裡人人敬重的讀冊人，鄰居常找他處理、調解各種事，但其實他高中也沒畢業啊。伯公接過我的片語書，隨意瀏覽翻閱，念了幾個片語，哇嗚，發音滿標準的，有點嚇到我了。伯公說，米國話足久沒看，早就未記了了，今麼只會ＡＢＣ狗咬鵝啦。我厝內有本恁阿叔卡早買的文法書，等等轉去拿乎你參考。伯公拿來的是本墨綠色硬殼精裝文法書，書封書底皆無任何文字，只有書背燙金的「新英文法（全）柯旗化編著　第一出版社」。中華民國七十年六月增補改訂第四十一版。

那個不熟的阿叔，五專就讀到臺北去，過年才有機會見到面。我翻看這本舊文法書，上面到處是前任主人的足跡，有時鉛筆，有時原子筆，有些圈起來或劃底線的重點。我愈看愈覺得英文實在深奧，怎麼有辦法第一章〈名詞〉就寫那麼多，這應該不是給國中生讀的吧。我闔上書，繼續背我的狄克森片語。

Lesson 20：to hold still（保持靜止）

他有時想起受到刑求偵訊、逼供的往事，還是充滿了恨。身體痊癒的傷痕，彷彿還殘存裂開、腫脹的記憶。反覆的拷問消磨心志，言語的欺瞞和威嚇，像是碎玻璃，碎片扎在思想深處，隱隱痛著。他理智上可以控制，睡眠中卻常遭到夢魘的噬咬，妻子準備裁縫尺在床邊，隨時要把他喚回現實裡來。他剛回來那陣，正逢家裡兩個小孩一個準備考大學、一個準備考高中，他緊張他們，想幫忙複習英文；兩個孩子焦慮著大考壓力，還煩惱著不知怎麼與幾乎沒相處過的父親一起生活。妻子夾在中間，要勸丈夫說小孩都很獨立知道怎麼應付考試別太操心；要跟孩子說爸爸離開這麼多年是想以他的方式彌補你們。但雙方在略顯尷尬的氣氛中，仍有些不習慣。

妻子找他晨起到外面散步，他卻只想到頂樓照顧小小的一方花圃。往日散的步夠多了，他只是想站在高處，試著脫離原有的視角，看看城市隱沒的盡頭。他本來以為自己與社會並不脫節，這些年來讀過的書報雜誌，可能遠比大多數活在外面的同輩人都要多。習慣在紙頁字裡行間來去的生活，要天天面對像是一夜長大的青少年子女，他反而不知怎麼拿捏應對。他只有繼續投入編寫國、高中英文參考書，只有這件事，不因被偷走的十七年而有所改變。一個英文單字的拼音，一行過去完成式的句子，一種語言的基本結構，沒有誰能摧毀。英文無法被誰嚴刑拷打，也不能逼英文承認從來不存在的罪。他在英文字母、標點符號構成的世界中，可以全然放心。英文不會背叛他。

音樂也沒有背叛他。當他終於能夠安坐家中，放置德弗札克《新世界交響曲》的黑膠唱片，唱針刮出的音符，完全依照他年少時的記憶一一列隊湧出喇叭。音樂像長出的果肉，緊緊包裹著最裡頭的核。他想像當年從東歐遠渡美國的德弗札克，懷著怎樣的心情，寫出第九號交響曲。演奏至第二樂章，如歌的往事悠然流洩，那些吟唱著Goin' Home的歌聲，在記憶的抽屜間迴旋。他已經越過了人生的中間線，如今回首前半生，居然有著從大洋彼岸遙望故鄉的慨嘆。

他希望從今以後盡可能掌控自己的人生，所以去學開車。在駕訓班第一天，教練介紹車輛各部位名稱及功能後，他小心翼翼坐上駕駛座，發動汽車，握住方向盤，有如緊緊抓住了不可知的命運。他買車後，到哪裡都想自己開車，他喜歡握著方向盤，操縱排檔桿，踩著離合器，好像開上的每條路都通往自由。只要車輛保養得當，適當操作，汽車也永遠不會背叛他。

LESSON TWO: I Have a Dream
（國立編譯館，高級中學英文課本第六冊，一九八七）

我幾乎都忘了還有英文課本。高中英文老師簡直是常春藤美語的推銷員，課程照著月刊進行，隨堂小考用的是月刊上的測驗題，賴世雄編寫的文法書、分類字彙書則是補充教材。老師永遠怕我們詞彙量不夠、測驗得不夠，課本根本不夠看。學期初拿到的課本通常到期末才會拿出來讓老師瘋狂趕課，一節當三節高倍數濃縮，一星期就幹掉一冊課本的十四篇課文。

我對小馬丁・路德・金恩博士的印象就是，他在課本上的肖像畫被同學加上鬍子、獠牙或山羊角的塗鴉。我們當時匆匆翻過，只覺得那英文不難。但英文老師在那課暫停了一會，罕見地以一整節課講解課文。老師端出手提音響，放出金恩博士的聲音。教室迴盪著三十幾年前的雄渾人聲，穿插聽眾的歡呼和鼓掌聲，金恩博士念出的每一個單字，正在形成意義，每一個句子，每一個段落，正在控訴不公義、正在吶喊著自由。大約十五分鐘的演說，老師只是靠在黑板邊，陪我們靜靜聽著。錄音播完，老師說，可能同學無法完全聽懂，中間有些是聖經的句子，不過大家應該都能感受到金恩博士演講的魅力。我記得第一次聽，在他喊出「I have a dream today!」的時候，渾身起雞皮疙瘩。接下來的段落是排比句，產生循環的韻律感，也是這場演講最為人知的段落。同學們，要學好英文真的不容易。這畢竟不是我們的母語，我們不生活在那個英語環境裡，很多東西就不可能瞭解得深入。你們不覺得課本收錄這篇演講有點奇怪嗎？不知道歷史老師還是三民主義老師有沒跟你們講到一九六〇年代美國黑人民權運動？沒什麼印象嗎？那我稍微跟你們講講。

這是我整個高中三年唯一見證英文老師的人性光輝時刻。那節課，他講了金恩博士的奮鬥故事，講課本選文部分其實是他當時演講的即興演出，原先備好的演講稿根本沒有。可見他真是一個很有渲染力的牧師。我們暫時忘了狄克森，忘了賴世雄，忘了學測，忘了聯考，就只是老師與學生，單純地試著理解遠方的一小片歷史。在那之後，英文老師又變回原來的模樣，一切課程內容都是重點整理、考前模擬。

Lesson 23：to clean out（清除、整理乾淨）

雖然他自覺已經做完所有國、高中英文學習參考教材，轉而專注在臺灣語言、文化及歷史領域，編選「臺灣文化圖書目錄」，偶爾仍會翻翻中學課本選文內容。他發現，解嚴前夕的高中英文課本第六冊竟收錄了金恩博士的〈我有一個夢〉。他知道金恩博士是美國知名的黑人民權領袖，但此時才第一次注意到原來自己跟金恩博士同年生。這場演講的時間點正好是他第二次入獄被宣判十二年刑期的前一星期。他記得當年在報紙讀到金恩博士遭人暗殺的消息，人還在泰源監獄，拖著肺病完成增訂版文法書不久。他找出演講全文通讀，時而懷疑高中生能否理解金恩博士對公平正義的追求，時而期盼解嚴後的臺灣社會真能有一番新氣象。

但他不相信壓迫人民幾十年的政府，不相信解嚴就立刻有所改變。他仍時時感覺特務仔的目光監視著自己，從來不敢過於放鬆。不管開車到哪裡、出國到日本或美國，他已無法以最單純的目光看待眼前的事物。他一生跟三種語言搏鬥，先是與母語地位幾乎相等的日語，再是戰後學的國語，最後是餵養生活的英語。讀寫日文的時候，他會想起那個熱愛讀書報雜誌、勇於參加有獎徵答的少年。日文包圍他整個學習年代和戰爭歲月，所有青春、浪漫的主題歌都以日語吟唱。接下來學會的國語則讓他有著工具性的疏離。所謂字正腔圓的國語發音，在他聽來，常隱含著霸道的侵略性。正是他必須要說的國語、必須要寫的漢字，排除了熟悉的日本語文。那是偵訊、刑求的語言，那是欺壓、囚禁的文字，逼他不得不挺身抵抗。如果說日語是初戀情人，國語是包辦婚姻，那麼英語就是賺錢家私。他可以愛一種語言，卻討厭說那種語言的國家。結果家裡三個小孩先後到美國留學，女兒甚至就留在美國結婚生子。

當他以日文寫完回憶錄後，彷彿一生要說的話都說完了，他的記憶逐漸像英文克漏字測驗，出現愈來愈多的空格。他看著自己寫下的句子，回想歌曲旋律，卻想不起接下來的歌詞：

香りも高きふるさとの
丘のこかげの白百合よ
あの日の姿はそのままに
今でもこころに咲いている
（故鄉山丘木蔭下的清香白百合，昔日綻放的風姿依然在我心中）

他打開自己多年前寫的文法書，盯著習題1：

鳥能飛。________ can fly.

她來自中華民國。She comes from ________________.

日本人是勤奮的民族。______ Japanese ______ a diligent ______.

星期三在星期二與星期四之間。______ comes between ______ and ______.

他填不出正確答案。

他時常忘記妻子的叮嚀，時常開了車出門卻忘了把車開回家。妻子幫他準備好襪子，他把一雙襪子套進同一隻腳，焦躁找著另一隻襪子。妻子要他在廚房邊坐著等飯菜做好，他偷吃還沒下鍋的備料。妻子帶生病的他去看醫生，他從醫院穿著薄薄的病服徒步走回家。他漸漸變得沉默。那些他不說話的日子，有很多人來跟他說話。他只是靜靜看著他們。地球另一端的蘿莉塔，晚年也是這樣靜靜看著她的家人。那些累積了一輩子的詞彙，有如獲得解放的奴隸，自由四散。他們退回到面對世界的原初狀態，語言還不存在，事物還沒有名字，歷史正要開始。

七又四分之一

△場：143
△景：牯嶺街
△時：夜
△人：小四、小明
小四跑過街攔住已經又走了一段路的小明，小明見了他很開心的樣子。

那時候的黑夜比較黑，路邊書報攤販的光暈鬆散，穿著短袖卡其色制服、頭頂大盤帽的男學生或站或走，白衣黑裙的女學生三兩路過，來往穿梭幾輛腳踏車，偶有摩托車排氣聲劃過。我遠遠看見小四和小明在說話。他們一下子激動起來。小四捅了小明好幾下，喊著「沒有出息」、「不要臉」。小明軟軟倒下，小四身上寬大的白衫染了大片血跡，小明的腹部滲出鮮紅的血。小四這時候著魔似的，看著躺在地上的小明，像是不相信那幾刀可以殺掉她，反覆喊著「快點站起來呀你」。帶著哭腔。

毫無疑問的經典一幕。本園最受歡迎、重播最多次的場景。

如果你想要背景說明，導覽語音會說這個場景模擬夏季晚間，實際拍攝時間是在一九九一年一月三十日，半夜三點半，氣溫攝氏十二度，地點是屏東縣長官邸前的道路。當時躺在地上的小明簡直要凍壞了。想知道更多，還會提及這個少年殺人事件的原型發生在一九六一年六月十五日晚間十點左右，地點在牯嶺街五巷十號後門附近，鄰近當時的美國新聞處。建中補校的退學生茅武殺了同為建中補校的劉敏。當年的新聞標題寫著「**不良少年情殺命案　少女移情別戀　可憐死於亂刀　年僅十五六闖下塌天禍**」、「**年僅十五歲秀苗實堪哀　太保學生殺死女友**」。十六歲少年刺殺十五歲少女七刀，胸部一刀是致命傷。劉敏的母親聽聞女兒死訊，吞戒指自殺，被家人救回。茅武因未成年，幾經轉折，最終判處十年徒刑。據說茅武出獄後改名去了美國，也有一說在擺攤賣麵，沒有任何確切的後續消息。甚至不知道他究竟有沒有看過跟他同屆的同學楊德昌拍出來的電影。

如果還要繼續補充，在牯嶺街少年殺人事件後不到五個月，另一名建中補校少年任立德刺殺木工邱煥宗。時間是十一月一日，約莫晚上十一點。地點在羅斯福路與和平西路口。任立德最後被判處十二年徒刑。沒人在乎任立德有沒有服完刑期，出獄後在做些什麼。殺人的原因不難理解，為了情，為了錢，為了一口氣。《牯嶺街少年殺人事件》中，殺人的不只小四一個，還有幹掉Honey的山東，夜雨中的萬華暗室幫派對砍互殺，幾乎都是少年。那是個表面平和的殺戮年代，很多人不明所以地死去，再被若無其事地簡化成歷史的沉澱物。多年後楊德昌的最後一部電影

《一一》，建中學生胖子也殺了人。但這次是以電玩遊戲、電視新聞報導的畫面呈現，半隻血手印貼在住宅大廈的入口門柱，拉上黃色封鎖線。

我遠遠看著小四和小明定格在血跡斑斑的擁抱。當年飾演小四的演員張震說那時入戲太深，雖然明知飾演小明的楊靜怡沒死，刀也是假的，拍攝當下卻覺得她真的死了。這一年來我看過幾百次演出，所有人都是抱著演戲、模擬的心態，半是好玩，半是搞笑，喊著「你沒有出息呀你！不要臉！沒有出息呀！」那感覺怎麼說呢，有點像是你心愛的、珍重的東西被痛毆得七葷八素，但是只能無奈地苦笑接受。

現在好了，真的有人認真了。我凝神看著地上那灘血。不是投影，不是可沖洗的顏料。小四和小明的投影散去後，還有股淡淡腥味咬著地板不放。我真想對著老闆怒吼：為什麼啊！你沒有出息呀你！不要臉！沒有出息呀！

老闆面試我的時候，並不關心我最喜歡楊德昌哪些電影、哪些橋段或者意圖傳達的批評和想法。他反而要我想想我為什麼坐在這裡。我一下子不知該怎麼回答。難道我不該是單純喜歡電影、喜歡楊德昌的作品，才來應徵工作的嗎？我看著眼前高額微禿、圓臉雙下巴，戴著銀色細框橢圓眼鏡的中年男子，疑惑在哪見過這張臉，許多念頭像深海魚群游過，而我得抓住其中一隻混在裡面的頭綁白色繃帶的橘色小丑魚。老闆似乎察覺我有些緊張，他起身離開辦公桌，走到牆邊的沙發坐下，要我移動椅子的方向面對他。現在我坐的高度高出他不少。他說媽的你個子滿高的啊應該有一八幾吧，這樣有沒有比較不緊張，應該是我要緊張才對吧。你們這代人好像都沒多少跟人面對面接觸的經驗，實在不曉得你們怎麼長大的。想好回答沒？

我點點頭，開始那一套因為喜歡打電玩遊戲，偶然接觸家族長輩的電影收藏，才發現原來電影跟電玩有很多相似之處。我不確定他有沒有在聽，繼續照著原先設想的面試腹本答覆。他聽完後，嘆了口氣，奇怪，你們這些人的臺詞好像都誰先寫好的，每個來這裡就照本宣科，是要來頒聖旨還是背課文？說那麼多，你根本沒回答到我的問題嘛。我是問你，有沒有想過為什麼坐在這裡？佇遮、here、現此時、right now？他看看我，我看看他。沉默。他放棄似的打破不響，再問那你知道這裡原本是什麼地方？我點點頭，答以這裡在歷史上大多時候是糖廠的農地，種植過甘蔗、尼羅草，培育過樹林。後來被劃為國際影視基地。歷經鄰近的高鐵站周邊開發、綠能科學城開發後，加上建設影視基地超過兩百公頃，原來九百五十一公頃的農場生態四分五裂，尤其影響到草鴞、赤腹鶇、伯勞鳥、環頸雉等一百多種鳥類生存空間，幾近消失。

他問，影視基地後來？

我答，後來就是蓋成大面積片廠園區，預計招攬美國好萊塢、日本、韓國、歐洲各國的電影製作公司前來租用拍攝。一來是片廠腹地廣大，可以滿足各種搭景和拍攝需求；二來是以低廉價格提供各種拍片需求，舉凡搭景的土木工程、水電包工、布景、燈光、錄音及道具製作的美術人員、服裝、妝髮，乃至後期製作的特效發包、轉包均支援或補助或媒合上下游產業鏈。全臺的藝術大學或大專院校相關科系，皆能配合低於市價包案。當時的政府認為，以包裹式的影視人才及工具資料庫，加以臺南市推行英語為第二官方語言，有大量市民可支援居間翻譯，節省溝通成本，可謂軟硬體兼備，虛擬和實體互補。原以為低價搶市的影視基地，在國際影視市場必定有競爭力，可惜所有的環節都無法銜接，最終只能任其荒廢。

他打斷說，幹，每個人真的都說得一模一樣。到底誰教你們背這些廢話來面試？

我沒說話。

我看看他，他看看我。

他說，好啦你不用繼續背了。不為難你。我幫你濃縮一下。影視基地就是個國際級的——屁。一坨屎。那時候臺灣電影爛得連蛆都要逃走了，哪來這些影視人才庫。我們連近在白河的臺影文化城都養不起來，大家為了生活都到對面打工，有才調的就去跟外國人搶位子。那時候我還聽搞電影的同行說，我就跟那些鳥一樣都活不下去了，沒事幹麼去為難那些鳥。這是為什麼這個地方整完地、蓋好片廠沒人來。結果還動腦筋動到李安頭上去，想弄出個李安電影樂園。我知道你們背誦的版本是什麼，我來告訴你真實的故事。他本來只是個家裡蹲的家庭煮夫，在紐約瞎混六年沒片拍，直到劇本在臺灣得獎，才拍出第一部電影《推手》。接著拍《囍宴》、《飲食男女》氣勢正好，開始拍洋片，一路長紅，成為藝術性和票房魅力兼具的國際大導演。那些年他就等於「臺灣之光」，每部電影都在照亮亂七八糟一片漆黑的臺灣。李安電影樂園承接影視基地的基礎，加上他作品那麼多，就算每片劃分一區，照理說應該都能滿足各種階層、年齡層的客群。不過嘛，樂園風光開幕後，沒隔幾年，就鬧出握有電影版權的外國片廠集體出走，樂園就只剩下他最早那三部電影可用。我知道你們背的都是說那些電影公司另外在中國、美國和歐洲開設ANG LEE'S Paradise，沒有那三部電影毫無影響。大家進場消費不就是為了體驗少年Pi跟老虎Richard Parker的對峙？不然還有綠巨人浩克、李慕白、玉嬌龍、美國大兵這些嘛。但我說，這還不都是臺灣人自己搞出來的。誰叫當初的執行團隊不好好繳權利金給那些電影公司，遲繳、拖欠不說，居然還找了幾個本地設計師，偷偷修改故事情節，任意發展衍伸枝節故事，想藉此衝高遊客人數。結果就是弄成一坨更大的屎。你要知道，當時對我們這些老影迷來說，這簡直丟臉丟到火星去了。李安的招牌被臺灣人自個搞砸了，臺灣之光終究抵擋不了黑洞引力啊。這裡閒置下來後，每隔一段時間就有哪個瘋狂影迷要承包改建，就端看他喜歡的電影導演是誰。我有時真心佩服，臺灣影癡的涉獵範圍真是廣闊，從本土的朱延平、蔡明亮、魏德聖，香港的王家衛、杜琪峯、周星馳、彭浩翔都有人試圖談過；還有德國的溫德斯、荷索，法國的高達、楚浮，韓國的金基德、洪常秀，日本的成瀨巳喜男、是枝裕和什麼都有人提案，就沒一個真弄成的。這裡就一直荒廢。直到我來做楊德昌電影工廠。這樣你知道你為什麼坐在這裡了嗎？

他說完看著我，我點點頭。

後來老闆偶有說到為什麼要來弄這個園區。當年他眼看著打著侯孝賢電影做賣點的光點樂園在臺北開幕後，穩紮穩打經營，不耍花招，不搞大園區開發，所有內容小而精緻，遊園客人的平均回遊率高達五成，那裡面好像有種特殊的悠緩，光是在那些古老的窄巷街道散步，彷彿無意間走入侯孝賢的長鏡頭，渾身飄著微風輕拂的療癒感。老闆說他第一次去的時候，看到《戀戀風塵》結尾的李天祿身穿薄汗衫跟孫子阿遠說話，有如看見他死去的阿公，眼淚自動噴出來。等到他去了十幾次，跟著人群在粗胚屋看過兩百吋的「大銀幕」，跟一干文人雅士混過九份的酒家、唱過九一八，跟扁頭、小麻花和小高一起騎摩托車穿梭蜿蜒山路，他突然很想到楊德昌的電影裡看看侯孝賢飾演的阿隆。

但誰都知道楊德昌的電影版權更混亂，根本沒人有耐性、有閒錢、有時間跟每個單位一一交涉。老闆不死心，一個個約訪碰面，花了幾年時間，總算敲定所有電影的使用權和部分衍生產品權利。然後他跑來承包整個影視基地舊址，大肆翻修，將楊德昌七又四分之一部電影的主要場景搭出來，加上一區楊德昌教室，成為園區主體。老闆說，楊德昌的作品雖然不多，整體合起來卻是一部一九六〇至二〇〇〇年的臺灣歷史卷軸。《牯嶺街少年殺人事件》是一九六〇年代，《海灘的一天》是一九七〇至一九八〇年代初期，《青梅竹馬》和《恐怖分子》是一九八〇年代中後期，《獨立時代》和《麻將》是一九九〇年代，最後的《一一》則在二〇〇〇年畫下句點。所以他的規畫中，每區同時都要有臺灣、亞洲和世界周邊的歷史互相搭配，關於楊德昌個人生涯和種種電影相關的資料庫就編制到楊德昌教室。

我還記得第一天上班，問起其他同事。老闆露出詭笑，問我現在是西元幾年。我說老闆別開玩笑，他還是堅持要我回答這個蠢問題。我答二〇七一年，他回這就對了那你怎麼還在問二〇一七年的問題，你剛穿越來啊？這裡有兩百公頃，總共就只有我們兩個員工，以前的老話說「校長兼撞鐘」，就是在說我們，知沒。

園區的一切都是人工智慧控制系統，實體建築大多只是雛型，全部靠投影技術解決視覺觀感，但又不能完全以投影掩蓋，遊客要看得到、聞得到也要摸得到。每個區域都可以連結遊客穿戴裝置或內建晶片，自行瀏覽選單，選擇體驗段落，依照客戶互動綜合評價回饋收取不等費用。整個園區全自動運作，根本不需要有任何人在現場。遊客入園，若以《牯嶺街少年殺人事件》為出發點，從小四住的眷村街路為起點，經過電影的建中紅樓教室、冰果室、小公園、中山堂、萬華賭場、撞球間、片廠攝影棚，抵達最核心的牯嶺街殺人現場。依序是其他照年代順序排列的電影場景，形成一個環狀，圓心處是遊客中心。老闆說，之所以要找個人來做正職，單純只是因為他不想坐在中控室了。

有時我待在中控室，坐在導演椅上看著各處監控螢幕，會疑惑自己在這裡幹麼。每星期在老闆辦公室碰面一次，短則幾分鐘，最長不會超過二十分鐘，也似乎從不查勤。我在園區的工作固定時間上下班，幾乎不需要跟任何人接觸（就連包下園區清潔工作的公司都是自動化作業），除非遊客堅持要真人客服或電子系統哪裡出錯，我才得出場當面致歉。大多時候，我都在自己的房間，一直看楊德昌電影的片段反覆重播。無止盡的重複。才工作一個月，我就完全瞭解為什麼老闆不想待在中控室。要我是老闆，我一定會雇人來坐在這裡，自己愛幹麼就幹麼去。我就職前來這裡玩過一次，當時不能免俗的選擇小四殺小明的一幕入戲，後來收到紀念影片，覺得自己演得還滿不錯。如今回想，老闆那時可能就坐在中控室的座椅上看著我演。要不我來應徵工作前，他應該也會查到我的遊園紀錄。當我看過一百次小四殺小明的演出，我才曉得，不是我演得好，而是老闆修飾得好。那些修飾不著痕跡，要保留素人感，卻又不至於令畫面太不專業，剛好落在看起來不錯的可接受範圍。我不知道有多少人察覺這些紀念影片經過後製，是否有人真的在意這些，我高興就修它幾支片，大多時候原片發送，反正沒人會寄回來修片，何況老闆列給我的工作項目中也沒有這項。

一個窮極無聊的員工，整天看著幾十張播放各種片段的屏幕，在大量的視覺重複下，可能都會變得有點怪怪的，有時錯覺自己同時在監看全部電影拍攝現場的 monitor，好像我一喊卡，隨時會有人圍過來一起觀看回放片段。整間中控室都暗暗的，只有發光的影像和數據，周圍飄蕩著貝多芬或布拉姆斯的樂曲，有時聽卡拉絲的高音迴旋，有時是一九八〇年代的臺語老歌或一九九〇年代的國語老歌金曲大會串（老闆說是要熟悉那個年代的感情描述方式），有時穿插貓王的老歌或五黑寶合唱團那兩首老到掉渣的〈Smoke Gets In Your Eyes〉或〈Only You〉。我在裡面自給自足，有臥室、浴廁、簡單的廚房（訂購大批料理包和真空蔬果省麻煩），還附一臺出產年分是二〇二〇的半自動咖啡機骨董。一開始我會耐不住性子到園區遛達，隨意晃晃，走上個一小時，再回到中控室。總是有股胃部過飽的腫脹感，讓我胸口鬱悶，非得要出門轉轉不可。漸漸的，我的身體像是接受了工作就是如此，一次三天沒出門之後，連續五天、十天不出門變成了常態。園區開放時間出門，看到的就是與自己毫無關係的遊客；園區打烊後出去，則是一股與黑夜同樣寬廣的寂靜捏著我，遠處是半廢棄的綠能城，老舊的高鐵站，點點微光，偶有聲響在遠處發散，輕柔地震動空氣。暗夜中在園區走逛，就會看出這些建築的倉促和寒愴，一間間有如蓋到樑柱結構毛胚就棄置。雖然以當今的投影技術，可以模擬出立體光澤，宛如實物，加上穿戴裝置可以填補觸覺感官，整個體驗下來就跟真的沒兩樣。可是看到一幅卸妝後的面容，如此蒼涼、草率，忍不住會覺得有些哀戚。恍惚間像置身在廢墟，兩百公頃內只有我一個人類看著眼前的一切，一起孤獨。

我羨慕起那些活在電影裡的人，他們的辦公室裡有勾心鬥角、小圈圈，茶水間流竄的八卦耳語，還有在午休時間一起吃飯。像是《獨立時代》，電影插入的字卡「我們一起吃飯，好好聊聊」，

Molly跟琪琪在Friday's餐廳吃飯，普通而日常。還有插入字卡「主任下了班還扯著我聊」、「今天你怎麼突然約我吃飯？」，每每讓我猜想那個年代，人們靠得多麼近，卻又懷著多少心思猜疑彼此。大家在辦公室裡比鄰而坐，自然形成人際網絡，有時變成情感支持，有時則是壓力來源。每個人在相處時要戴上社交面具，有人裝得比真的還像。據說在那電影述說的一九九〇年代，臺北的辦公室多是那樣。現在大部分工作的分工精細，一起協同工作的是配備人工智慧的機具，每個人只需要把分內的事務做好，不致影響到其他環節即可。有過那麼幾次，我拿著料理包便當，投影到Molly和琪琪吃飯的餐廳，把自己安排在她們隔壁的座位，聽她們講出一字不差的臺詞，看她們擺出一成不變的動作。

工作大約滿半年的時候，我有次調出每日、每週及每月入園人數，對比近三年的同期數據，發現到訪遊客逐年遞減的趨向。我在老闆的每週例會提出來討論對策，他淡淡說，沒關係。要比慘，我們跟楊德昌差遠了。他當年拍《青梅竹馬》，侯孝賢抵押房子借錢給他拍、擔任男主角，結果上映四天就下片；《一一》拍了九個半月，他每天都以為明天要拍戲。只要一有不滿就換演員、換工作人員，燒錢可兇了。我們慢慢經營，我相信楊德昌的電影有一定的魅力。話是這麼說，可是每天入場人數平均下來，從兩百多下降到六、七十人，最慘時單日只有兩、三人，這樣真的沒關係？老闆看我略有疑惑，再次強調：「恁爸有在注意，免煩惱。」他說，「做經營跟做製片一樣，就是『錢、權、期、人』四個字。錢就是資金、預算先處理好，權就是安排細部工作，期就是抓好時間規劃，人當然就是說要把對的人放在對的位置。」他端出楊德昌的黑話，要我「不馬戲」，意思是別害怕，放心放心。最後則是說出之前之後的每次例會結束語，要我有空多看點電影，沒事多讀點書，想想人家怎麼搞電影。

就在我工作滿一年的日子，老闆以小明倒地的身形躺在我面前，地上濺灑著血。經典場景，經典死法。我莫名成了楊德昌電影工廠的繼承人。

不包括面試，一年下來我跟老闆總共見過五十二次，都在他的辦公室。此刻我坐在他的辦公室座椅上，思考怎麼讓這地方繼續營運下去。我翻閱開園以來的帳目，瞭解各項財務收支、每年繳納的權利金和租稅金，果然如預期虧損，只是沒我以為的那麼多。接著翻查老闆留下的工作信件和筆記資料，全是條列式、不帶任何情緒的說明文字（諸如要求清潔公司加強處理哪些區域，與人工智慧控制系統的設計師討論定期維修事項，同時試著講價之類的）。他的辦公室書架上有許多紙本書，與楊德昌共事過的電影人如小野、吳念真、柯一正、陳國富、侯孝賢、音效師杜篤之、剪接師陳博文及廖慶松，擔任過製片的余為彥、詹宏志等人的傳記或訪談。也有楊德昌的劇組團隊像是戴立忍、陳以文、鴻鴻、楊順清、魏德聖、王維明、陳希聖等人的資料夾。最重要的當然是一整套楊德昌電影相關紙本資料，除了電影劇本書、人物角色設定集以外，其中有黃建業於一九九五年出版的專書《楊德昌電影研究》，有篇二〇一一年的江凌青論文抽印本〈從媒介到建築：楊德昌如何利用多重媒介來呈現《一一》裡的臺北〉（旁邊插著同作者討論臺灣新電影的英文博士論文 *Reshaping Taiwanese Identity: Taiwan Cinema and The City*），有本厚厚的詹正德影評文集《看電影的人》。書櫃最下層則是楊德昌掛名監製的一排《星期漫畫》共八十四期（1989-1991）。我分不出滿室書籍史料是他自藏原本抑或是復刻本，同樣的東西在中控室有一套，同時也展示在楊德昌教室附設的紀念商品部。老闆的置物櫃是二〇〇〇年代在臺灣中小企業辦公室常見的灰色薄鐵櫃，內有他收藏的楊德昌電影各國版本錄影帶、LD、VCD、DVD、藍光，電影原聲帶的錄音帶和CD。一些侯孝賢的電影光碟，一些蔡明亮的電影光碟，還有幾盤電影膠卷拷貝。放在這裡多半是個人收藏，整間辦公室沒有任何播放機器（現在誰都在線上資料庫提取電影或音樂）。辦公室後的隔間是間套房，完全感覺不出有人在這裡居停的痕跡。或許清潔公司打掃過了吧。我不太想一直待在這裡，去了楊德昌教室。

教室據說是按照他當年在國立藝術學院（後來改名為臺北藝術大學）兼課的課堂重建，其實沒什麼特別，裡頭鬆散坐著十多人，大都是後來在《牯嶺街少年殺人事件》劇組或演出的學生。固定班底之外就是旁聽的遊客。課堂上的楊德昌擷取各種可見的影像、聲音和多人回憶形象混合重製組成，身高一八幾，瘦長，臉頰是橘子皮，鼻上鏡片透出一雙瞇瞇眼。光是看他坐在椅子上說話，就令人感到導演的氣質，渾身掌控全場的魅力。他們聊天談話，一言一語，有些是他受訪片段剪輯，有些是模擬反應。我知道循環播放的第一堂課，楊德昌會掏出身上的百樂門白色菸盒，隨機抽點觀眾拆開菸盒，藉此說明所謂的「結構」是怎麼回事。他會拿起展開的紙片，告訴學生，從一張紙變成盒子，就是浪費最少的材料卻能變成結構扎實的菸盒。

此刻他正在講述關於編劇的想法：「我從小就喜歡看漫畫、編故事、講故事。編劇對我而言並不是一件沒有經驗的事情。這也跟我對建築的興趣有關係。我很早就對建築有興趣，後來也瞭解設計就是用以滿足一種需要，或是去創造一個功能、創造一個空間。這個道理也同樣可以用在編劇上。常常有時候戲劇張力弱，就是因為有個功能沒有被滿足，或是編劇沒有看到那個功能是必要的。張力斷了之後，即使很短的事情都會讓觀眾覺得很長。這其實跟建築、跟設計師設計一座橋非常類似。」他說話速度快，語調隱含自信，整體聽下來相當有說服力。他認為編劇就像造橋，結構對了，自然而然就穩固，材料之間會彼此補充、配合，形成整體感。他舉例，有些劇本其實是用「混」的敷衍過去，造成段落之間的斷裂，本身並未自成結構。比如伍迪・艾倫深知喜劇精髓，情節連不下去，就讓自己出場混過去。又如楚浮，他完全知道回憶就是自成結構的。我在場聽他侃侃說著，接著與同學們對話。我知道系統支援遊客提問，不過若超出預設好的幾種答覆，就只能看見楊德昌的微笑。

我離開教室，經過紀念商品部，牆壁貼滿楊德昌電影作品的海報，流洩出的正好是張雨生唱《麻將》主題曲〈去香港看看〉，高亢的嗓音，唱著搖滾曲風的臺語歌，螢幕上是當年的ＭＶ，主演《麻將》的演員充當金髮張雨生的樂手，做做彈奏的樣子。據說吳念真寫的臺語歌詞，發音稍微歪一下就變成「去乎幹看覓」，有種雙關惡趣味。

我腦子迴旋著主題曲的鼓點和曲調，走回中控室。想著電影從人們公定的起點一八九五年十二月二十八日，盧米埃兄弟在巴黎的咖啡店公開播映二十五分鐘的影片以來，將近一百八十年的時間，有如自體演化，不斷變造自身，從器材、聲音、顏色到漸以電腦繪圖作業取代拍攝，到二〇一六年底李安推出3D、4K、120格的電影規格以後，電影已經不只是「觀看」經驗了。它愈來愈趨向於介入、互動、即時反應推演，結合各種感官，進入了體驗的範圍。可是電影製作愈來愈燒錢，還有其他媒介競爭搶食每個人有限的注意力與時間，電影演變到後來，幾乎與虛擬實境遊戲差不了多少。科技將每個人連線在一起，融接在同一個介面場景，說是「看電影」，其實是進入一部電影代換其中一個角色（每部電影能選的就是幾個主要角色），隨著劇本情節層層遞進，直到電影演完才退出。

所以金馬影展從早初的看各國電影，演變成玩各國電影，雖然沒電玩競賽那麼激烈，卻也相當接近了。過去的臺灣片庫中，大多數有銷售潛力的電影皆已開發，有的收集在一起變成主題樂園，最受歡迎的就是後來被視為尻片（cult movie）的臺語片《大俠梅花鹿》吧，大家超愛穿上那些簡陋的蠢動物戲服玩戲。其餘就在全臺各地的影廳輪流上檔，或者個人用的簡裝版本。電影何其多，大部分作品的命運就是短期間被大量人數消費一次，只有一些能抗拒時間洗刷的巨匠傑作能召喚每個時代的觀眾，反覆探索、咀嚼。楊德昌似乎對這些新技術、新工具的創意應用挺樂觀，認為新科技帶來更大的書寫自由。我猜，這是老闆當初創設楊德昌電影工廠的理由之一。

每週例會時間雖不長，老闆都像在一對一教學。有次談到電影早期發展的梗概。他說，電影是許多種技術和觀念的匯集結晶，人類花了很長的時間，從觀察大自然的運行法則中慢慢歸納出一些道理。像是西元前發展出「暗箱」的理論，就開啟了人類與光影的漫長搏鬥。從知道黑暗房間開一小孔讓光線射入會產生倒影幻象，到發展出移動式、可攜帶的器具，知識、物質和技術一層層融合疊加，才有十七世紀的魔術幻燈。這本來是江湖術士騙錢的玩意，唬唬那些不知光學原理的民眾，在漆黑房間投影各種鬼怪形象，像是起乩顯靈，又像是從陰間叫魂。接著有人想辦法讓這些投影動起來，不管說是利用人類視覺的殘留也好，說是欺騙感官反應也好，從世界擷取一小塊人類活動的影像，不受時空限制的重複播放，逐漸普遍起來。這是人類第一次掌控自身的影像。

他停下來，扶了扶細框眼鏡，問我，你猜，我們這裡有多少影像的主人實際上還活著？我搖搖頭。他油亮的額頭皺了起來，雙下巴跟著抖動，正以為要說出什麼斬釘截鐵的答案，結果是不知道。他說，不管是不是還有演出者還活著，他們的影像，存在於那部電影中的特定時空形象，一定會活得比本人長。這可能是最早看電影的人想像不到的。說得誇張一點，我們這裡全都是楊德昌電影的幽靈，大家來這裡玩還真有點像我年輕時候的說法，觀落陰。每個投影攏是薛西佛斯喔，逐天逐天不斷重複一樣的劇情，演出分毫不差的戲碼，唯一有差別的是遊客飾演的角色。老闆要我要揣摩從導演的角度思考電影。他說，拍電影說複雜可以非常複雜，但簡化起來的重點不過五個字「人、事、時、地、物」，你的畫面裡要出現什麼、不該出現什麼，一目瞭然。

就算回到中控室大概也沒什麼意思，乾脆到老闆當初開園的理由，去看看《青梅竹馬》裡面的侯孝賢。即時監控回報各區遊客人數，《青梅竹馬》只有一人，正好。我切入蔡琴飾演的阿貞，猶豫看著站在房間門口的阿隆。阿隆正在說從美國回來，只是過境東京，沒有停。我的心裡只是想仔細看著眼前的侯孝賢，三十多歲，渾身散發著迪化街沒落布行老闆的無可奈何。畫面跳接至兩人在同居的屋內，阿貞坐在餐桌旁，阿隆站在另一側，天花板垂降下來的燈泡光線，將整個空間壓得低低暗暗的，阿貞的影子貼映在牆上，看不見阿隆的臉。要不要移民去美國，要不要留下來。兩個從小一起長大的青梅竹馬，怎麼一點一滴漸行漸遠。正當我想著這些，阿隆對著我說：「你怎麼一直惦惦？你要接著演，我才能反應啊。你今麼要說你剛搬進來的時候，一個人很害怕，常常睡不著那段。」我從阿貞的眼睛看著阿隆的臉，他疑惑，「喂，說話啊。」我沉默不動。他聯絡客服，轉接到我，我答，「敝姓楊，很高興為您服務。」阿隆看到鬼似的往後彈跳了一步，「幹，不要嚇人好不好。」

扮演阿隆的小青小姐說，她本來玩得好好的，對手戲突然卡住，以為對戲程式出了什麼問題，沒想到客服人員就是眼前這位。我抱歉打擾，假稱以顧客體驗訪談調查做為日後優化參考，接著我脫去阿貞的投影，以本來的模樣跟她聊聊。我們在桌子兩側坐下，面對面，依然演出中的阿隆點起了一支菸，擡頭向上呼出一口煙圈，她說：「我知道這菸不存在，煙味不存在，我不是阿隆，不是侯孝賢。但這就是最棒的地方。」我調出小青小姐的遊園資料，她來過六次，每次都體驗不同電影，還剩下《光陰的故事》第二段《指望》和《海灘的一天》沒玩過。她的玩法很古典，先以老辦法看過影片，再到園區照著劇本玩。多數人喜歡直接玩，不預設立場也不知後續發展，比較刺激。可是全都玩過一輪後，再回來的機率就陡降，我問她對這點有沒有什麼意見。小青小姐以阿隆的臺客口吻說，還沒全部玩過一輪怎知道。多數遊客不像她從頭演到尾，超過八成以上的人只玩主要情節段落。她說，我這種玩法就像演奏古典樂，先讀樂譜，接著照譜演出。即使這樣，每個人詮釋同一段樂句的力道和表情也有所不同吧。況且，電影尾段阿隆跟阿貞最後一次對話，阿隆不就說了嗎，結婚不是萬靈丹，去美國也不是萬靈丹，這都是短暫的幻覺而已，讓你以為可以重新開始。「所以，」她眼睛對準我的雙眼，吸了一口菸，徐徐吐出，「問客人也不是萬靈丹。你們弄這地方的價值觀和信念是什麼，應該要問自己啊。不要像阿隆一樣什麼都弄不清楚。對了，你這長相來演蔡琴的角色，怎麼說呢，實在有點張力。」小青小姐以侯孝賢臉露出憨笑，使我記起資料上說，侯、楊兩人在一九八〇年代中期曾是多麼緊密、多麼意氣滿滿的朋友。

我後來想到，電影工業走了一大圈又回到最初一個人獨力擔任編導、製作、美術和音樂。如果這樣看，楊德昌生得太早。不然以他對畫面、聲音、音樂、美術和故事結構的掌握，追求精準的嚴苛性格，如今單憑自己弄出一部電影是完全可能的。他跟著偶像手塚治虫的腳步，晚年嘗試轉做動畫，大概就是要越過現實的限制，更自由地創作。但沒有各種專業的人與人之間的合作、協調、衝突和矛盾，搞電影似乎也變得太孤單了。他大概從沒想過自己的電影作品有一天就跟迪士尼樂園一樣，變成主題樂園。雖然樂園沒有米老鼠、唐老鴨之類的超人氣明星角色，也沒有武俠、奇幻或科幻元素，倒是頗能吸引一些對一九六〇至二〇〇〇年代的臺灣感興趣的歷史控，以及少女控（特別集中在《牯嶺街》小明和《一一》婷婷，也有人特愛年輕時候的柯素雲）。想這些有的沒的累了，我趴在中控室的控制臺昏沉睡去。

恍惚間似乎做了個夢。夢裡出現圓臉老闆，出現楊德昌，幾個電影角色穿插其間，少年張震和青年張震，少年小貓王和青年小活佛。黑道吳念真和苦悶的ＮＪ。他們聚在同一張桌子喝酒吃飯，似乎聊得酒酣耳熱，空氣滿是菸味。醒來時，我又覺得，某些片段重複看太多次，產生殘像，跟那些零碎的夢幾乎沒有差別。這些電影的上帝是楊德昌，觀眾只能借用他的視角觀看、代入故事，但上帝的創造過程卻沒有保留下來。我跳上遊園車，駛入寧謐的園區，黯淡星星掛在夜空，園區的假相被抽走，裸露出真實的殘缺。我駛過ＮＪ一家居住的羅曼羅蘭大廈前辛亥路街景，駛過小四家門前的眷村小路，駛過阿貞租屋樓下邊的出入口，路過佳莉和青青見面的飯店咖啡廳，經過混血女生王安巨幅拼貼特寫照的牆面，我只是遊客地圖上移動中的一個亮點，明明滅滅，切換景色，環繞園區一圈，回到核心處的遊客中心，下車。我到中心旁的楊德昌教室，開燈，喚醒投影，戴著舊金山四九人隊棒球帽、身穿洛杉磯湖人隊夾克，掛著墨鏡的楊德昌現身。他笑著說：「我們這個環境相當不好。所以我們必須要接觸很多很多事情。可以說，我們相當幸運地不幸。We are luckily unlucky.」我問他，生命是怎麼回事，死亡又是怎麼回事，老闆那樣走了實在讓我徬徨。他說：「生命必須經過一些事情，來測試你自己的邊界，基本上由失去生命，來更讓我們感到生命是多珍貴的事。」我又問，那到底這個園區該怎麼辦，該不該繼續下去。他回答：「大家都在講虛擬真實，然而很多虛擬真實我認為是非常不對的。電玩遊戲就跟生命經驗一樣，你並不能把它變成只是暴力、只是那種不完全的東西。然而這就是諷刺所在，因為生死不是一場遊戲，不是好玩的遊戲。」我想到《一一》裡的大田先生解說他的撲克牌戲法，其實不是魔術，而是他經過長久的練習，靠記憶力把每張牌的位置記下來。這確實一點也不好玩。那麼當電影與電玩的界線模糊掉了，人為什麼還需要電影？他說：「我一直認為，電影或藝術本身，其實不關聯到國族性，只關聯到一件事，就是人性。只要是人，電影就是最好的生活經驗。就像《一一》裡有句話，胖子引用他舅舅的話說，『電影發明了以後，我們生命延長了三倍。』我的感覺就像這樣。所以我們做的事是提供觀眾一個可能的生活經驗，但這個圖像需要經過所有觀眾的檢驗。」我又想起老闆某次說，你有沒有發現，楊德昌的電影中幾乎沒有臨時演員？他不要穿著西裝的道具出現在他的鏡頭裡，他要的就是人、人、人。可是聽說他工作起來又嚴苛到沒人性，時常在現場暴走。

我在教室踱步，拖著腳步，來回走著，思考自己和這些電影怎麼彼此補充，交互延伸。我可以在其中看見角色的鏡像，我代入幾個人物故事，從他們的生命退出，似真若假的經驗暫且儲存了下來，再有其他故事覆寫，層疊添加，記憶的毛細管交相滲透。有沒有可能，將這七又四分之一部電影融解成另一部新的電影？一部處處隱含楊德昌的語言印記和觀察角度的新作？我看著楊德昌投影，眼前是另一個楊德昌的投影，腦中也在投影，疊映的影像交錯又分開，像是複雜的燈光照射。鏡面中的我交相映射，那個肖似楊德昌的我正緩慢消失。教室歸於寂靜。沒人揉皺靜止中的黑暗。

老闆從黑暗中浮現。

難怪我覺得眼熟，投影中的老闆面孔就是楊德昌的某個學生，一起做過事，演過他的戲，是少數幾個從嚴厲的工作過程熬過來的人。我該記得的。這不是第一次。也不會是最後一次。〈Smoke Gets In Your Eyes〉的音樂切入，突然打破靜謐的顯影，老闆的圓臉笑得更圓，語氣輕鬆地說：

我知道，你最後總會知道為什麼我要以那樣的方式離開。我從小就喜歡電影，長大後更體會到電影其實是生命點滴的菁華片段。不管那是否是悲歡苦痛。就像楊德昌說的：「永遠都存在著一個夢想，一種嚮往，一種對另一個更美好的世界的存在的信心、期待、依據。」死亡就是逼你暫停夢想，停止嚮往。因為沒有人從另一個世界回來繼續做夢。我花了一輩子做這些，藉此研究楊德昌電影的每個鏡頭、段落，分析他如何拍出這些作品，為的就是希望可以複製出另一個楊德昌，令他繼續創作，完成有限生命來不及做完的事業。我希望知道他怎麼看待現今這個世界，希望他透過電影記錄我們此時的生活，甚至尖銳地揭露或批判現世。我希望他一直拍下去。這次又失敗了。不過我不會放棄。我會再次把你造出來，讓你學習所有電影的知識，讓你再深入地理解楊德昌，直到你可以化身為他，在這個世界拍出真正的電影來。你知道他墓誌銘上寫的句子吧：Dreams of love and hope shall never die。我會耐心等待。期待下次見面。

寂寞的遊戲

整理書的時候，她瞥見書架深處那幾本袁哲生的小說。死去的丈夫沒留下什麼，只有滿滿的藏書。大約六千本書原先分散在丈夫老家古厝、她家裡房間以及他們共同生活的公寓屋裡。有些稀薄的對話隨著她翻開書，瀏覽發黃圈框起來的紙頁，緩緩流散出來。她記得袁哲生是丈夫生前相當喜歡的作者，雖然她第一次聽他提起的時候，袁哲生已經死了十年。算起來，今年恰好是袁哲生逝世三十週年。丈夫似乎是這麼說的：

我第一次參加聯合文學文藝營就遇到袁哲生最後一次帶文藝營。那是二〇〇三年八月吧，桃園龜山的銘傳大學校區，袁哲生擔任小說C班導師。我那時根本不知道他是誰，看導師簡介知道他主編《FHM男人幫》中文版覺得滿有趣的，我大學時代很常去宿舍交誼廳看這本雜誌。另兩個小說組導師一個是李昂有聽過，一個是東年不大認識。說起來，我當時知道的當代作家非常少，可能就張大春、唐諾、駱以軍、朱天文、朱天心、詹宏志這幾個，但這個文藝營完全沒有他們的蹤影。本來嘛參加文藝營主要是想看看作家是圓是扁，所謂的文學又是什麼，抱著要瞭解行情的心態來的。結果三天兩夜的課就是安排各個作家到班上講課，大多數作家的口才都不好，有時讓我懷疑他們是否都把文采留在文字裡了。反而導師時間比較有趣，袁哲生看起來有點木訥，說起冷笑話卻很好笑，雖然當場笑的人也不多。他說現在文學景氣那麼差，沒想到有那麼多人要來參加文藝營。他勉勵大家要好好活著，不要像老同學黃國峻一樣提早畢業啊。後來講的大部分內容就像濾紙濾掉了，只記得那個畫面：他穿著短袖襯衫、短褲，趿著涼鞋，手拿麥克風，搭著手勢說話。有另一個袁哲生倒映在夜晚窗玻璃，在那個泡影世界，隔著界線沒有一絲聲音。我後來參加了好幾次別的文藝營才知道，不是每個導師都這麼認真，會安排晚上的時間跟同學一起聊聊。

那個晚上，教室關閉時間到，輔導員們紛紛來提醒燈還亮著、冷氣還開著的班級。有幾個同學跟著袁哲生在教室外的走廊階梯繼續談話，我獨自去隔壁教室大樓特別開放給文藝營學員的便利商店買飲料。三三兩兩的學員散布在商店外的戶外木桌椅閒聊，我疑惑他們如何能在短短的下課時間極有效率地認識，到晚上就能邊喝著麥香紅茶邊聊起村上春樹或卡爾維諾。我很羨慕，且感到孤單，同樣抓了鋁箔包麥香紅茶結帳。細細的吸管刺破包裝的液體輸送到我嘴裡，卻像是被抽掉了甜味。我含著吸管、捏著鋁箔包，慢慢走上階梯，離開背後那些嘴裡的人名書名。頂上的夜空特別高遠，通往操場的路上，我看見袁哲生高大的背影緩步走著，努力想有沒有稍微有點水準的問題可以搭訕他。就這麼在他背後相隔七、八步的距離跟著走，不遠處是導師宿舍，走了一分鐘多吧，又想他可能不想被打擾，還是算了，就停下腳步，遠遠看著他拉開宿舍的門，消失在路的盡頭。

那時我就近走下左邊的階梯前往操場，拿出跑大隊接力最後一棒的力氣，奮力跑了起來。跑得氣息紊亂，吁吁喘著，汗水散漫在臉上，這才發現偌大的四百公尺操場，除了四周圍高高擎起的燈照，沒有其他人。我仰躺在跑道上，書包墊在腦後，像要看穿夏夜稀落星空那樣，定定看著被操場燈光圈圍起來的漆黑。

隔天，我認識了坐在隔壁的廖。那時廖抱了一袋書回到教室，他撿了不少以回頭書價錢在賣的聯文黃書背叢書，幾乎每個有來講課的作家作品都買了，沒來的張大春、駱以軍、朱天心也趁便宜一併收了。他秀出袁哲生的兩本小說集，打開扉頁，有作者簽名，說是老師剛好人從休息室出來就衝上去請他簽了。廖說其實他根本沒讀過袁哲生。我心裡有些鄙夷。沒讀過人家的小說怎麼知道喜不喜歡呢。萬一不喜歡想送掉，上頭又有作者題簽，豈不尷尬。我一句都沒說。下午合班上課，小說三組成員在視聽教室等上課。結果那位作家似乎塞車還什麼原因大遲到，袁老師就上去頂，使盡全力說冷笑話逗大家，底下一片死寂，穿插幾個短促的笑。我那時想，怎麼可以讓我們袁老師在臺上搞笑卻沒人捧場，當他一徵求冷笑話分享時，我舉起了手。上臺草草說了個爛笑話。什麼爛笑話？好像是說什麼某部落很愛講故事，可是故事太多了，長老們就一一編號。到了固定說故事時間，上臺的人為了節省時間，只需講出編號，所有聽眾就會從腦中叫出故事，產生大笑、恐懼之類的反應。有個出外多年的青年回到部落，被推上講臺說故事。已經忘了許多故事的他情急之下脫口說：「39號！」周遭人們陷入一片尷尬的沉默，有些女孩子的臉紅了起來、頭也低了下去。青年的爸爸跑上臺，巴了他兒子的頭，怒吼：「一回家就說這種骯髒下流的黃色笑話！可恥！」

底下陷入一片比故事中更尷尬的沉默，只有袁老師露出微笑。幸好這時預定講課的作家到場了。結果那堂課的內容，就是講者重述了某一回我剛好看過的弘兼憲史漫畫《黃昏流星群》。不用說，漫畫比講的精采多了。

歷經一整天無聊的課程，傍晚導師時間有人問起文學獎。袁老師說，文學獎這事真的很難講，運氣很重要。他說當年寫〈送行〉，三個晚上就寫好了，也沒怎麼改，最後得了時報首獎。後來寫〈秀才的手錶〉，一開始投臺北文學獎，什麼名次都沒有，轉投時報，結果是首獎。袁老師說，工作這些年好不容易才精神分裂成功，才可以兼顧寫作。又說，寫作不能歡樂悲傷時寫，因為那些狀態下的自己只有更弱更差勁，寫作的自己最好比原來的自己強上一百倍一千倍。我當時沒寫筆記，也沒真的聽懂他說的內容，只模糊記得他講了一兩個冷笑話。當下知道要笑，事後也記不得他說了什麼。我偷看身旁的廖，似乎正勤快地寫筆記。當晚在大禮堂看電影，忘了是哪片，反正不重要，大家坐得稀稀落落，我看得不耐煩離座到外頭，許多人分散在校園各處，三五成群。我又去跑了操場，比昨晚多跑了兩圈，最後慢跑回到寢室，刻意放慢動作以免接下來的夜晚太漫長。慢慢洗澡，拿著指甲剪檢查每一隻手指腳趾的指甲，細細磨。我不停喝水，一杯接一杯，一方面為了補充水分，一方面可以在宿舍走來走去裝水跟尿尿。就在這樣反覆的過程中，我遇見看完電影回宿舍的廖，約好等他洗完澡到他寢室聊一下。

廖的寢室書桌上堆著他買來的書，一疊文藝營發的四百字稿紙，他說等等想拚一下寫完散文和新詩參加文藝營創作獎。我說報到的時候就先把參賽的小說印出來了，等會拿來給你看看。我們就著他書桌檯燈的光芒，翻讀彼此的文章，努力想聊點文學。很快發現彼此都懂得不多，沒寫過什麼，沒讀過幾本書，也不認識幾個作家或詩人，甚至不懂得裝高深亂蓋一通，如此謙遜的對話不久就無以為繼。我想起前夜路過那些侃侃談著村上春樹和卡爾維諾的人，那表情彷彿這兩個外國人是他家親戚似的，又湧出噴泉般的欣羡。我告別廖，讓他多些時間把稿件完成。回到寢室，另一個室友仍是不在，我扭亮檯燈，趴在書桌上隨意讀著駱以軍的《第三個舞者》。沒讀幾頁，我比自己想像的還累，關燈，爬上床睡覺。我枕在手提袋（裡面裝了這兩天的換洗衣物），拿著薄夾克當被子蓋，躺在堅硬的床板，稍微輾轉了一會才入睡，明天是最後一天了。

離開文藝營之前，我還是沒買袁哲生的小說，總想著之後讀了再說。文藝營第三天已經瀰漫著結束的氣氛，教室填了學員行李顯得比較滿。課堂與課堂間的下課，可以看到書展在縮小，打包的紙箱愈來愈多，收銀臺大姊們喊著把握機會要買要快喔。輔導員反覆叮嚀著要繳回意見調查問卷。四周貼的宿舍、餐廳、書展、教室指示標誌一節一節課消失，到下午最後一節下課鈴響，眾人紛紛前往大禮堂舉行結業式。導師輪流致詞，頒發文藝營創作獎參賽證書（有投就有獎狀），抽獎，合照，導師發給各班學員結業證書，發麵包餐盒飲料。一輛輛巴士把人運走。我跟幾個同學圍在袁哲生附近，等著下一輪離開的巴士。有人問他可否寄作品請他看看，他說可以不過字數若超過一萬字就要給他一點時間。有人跟他提起很愛看《FHM男人幫》的美國AV天后Jenna Jameson專欄，他嘻嘻笑說他也是。

文藝營後，廖跟一些同班同學常在MSN通訊，申請了共用新聞臺，也把我拉了進去。幾個月過去，文藝營創作獎公布，廖同時獲得散文和新詩獎項。有人發起慶祝聚會，要找袁老師一起，結果老師說抱歉沒空參加，原先約好要在捷運科技大樓站旁的麥當勞碰面的同學，從七八個變成一個。廖跟我都沒有出現。從那天後，MSN群組幾乎無聲，新聞臺也沒有更新。直到隔年研究所考試的前幾天，我焦躁讀著錢穆《國史大綱》、更焦躁讀著傅樂成《中國通史》之餘，突然在網路新聞看到袁哲生過世的消息。那些考試啊、參考書啊，什麼都不重要了，好好一個人都死了，我竟然還在煩惱考不考得上研究所。我反而不焦慮了。所以考完研究所的晚上，我跨上機車前往板橋殯儀館，想著再怎樣也該去捻個香。機車走走停停，不斷在路邊暫停翻地圖，歷經把中永和騎得像臺北市一樣寬大的迷路後，抵達殯儀館。我怯怯地停在入口閘門取停車票，停好機車，才發現這是汽車停車票。殯儀館就跟電影城一樣巨大，那麼多廳，而我根本不知道袁老師靈位在哪個廳。我像不確定死了誰的家屬，逐一窺看各廳，所見的皆是情緒全部被提取一空的臉。我感覺自己冒犯了每張遺照和靈位。到管理室詢問，值班人翻著簿子說袁哲生還冰在冷藏室。繞了園區一圈，先去拜了地藏王菩薩，找到冷藏室門口。光度昏暗的走道沒有管理人員，我拿起簽到簿查看，找到袁哲生家屬的簽名紀錄。我遲疑著該不該進去看遺體，但又怕自己承受不起，站在走道間，冰櫃嗡嗡作響的運轉聲從內側平穩傳出來，我感覺有點冷。當下立定站好，雙手合十，心裡默禱：袁老師，請您安息吧。雖然您應該也不記得我是誰。

我在那之後才開始讀袁哲生的小說，買一本讀一本，原先以為絕版的《靜止在樹上的羊》出現在書店，封面貼著圓圓的黃色貼紙「袁哲生成名作」。書背是仿聯合文學的橘色，觀音山出版社的「小說有約2」。裡面除了得獎作〈送行〉，多半是篇幅短小的故事。很後來我才知道，袁哲生當年四處投書稿沒有下文，他打工兼課的補習班老闆阿莎力豪情相挺，就幫他出了這書。

她好一陣子沒想起丈夫這樣拉哩拉雜一扯一大串的廢話，居然有點懷念。現在清靜多了，但沒人吐槽拌嘴，偶爾也會寂寞。如果照丈夫說的，她現在就是生活在室友不回來的文藝營宿舍，平時沒幾個可以說話的朋友，也不想去跑操場。搬家的念頭在她面對臺北惡劣的陰鬱氣候時，像一尾小魚苗逡遊著。隨著下雨的天數日漸延長，那尾魚長得愈來愈強壯，那就離開吧。她想起當年跟丈夫在一起沒幾年，恰好兩人都失業了，房子租約差不多到期，決定乾脆一塊搬往臺南住個一年。先在租屋網站上看好幾處出租房屋，南下一天看完，從中選定一家，簽約，付押金，返回臺北準備打包行李。當年臺南登革熱疫情大爆發，天天通報患病人數不斷飆升，眾親友除了勸告有時還奉送防蚊用品。他們就帶著一百本書、日用雜物和一袋蚊香、防蚊液和驅蚊香包的祝福移居臺南。

那時的臺南市區人氣大減，林百貨門口不再出現彎彎扭扭的入場隊伍，小吃攤密集的國華街和民族路口的交通總算不像便秘的腸道，正興街和神農街的遊人沒將路面擠成遊行陣勢。通往安平的路不堵車，漁光島像是回到剛剛冒出海面的清純。雖然說起來不好意思，但他們覺得搬得正是時候。她記得在搬下去前的十多年前，彼時跟大學男友一起搭午夜從臺北車站發車的南下慢車，一站一站悠悠盪過去，抵達臺南是清晨近七點。省了一晚住宿費，卻換了一身疲憊，慢車的座位讓人躺也不是、坐也不是，每隔幾站就想換姿勢，頭上的風扇轉來轉去，不時有幼兒的哭聲，熬夜玩牌的吆喝穿梭車廂。那時的男友捲著本旅遊專刊，研習般安排了赤崁樓、安平古堡、億載金城、德記洋行等景點，吃浮水魚羹、鴨肉羹、碗粿、肉粽，喝牛肉湯，甚至還去阿美飯店點了一盆砂鍋鴨。那時不太挑剔，隨便在火車站附近找了老舊旅社入住，進房感覺時光倒退二十年。略感潮溼的房內，鋪著深灰色地毯，梳妝檯上附杯蓋的瓷杯組，旁邊擺兩包天仁茗茶茶包，兩包三合一即溶咖啡粉。扭開懸掛的真空管小電視，幸好還有第四臺。第一晚去吃男友念念不忘但已沒落如黃臉歐巴桑的小北夜市，結果棺材板、鼎邊銼都踩雷，離開時還忘了帶走那本珍貴的臺南專刊。兩天走馬看花，吃吃喝喝，說開心是開心，卻也記不起在開心什麼，留存最久的印象是炎熱，針刺似的灼燙陽光。回程學乖，買了自強號車票，四個小時車程反倒成了那趟旅行最沉的睡眠。

之後那些年，臺南成了島內觀光熱點。她偶有放假去玩，總感到擁擠，市區交通愈來愈像個沒耐性的老人，車輛動輒忽視號誌，時不時看見擦撞和測量中的警察。這次搬下來，市區彷若回到十多年前的模樣，尚未有間歇暴增的遊客如揮出的重拳不停痛打小城的靜謐氣息。唯一麻煩的是天氣熱，出門得長褲長袖帶上防蚊液。出了門，往往見到路邊的歐吉桑歐巴桑仍一派輕鬆穿汗衫、短褲，踩著拖鞋，拄著拐杖，坐在巷弄角落的塑膠椅，通常還很靠近水溝柵格蓋。丈夫跟她說，這群老人真是活倦了。他們在臺南沒朋友，沒趕著要去的地方，沒非做不可的事情，整天就是四處閒晃，坐咖啡店，上圖書館，看二輪片。那段時期，各家店的生意清淡，常去的咖啡店時常一下午就他們兩個，加上等客人等得發慌的店老闆。老闆偶爾跟他們交換一些日常感受，天氣、人氣和通報數字。店位在窄細的巷子中腰，外頭常有三、四個閒坐的老人，跟前擺著助走器、三腳拐杖。客人不來，穿戴全身防護衣的噴藥小隊來了，店老闆得準備一大卷塑膠膜，將整間店各區塊包起來，免得室內噴藥灑得杯盤咖啡機水壺書刊雜誌到處沾滿藥水。裡裡外外噴完藥，再撤除包覆的塑膠膜，大掃除那樣將整家店從桌椅、地板、書架、吧檯上下通通清洗一遍。老闆跟他們說，他的店算好了，有聽說別家被噴了兩、三次，超級吐血。店外的老人散了，接著擺起靈堂。老闆說，隔壁的阿婆畢業了，據說是登革熱中標引發的併發症，阿婆本來就有糖尿病，腳不太好。

她那陣子時時打噴嚏，各種過敏症狀反覆發作。一下流鼻水，一下暈眩，不然就是皮膚莫名起紅疹、發癢，雖然對蚊蟲夠戒備了，卻抵擋不了遍布全市溝渠飄散的藥劑威力。好像有一罐巨大的殺蟲劑，不停噴著懸吊起來的臺南市。通報人數還在飆升，破萬人的時候他們決定躲回臺北。相隔不過兩、三個月，他們與整座城市已經有些疏遠。從前日日看著臺北捷運車站的廣告燈箱，他常懷疑怎麼能夠達到如此醜陋的美感，那些宣傳車站周邊景點的照片無一能引起人想去看看的興趣。他總說，這其中一定有個陰謀。搞不好那麼醜的照片藏著什麼祕密暗號，只是我們不知道怎麼破解。他們重新嵌入城市的運輸管線，再見到那些廣告照片，居然有些親切，好像偶遇一個久未見面的醜朋友，再次領略到有形體有顏色的醜是怎麼回事。她的過敏症狀紓緩了，他們很快恢復在臺北的生活步調，也很快落入過往的日常習性，有時一場雨就困住他們，未來隨即欺壓上來，逼他們作答。要吃什麼。要去哪裡。要做什麼。不到一個月，他們回歸臺南，彷彿那些問題可以藉著三百公里的路程，稍微阻隔、延遲一會。

對於他們交往初期，他身邊還有一個沒斷乾淨的人，她是明瞭的。類似的狀況也不是沒遇過，前男友就是這樣。哭有什麼用，鬧有什麼用，所以她從來不哭鬧。面對一種不講理的情感，無需講理。她只是等待。這需要堅定的意志和信念，就如發誓去讀一本厚厚的書，或許有點難，但只要堅持下去，不管懂不懂，總可以讀到最後一頁。她只是記錄。那不是要拿來做為證據，而是對自己的提醒。提醒那些對方空缺的時刻，自己在做什麼、想什麼，兩個人的世界如何分成兩半，又怎麼融回一體。例如他說要跟大學時候在電影公司打工的朋友碰面那天，他真的有跟那朋友一起吃飯聊天，但後來其實跑去開房間。當天她像個執行抓猴任務的徵信社員，偷偷跟在他身後。她心裡矛盾，希望發現和希望落空一樣強烈，當她對著計程車司機說出「跟著前面那輛計程車」的時候，司機露出哇的興奮表情，她懵然沮喪起來，如果一段感情需要跟監，是否就意味著沒有繼續的必要。但她就這麼看著他下車，走入一家賓館。她進入了類似作者的位置，帶著更為全知的觀點，寫著他們的故事。她看著他撒謊的臉，聽著他虛構的情節，是啊，這就是所謂的後現代情境吧：她成為寫著他寫的故事的作者。一如許多作家說過的，當角色出現自己的意志，作者只要搭上角色的順風車，把故事寫下來就好。

自從他們在登革熱爆發年住過臺南一年後，近二十年幾次到訪都匆匆往返，沒停下細細體察城市的變動。那時期，鐵路地下化動工以及後續長達十幾年的捷運工程，令全市陷入交通黑暗期。包圍市區的中華東西南北路環狀線工程就像綁上符咒的結界，而穿過市中心的捷運線工事則不時傳出哪座古蹟傾斜或崩塌的消息。一座兩百年牌坊倒下，一間三百年廟宇地基危脆，怎麼搶救都沒用，除非能保有兩、三百年的耐心等待另一座古蹟。但從她成長的一九八〇年代以來，幾乎沒有什麼事物或建築能存在超過一百年、兩百年，更換的週期愈來愈短。說來可笑，人的壽命卻在這段破壞、拋棄的歷史中拉長了。儘管那多長出來的存活歲數，也不過是在延長受苦的年限。

如今相隔近二十年，她再次搬往臺南，這次住下，可能就不離開了。一個人的生活好處理，需要帶的東西也不像上回那麼多，她盡量輕簡搬入距離從前住處不遠的單身公寓。臺南仍是她記憶中的小城，街路小小的，房屋窄窄地相鄰緊貼。民生綠園圓環、西門圓環、東門圓環保持著往常模樣，修築多年的復古火車站總算揭去工事圍裙，落成雙鐵共構。從她住臺南前幾年就屢有爭議的鐵路東移及地下化議題，跟著消失的平交道、看不見的鐵軌，遁入地底的管道。臺南市中心被環狀捷運線圍抱，另一條安平線則從安平區橫貫市區臺鐵車站到東區國賓影城一帶。捷運高架懸掛的單軌列車，讓她仰頭時總感到壓迫，明知頭上那條大蟲不會掉下來，多少還是有些陰影。城市的天際線隨著捷運線切割得歪歪扭扭。她到公寓附近的鴨母寮菜市場，一切都跟記憶中差不多，長北街出入口的水果攤還是那幾攤，忠義路側口依然賣著花束和水果。市場內的當歸鴨、雞肉飯、包子店、滷味攤都在，炭火麵的擺設幾乎不變，仍因陋就簡，大廚餘桶就擺在桌椅邊。拋棄式碗筷湯匙杯子都不見了，重又回到這些餐具被發明普及之前小吃攤常用的瓷碗、鐵筷、玻璃杯。

她吃了碗從前常光顧的雞肉飯，慶幸味道沒差太多。飯後，沿著忠義路散步，過民族路時想到要彎進陳世興古宅看看。門口對著齊天大聖廟的古宅，兩邊廂房已修繕成原初樣式，屋宅兩進的前堂、正廳也修復完成。她撫摸著門廊的楹柱，在腦中比對當年偶然入內參觀的頹圮狀態，整間古厝像被修圖軟體調過顏色、明亮度，正廳入口上的「貢元」匾額仍在，懸掛廳堂中的破燈籠修好，後方的爐灶砌成，頂上梁柱都漆上過亮的油彩。她繞到另一側廂房的巷子，那裡開過一間虹吸式咖啡工作室，現在只擺著復刻完畢的寢房家私。參觀古宅的時候可以連接導覽器，選擇時間點就能全景投影，重現特定時期的樣貌。她將時間撥回二十年前，那扇藍色木門、打開的木窗版，入口處發亮的電錶浮現出來。但她只能觀看，無法實際觸摸，眼前的投影只是暫時覆蓋了建築實體，毫無人的氣味。失去居住功能的老屋已無法照見過往生活的深度。建築的結構和細節或許可以修補，生命史的再現則永不可得。剩餘的皆是模仿。她緬懷著他們在此喝過的淺焙咖啡香氣，順著被稱為陳厝巷的窄巷，繞了回字到忠義路上，繼續前行。到中正路交口，林百貨仍維持二十年前重開幕後的樣子，另一側的國民黨黨部已改成健療中心，應付著邁入老年社會的照護需求。她心想，住這裡倒不錯，離林百貨、美術館、文學館、孔廟、舊法院都近，可惜太貴了。轉往中正路，經過舊議會樓騎樓走廊。她印象從前路過此處，騎樓邊總有兩個老街友偎著靠牆的飽實黑色塑膠袋。接著轉進文學館，見到正在展出「五年級同學會」特展。

她的眼鏡自動與導覽感應器連結，旁白和文字隨即滾動浮現。大意是二〇〇〇年左右明日報新聞臺出現了「五年級訓導處」，一群作者呈現了出生年在民國五十至五十九年（1961-1970）間的成長記憶。隔年以《五年級同學會》為名出版紙本書，一時「五年級」成流行語，並以此類推上溯二三四年級，下有六七八九年級，十年一代的世代意識逐漸繁衍。當年的陽春網頁一頁頁彈出，且可搭配使用同時期的桌上型電腦、滑鼠、鍵盤。她點擊滑鼠左鍵的喀啦聲，物質性的熟悉觸感溫暖湧上。展覽分設區塊，重現諸如日常生活現場（家宅、商店、菜市場）、教育現場（各級學校）、閱聽現場（電影院、MTV、KTV、保齡球館、Pub）等特定場所。她可以在任一場所感受縮時變化，例如在學校看一個國中生的服裝儀容在時間中的更替；在雜貨店，看著燈光黯淡的貨架，瓶瓶罐罐裝填的辣橄欖、紅色芒果乾、可樂糖怎樣一點一滴轉成後來遍布全臺的便利商店。觀者可自選進入文本，可能是一幀照片、一首詩、一支歌、一篇小說，一部電影或任何資料庫含藏的起點。她想，既然剛好在讀袁哲生，那就選他的小說吧。她載入那篇〈寂寞的遊戲〉，開始以第一人稱體驗。

她穿著厚厚的土黃色絨褲，褲袋有把超級小刀和幾顆白脫糖，正躲在冬日午後一處堆放農具、輾米機的倉庫。鼻子充滿稻殼、米糠的粉塵氣味，她縮在鐮刀、斗笠、耙子、竹竿壘疊的簡易鐵架旁，掏出一顆白脫糖丟進嘴裡，甜在舌尖蔓延到唇齒，融化中的糖左右滾動在牙齦間，她拿著小刀慢慢切劃著糖果紙。陰涼，甜蜜中隱藏著隨時被找到的刺激，遠處傳來被抓到的小孩咯咯笑的跑跳聲。她暫時安全。在那故事裡，她有兩個好朋友，一個是壞孩子狼狗，一個是窮孩子孔兆年，而她喜歡隔壁鄰居何雅文。故事的梗概就在她讀國一開始，怎樣與兩個朋友漸行漸遠，又怎樣鼓起勇氣加入合唱團而與何雅文變成結伴回家的好友。主要場景是眷村、防空洞、家裡、學校。那約莫是一九七〇年代末或一九八〇年代初，袁哲生的小說文本讓她在體驗過程中，一逕平淡、清遠，明明是第一人稱，卻時常感覺有另一個自己從遠端眺望一切景象。那是個還不太擁擠的時空，天空沒有被樓房招牌握得窄窄的，房子與房子間不那麼緊密，人與時間有些距離，還有許多浪費的餘地。捉迷藏是最簡便、最便宜，也不太需要道具的遊戲，正巧符合那個年代的匱乏本質。

她沒有全本走完就退出，總覺得文本體驗做得有些粗略，時有破綻。好比出現中美合作的麵粉袋內褲（那輩人那時已經不穿了）、狼狗身上的刺青樣式是華麗細筆的塗鴉英文字母（小說明明說他是自己以一束繡花針刺的金魚、鬼臉、火山之類的）。繼續觀覽其他展品，旁白和文字的輔助敘述穿插著剪輯的五年級人訪談，在立體投影下，像是與她同行的朋友，嘮嘮叨叨在一邊說個不停。雖然早該習慣這種「現身說法」的投影，她始終覺得這很像觀落陰，一個接一個鬼魂來跟她說話。要是拿下眼鏡或關掉無線收發訊號，光禿禿的現實就會卸妝般地素裸顯露。沒有人影幢幢，沒有聲音，只有展場器具、物品和空調吹送出來的陣陣冷風。

導覽說著「五年級」做為世代分類乃是種粗糙的概念，二〇〇〇年前後開啟的一系列懷舊風潮，多少與當時所謂的五年級不上不下的結構位置相關。他們一面看著四年級大哥大姊吃香喝辣，一面憂心著六七年級洶湧撲來。而這樣簡單的世代區隔，又常被指成世代差異。「五年級」可能主動發掘了先前少被談論的集體記憶和經驗，藉此建立主體性；同時也可能因為「五年級」的發明，召喚或逼出某些歷史記憶而鑄成凝聚力，編織了「五年級」的組成內容。也就是說，「五年級」因著某些共同記憶結集，之後又反過來造就、補充了「五年級」。由此上下延伸的二三四年級或六七八九年級的區別，大致照著類似的邏輯理路層層架構起來。然而世代並非整齊劃一地由相隔十年的年分組成，如此簡化也易於忽視了各世代的個體獨特性……

她關掉導覽，路過五二〇農運一角、野百合學運一角，路過破爛生活節現場，路過西門町淘兒唱片行，路過和平東路和羅斯福路口地下室的息壞俱樂部，路過師大路地下社會門口，路過這一爿將各路時代產物群聚展出的切片場景。她想翻翻靠近出口處的出版品區。此處布置得像她少女時期的連鎖書店，滿滿的書放置在書架上，按照姓名ㄅㄆㄇ順序擺著，皆已絕版多年的一九八〇至二〇〇〇年代文學書系都在：純文學、洪範、九歌、爾雅、大地、聯合文學、皇冠三色堇、遠流小說館、遠景世界文學全集和文學叢書、時報新人間及大師名作坊、麥田、寶瓶、一方、印刻等等；另一架上是人文及文學雜誌如《漢聲》、《人間》、《影響》、《當代》、《島嶼邊緣》、《好讀》、

《皇冠》、《文訊》、《幼獅》、《聯合文學》、《印刻》、《野葡萄》；詩刊如《曼陀羅》、《笠》、《創世紀》、《現代詩》等。意外的是出現《ＦＨＭ男人幫》中文版，但只收到附有袁哲生紀念特輯的二〇〇四年五月號。不知多久沒有逛實體書店了，或許像她這種年過五十的中年人才殘留著對紙本書的物質眷戀吧。她翻翻林燿德、楊照、邱妙津、黃錦樹、駱以軍、賴香吟，拿起袁哲生作品復刻本，翻開〈寂寞的遊戲〉，讀了幾頁，心想還是閱讀好。她一點也不想進入小說文本的虛擬空間。像小說寫的，馬在跑的時候像飛，潛水艇在水底下巡邏，真正重要的東西是看不見的。

她離開文學館，擡頭看陽光下燦亮閃爍的門面字體，鍾肇政題字的牌匾依舊。轉身面向民生綠園圓環，一列捷運從民生路口半空中蜿蜒滑過。她沿著南門路往孔廟方向走去，邊走邊想起讀小學時到外雙溪中影文化城的往事。當她跟同學小白買好門票，跨入有石砌城牆、飛簷大宅院落的仿古空間，一股失望如雨落下來。小白倒是很興奮，因為恰好有劇組在拍戲。遠遠看到一組人架著攝影機，石板路上爬滿線路和器材，有人高舉著長毛的麥克風，有人舉燈，有人拿著反光板。她不知道小白在興奮什麼，在層層工作人員陣仗後，她們根本看不見人牆後有強光的地方在演些什麼。小白幻想著那可能是本週《中國民間故事》的內容還是《包青天》的最新一集，蹦蹦跳跳著。身邊人的開心造成她更大的落差，原來那些電視裡的古裝連續劇都是在這種假假的地方拍出來的。她逛過假庭園、假城牆、假護城河、假客棧、假衙門一圈，幫小白在各處拍照，跳上離開的公車，路過還在修築中的士林捷運站。那時大人都在說捷運舞弊又火燒車，劫運劫運啊。過兩年，捷運木柵線終於在她生日通車，爸媽興沖沖，特地開車載她跟哥哥一起去忠孝復興站搭捷運，搭到動物園站沒出站，再搭回來。

孔廟是老樣子，像是文明初啟就在那裡，也將會延續到歷史終結。孔廟對門的莉莉水果店照常熱鬧擠滿人，隔壁的福記肉圓也還在。她在孔廟隔壁的忠義國小延伸過來的操場走著，臉上腋下手臂出汗，想著要是丈夫還在，會不會再跟她一起搬來臺南。她沒特別提防丈夫那時的出軌，或許他自己明快做了決定。有種穩定的氣氛如塵埃在光照中細碎建造起來，她遲疑著是否該跟丈夫攤牌明講快二十年，終究沒說。其中有著連她自己都沒察覺的恨嗎，但在他們相處過程中似乎不曾有過這樣的情緒劇烈噴發。她只是接受了做為一個男人的他，好的壞的，喜歡的和討厭的各種品質。大多時候他忠誠，沒有太大企圖或野心，只是盡量過著他想要的日子，有時過於自我。臺南一年像場長假，愉快得記憶稀薄，他們在濃烈的日照曝曬下，曬乾了那些臺北澆灌在身體裡的溼氣。他們帶著乾燥的身軀，重回臺北接上中斷的城市生活。認真說起來，他們在臺南和臺北的生活模式幾乎一樣，流竄在各家咖啡店，抱著電腦做文字活，偶爾想想若是還住臺南會去吃什麼、去哪些地方。十數年這麼過去。打定不要買房買車也不要孩子的生活，在他走到終點的時刻，留下滿屋子的書。簡單的算數顯示，他不可能看完六千本藏書。是以當她打算從中篩選出一同移居的一千本書，就得放棄其餘的五千本。那可能是他的智識構成不重要的部分，卻依然是他的一部分。

使用mini-me全盤掃描他的影像、著作、札記和藏書資料，加上可追溯考據的網路行蹤紀錄，就可以迅速形塑出他的具象人格。即使人不在了，還是可以跟幾乎等同於他的虛擬人對話、提問。在她整理書的時候，就翻著袁哲生的幾本書使用過他的mini-me。一開始覺得可以拿自己的記憶跟mini-me互相對照滿新鮮的，問過幾次後卻害怕起來：要是mini-me的回答跟我記得的完全相反該怎麼辦？mini-me的客服當然會告訴她，這項程式只能根據所存物資側寫出當事人的形象。資料愈充足，接近本人的擬真度就愈高。但一切謹供參考，請萬勿將mini-me形塑的虛擬人等同於本人。本程式亦開放原始碼，各項參數皆可透過社群回饋即時修訂。她想了想，還是不用好了，記憶還是自己的好，即使扭曲失真，畢竟都是自己的事。就這樣她一本本翻著書，盡可能喚起那些大腦角落的零碎記憶，最後挑出五百本書帶走。

她繞了美術館外圍一圈，沒有想進去的念頭，大概因為那裡頭沒有她知道的過去。沿著永福路，路過高掛著電影看板的全美戲院。在這投影世界，無處不可投影，但那看板竟還是維持手繪，標題字照慣例塗著螢光綠或螢光粉色。或許過兩天再來看場電影，考察一下老戲院有何改變。交叉路口的平和齒科醫院好好蹲在那，對著面無表情的派出所。順著民權路往西走，經過西門路，轉向國華街。雜貨行、零食店、當歸鴨、砂鍋菜、碗粿、春捲、肉燥飯一如往昔。跨過民族路，轉入窄細的普濟街，她想看看那家咖啡店還在不在。

當店招的行李箱還懸在騎樓邊，她打開門，桌椅擺設稍有更動，已有幾桌坐著人，隨即他鄉遇故知似的對著店老闆感動起來。老闆端出茶水招呼，「看起來有點面熟，以前來過嗎？」她揀了吧檯高腳椅座位說，「二十年前常來呢。」

「有沒有覺得臺南變很多？」

「剛才去走了一下，除了吊在半空的捷運，其他是沒太大感覺。」

「攏是投影啦，為了蓋捷運，很多古蹟都搖搖欲墜，被政府創得糜糜卯卯。」

「親像彼當時市長、議員都希望蓋不是？」她的臺語還是不輪轉。

「當初時我就反對起。市區的路這麼小條，就算捷運弄高架懸掛，還是太貴太麻煩。人家京都的地鐵也不發達，公車開得嚇嚇叫又方便。那時真該用很多小巴取代沒人搭的大型公車，固定幾條線在市區轉，隨招隨上，這樣也很方便啊哪有什麼不方便。不過現在說這個攏沒效，囝仔生了就生了。今天想喝什麼？冰箱還有甜點可以參考看看。」

「泰國奶茶，冰的。」

她記得這裡熱鬧滾滾辦過不少座談會，政治的、文學的、社運的，有時也放電影。老闆常會在店裡跟客人討論時事，她丈夫偶爾也會跟他聊上幾句。她從包包拿出袁哲生的小說，翻了幾頁，想到丈夫有次提到：

我之前不是跟你說在文藝營認識了唯一一個寫作的朋友廖嗎，他當年得了文藝營創作獎以後，陸續又得了好幾個報紙的文學獎，好像比較專注在現代詩，在一些詩刊發表作品。前幾天我心血來潮想查查看他有沒有出詩集，想說支持一下，結果發現他好像死了。他的朋友在他部落格留言找他，下一則留言就回說他再也無法被找到了。你不覺得很恐怖嗎，我那年文藝營真正有交談到的人，像袁哲生啊廖啊，居然都死了。

「我好像對你有點印象，你彼時是不是常跟男朋友作伙來？」老闆端上了滿滿碎冰的紅土色泰國奶茶。

「對啊，老闆記憶力不錯喔。」

她察覺老闆有些躊躇不知該怎麼問，很快接著說：「伊過身了。」

「歹勢、歹勢。」老闆有些侷促。

她回了一個微笑，心想有什麼好歹勢的，人死了就死了。況且他如願以償死在五十歲。說什麼他的偶像像是瑞蒙・卡佛、波拉尼奧還有王禎和都死在五十。這樣滿好的。

是啊，這樣滿好的。

迂迴的文化傳遞

張誦聖（德州大學奧斯汀分校亞洲研究學系及比較文學所教授）

寒假裡，我的一位博士生鍾夢婷到愛荷華大學創作班蒐集有關香港文學的論文資料。接下來的幾個月，我發現自己的思緒經常圍著這個與臺灣文學淵源極深的碩士班巡繞。

二〇〇九年，史丹佛大學英文系教授麥谷爾（Mark McGurl）出版了一本引人矚目的學術論著，《創作班世代》（*The Program Era*）。主要論點是，戰後美國大學裡陸續成立的上百個創作班，是主導文壇創作典範的主要力量，所扮演的體制性形塑作用超過一般人想像。[1] 尤其觸動我神經的，是他把這個無比龐大影響力的濫觴，追溯到保羅・安格爾主掌愛荷華大學創作班的那二十四年（一九四一到一九六五）。

余光中、葉維廉、王文興、白先勇、歐陽子、楊牧這幾位對當代臺灣文學影響至鉅的現代派作家，不就恰好在這個時段的最後幾年，就讀於愛荷華創作班？他們和當代美國帶領風騷的「創作班世代」作家，年齡既相仿，又受到同一套極為強勢的美學信條的洗禮。然而為什麼目前可見的研究裡，總是把這些人的啟蒙追溯到戰前的現代主義，對上述這個頗為耐人尋味的平行現象卻甚少著墨？

就在這個當兒，衛城出版邀我為黃崇凱的新書《文藝春秋》寫序。這真是個令人心喜的巧合。《文藝春秋》一書好幾個篇章裡，有個若隱若現的作者化身，他對美國創作班風格的標竿人物瑞

1 Mark McGurl, *The Program Era: Postwar Fiction and the Rise of Creative Writing.* Cambridge: Harvard University Press, 2009.

蒙．卡佛的心儀之情，溢於言表。書中首篇小說〈當我們談論瑞蒙．卡佛，我們談些什麼〉就大張旗鼓地向卡佛致敬（卡佛有篇代表作叫〈當我們談論愛情，我們談些什麼〉）。而末篇〈寂寞的遊戲〉中，甫過世的作家妻子，以近乎黑色幽默的口吻說：她的先夫自認能以和生前偶像之一的卡佛同樣死在五十歲，可說是「如願以償」。卡佛出生於一九三八年，晚白先勇一年，比王文興長一歲；推算起來他第一次到愛荷華的那一年（一九六二到一九六三）應該和不止一位臺灣作家有所重疊。而《文藝春秋》的第二篇小說〈三輩子〉，主角正是當年下嫁保羅．安格爾，兩人合力創辦「愛荷華國際寫作計畫」的聶華苓。

其實我心中本來充滿了猶疑。二十一世紀初的臺灣文壇對我來說如此生疏，我怎麼有資格為一位七年級作家寫序？然而，一來，這本書以另類姿態介入臺灣文學史書寫的姿態十分吸引人；二來，書中幾篇以作家生平為材料的小說，儼然是傳統文學裡「外傳」或「補遺」的寫法，趣味性很高，讓我讀起來不忍釋手。這幾篇作品紀實與虛構交織：情節頗為忠實地指涉某位知名作家，而真正吸睛的焦點，卻是那個持有不尋常觀點的第一人稱敘述者。在〈三輩子〉中，他曾經是負責監視聶華苓的情治人員，如今步入晚年，萬般依戀地回首當年與自己年輕生命詭異交集的女作家被軟禁的經歷；並且大言不慚，聲稱若沒有自己那時毫不手軟的無情高壓，使她陷入孤絕，女作家是不可能在六〇年代初寫成她數量不多的一生代表作的。在〈如何像王禎和一樣活著〉這篇準科幻小說裡，故事發生於距今一百五十年的未來，敘述者是移居火星地球人的後代。一個偶然機遇（學校分派作業）讓他讀到王禎和的小說，頓然領悟到，眼下地球對於火星的殖民威脅，和二十世紀美國和中國大陸加之於臺灣的，並沒有什麼不同。〈遲到的青年〉以日據末期多病青澀少年的抒情筆調，敘述在戰後語言轉換下仍以日語寫作的黃靈芝，如何傳奇性地成為一個「真正自由」的無國籍創作者。〈夾竹桃〉裡，滯留大陸，在反右、文革中受盡磨難的臺灣人第二代，幾十年來不間斷地寫信給他年少時短暫邂逅的仰慕對象鍾理和。篇尾，敘述者在暮年之際以大陸遊客的身分，造訪南臺灣旅遊景點鍾理和紀念館，唏噓之情不言而喻。

故事背後的巨大陰影顯然是那些自二十世紀中葉以降，不斷戕害作家生命、強行支配文學史發展路徑的政治暴力。出生於一九八一年的黃崇凱所以能夠與它們拉開距離，自然要拜解嚴後三十年的歷史轉折之賜。塵埃落定，終於可以把這些孽業放置在文學史的知識脈絡裡來觀看。的確，書寫當代史是有一個黃金時間點的。

從某種意義上說，在太平洋另一端，生於一九六六年的麥谷爾得以重新全盤梳理戰後美國文學系譜，也多少得益於冷戰結束後二十年裡所累積的心理距離。麥谷爾說他寫《創作班世代》，是有意銜接一九七一年坎納（Hugh Kenner）的《龐德世代》（*The Pound Era*）。[2] 說銜接或許不完全

2 Hugh Kenner, *The Pound Era*. Berkeley, University of California Press, 1971.

妥當。當年《龐德世代》的出版，為戰前現代主義奠立了經典地位。而麥書的真正意義，在於系統性地剖析了這個文學傳統在戰後美國所產生的質變。創作班體制的先驅們在五、六〇年代以膜拜者的心情，一心一意想要讓戰前大放異彩的現代主義文學再現風華。然而他們努力的結果，卻是一套截然不同，極大程度上反映了自身時代趨力的新寫作典範。

這背後有社會性的因素。戰前的現代主義作家大多出身於上層中產階級，而創作班主幹卻是二戰後美國大肆擴展高等教育體制的產物。他們大多來自於經濟拮据的低層中產階級，其中不少是二戰後復員的軍人。五、六〇年代的冷戰意識形態更是扮演了關鍵性的角色。胸懷熾烈愛國情緒的安格爾，主張將自由主義文學理念打造成與蘇聯統戰抗衡的反共利器，並以此說服了長年資助創作班的金主洛克斐勒。

歷史開展的臨門一腳，總是些極其偶然的個人性因素。安格爾自己是位資深詩人，深信創作必然是個刻骨銘心的痛苦過程。創作班教學採小班制：每位學員定期繳出個人習作，當面接受大家的點評。麥谷爾認為這個經驗足以煽動湯姆金（Silvan Tomkins）「情動理論」（Affect Theory）所指認的最基本的人類感情元素，「羞愧」（shame），並把它轉化成火浴鳳凰的創作原動力。

美國戰後初期仍是經驗主義（pragmaticism）盛行的年代。人們所揭櫫的理念是必須可以扎扎實實地付諸實踐的。創作班要求學子們孜孜矻矻奉行不移的，是下列三條指導寫作的金科玉律：

展示，不要說明（Show Don't Tell）

找出專屬於你自己的聲音（Find Your Voice）

寫你自己所熟悉的東西（Write What You Know）

看似平凡，卻被賦予了強烈的宗教意涵。淬煉寫作技藝被當成與生命相終始的苦行功課；嘔心瀝血的終極目標是通過象徵媒介的有效重組，讓「生命真實」得以肉身再現。麥谷爾書中觸及這個現象之處頗多。例如，他認為創作班世代早期的典型作家歐康納（Flannery O'Connor），似乎把對天主教規訓體制的虔敬態度移花接木般地挪用於寫作志業之中了。

地域主義也留下了印記。創作班世代在現代主義眾神榜中明顯偏愛本土偶像。以小說而論，海明威和福克納脫穎而出，被奉為「極簡」、「極繁」兩極風格的最高典範。

讀完《創作班世代》，記憶中幾個偶然事件彷彿有了新的含意。夢婷告訴我，她在翻閱愛荷華檔案時發現，葉維廉和王文興兩人畢業後仍以書信和安格爾切磋創作理念。我還記得有一回在《家變六講》的會後討論裡，王文興鄭重宣稱：對他寫作風格影響最大的是海明威——不是喬哀思！——讓許多在場的聽眾覺得難以置信。然而，有沒有這個可能，其實是我們這些總是奉戰前現代主義經典為圭臬的研究者，選錯了典範，被先入為主的觀念誤導了？

《文藝春秋》裡有一篇寓意深刻的小說，叫〈狄克森片語〉。這篇小說由兩條故事線組成：其中之一說的是古巴女孩羅莉塔的傳奇經歷。她因尋父離開故鄉，二戰後移民紐約，嫁給從東亞戰場回國的英語老師狄克森，後來成了《狄克森片語》的合編者。另一個故事的主人公是柯旗化。四九年後的白色恐怖讓他身陷囹圄，卻在獄中完成了臺灣英語教科書市場中的翹楚《新英文法》。兩個生命並無交集的普通人，卻聯手打通了全球性文化傳遞的督脈，讓英語這個二十世紀稱霸全球的強勢語言，跨越了廣袤的地理界域，和第一、第三世界之間的鴻溝，進入了臺灣幾代人的生命之中。

我們追索愛荷華創作班這個紐帶，如何把美國和臺灣的當代文壇勾連起來，似乎也應該把文化傳遞根莖蔓延、迂迴不可測的基本模式牢記在心，才能充分體悟美學上親近血緣的真實意義，而不讓那些耳熟能詳、適用於背景分析的範疇（西方資本主義、美國冷戰外交、右翼自由主義等）簡化或遮蔽了有關文學史本身的知識。

六〇年代的臺灣現代派作家，憑著自身的才分和努力，加上學院所賦予的有利資本，把一套深深銘刻了創作班美學印記的文學觀移植到臺灣，在「那些不毛的日子」裡傲視群英，一枝獨秀。這個舶來的，具有菁英性質的文學典範，在回歸鄉土和社會關懷上升的七〇年代飽受質疑。然而更具有侵蝕力的，是繼之而起，遊移在中額和菁英之間的副刊體制對它的選擇性挪用。篩減重構的過程中，「語言錘鍊」和「形式實驗」勝出，受到不同世代、流派作家的青睞。「文字煉金術」

儼然成為當代臺灣文學最可辨識的現代主義遺產。然而，那些被剔除了的元素呢？時移事往，它們還會透過其他管道或文化產品的流入起死回生嗎？黃崇凱對卡佛的鍾愛，是否可以讓我們窺知一些端倪？

印象中，黃崇凱所屬的這一代作家最為得天獨厚之處，除了自幼就成長於民主化的臺灣社會中之外，也在於他們隸屬於新世紀裡躍登世界舞台的「千禧兒世代」(the millennials)。冷戰結束為資本打通了更多流通管道，全球市場上形形色色的文化產品、美學資源，只要有意願，便多數唾手可得。他們的專業養成環境因此也比前輩作家群來得優越。當然，所負的擔子也不輕省。市場機制席捲之下，純文學板塊相對萎縮，彷彿只有重拾「寓教於娛」的古訓，才能立於不敗之地。而同時必須面對的，是不知伊於胡底的，數位革命對傳統文學形式日益加劇的挑戰。

這大約也正是麥谷爾筆下創作班世代作家的宿命吧。「商業加科技」的美國社會主流價值對於藝術的無形壟斷，在戰後的年代裡有增無減。印象中小說創作者恆常在文學獎和好萊塢（或是近十年來進入黃金時代的有線電視劇）之間擺盪。誠然，現代主義的魅力從未全然消褪。在叫好又叫座的成熟作品中，「生命真實」總有機會冒出地表，瞬間閃爍。而創作班典範的影子也仍然清晰可見：小說寫作工具箱裡的各樣法寶早已成為作家們的基本配備了。

值得一提的是，創作班世代作家著力至深的敘述觀點、情節布局、和聲調摹擬，也正是《文藝春秋》作者運用得最為出奇制勝的幾項寫作技巧。「作家外傳」裡的魔法越界，讓人耳目一新。冷不防一躍而出，降落在公認的「臺灣文學」領地之外。出場的是不具有傳統文學戶籍的人物：過氣的情治人員、多年後的火星居民、被人工保留的已辭世作家大腦、在北京落戶的臺灣人第二代。透過這些主體意識的折射，文學史上的種種糾葛名正言順地扭曲變形，由此而產生的陌生化效果，醍醐灌頂，不斷吸引讀者們（當然是來自於一個小眾讀者群）將眼前所見與他們原先擁有的臺灣文學史知識進行比對、填充、回味。這些閱讀經驗的知性愉悅，多半來自於作者充滿巧思的情節布局，和得心應手、貼近自然的聲調摹擬。

《文藝春秋》一書中有不少觸及生命真實之處。最讓我感到心有戚戚焉的，是作者對「文學」這個不見得是亙久不變的人類文化活動所做的本質性思考。落實到發生在當代臺灣的具體個案裡，讓一些抽象的玄思頓然變得有血有肉。逆境果真是創作的必要條件嗎？文學靠語言媒介來維繫它的命脈，何其脆弱。即便陰錯陽差地成為現代「國族國家」的漏網之魚，黃靈芝是真正自由的創作者嗎？

全書前後兩半氣氛差異頗大。儘管做為前半部故事原型的作家生平多半坎坷，然而「文學」本身的神聖性和救贖性卻一再被作者肯定。反觀後半部，雖然作者暗示，這些篇章裡的小百科、漫畫、另類樂團、新電影等等種種流行文化類型，在當代人生活中早就取代了文學的部分功能，成為寄託情感、記憶、自我認同的重要載體，但是作者對它們的命運似乎頗為悲觀，充滿了徒勞和懷舊的情緒。有幾個場景格外耐人尋味：作者預想，不假時日，「虛擬現實」科技將會系統性地轉換我們的傳統閱讀和觀影經驗；而故事中人物的反應十分曖昧，隱隱透露著焦慮。

「反身自涉」大概可以說是現代主義藝術最獨特的一個特徵了。藝術家們對於本身創作行為，以及作品意義的萌生過程，充滿了好奇，不時轉身回眸自顧，原是個由來已久，極為普遍的現象。而這在承襲了現代主義核心精神的當代文學裡，似乎是更具有標誌性意義。因為它所記錄的對象，以及它所賴以生存的文學體制，都愈來愈呈現出「專業化」、「分殊化」、「區隔化」這些現代性特質，使得「創作」成為一個高度自主自律、非自然萌發的人類行為，無可避免地在參與者之間激發出自我探究、自我界定的欲望。麥谷爾在書裡花費了相當篇幅來討論創作班世代的「自涉詩學」（autopoetics）。而《文藝春秋》一書顧名思義，是本記錄文學活動、自涉性極強的小說集。作者念茲在茲的對於文學本質、創作媒介、未來藝術形式的好奇追問，顯然攸關著一個寫作者的「生命真實」。由此而展開的對於文學體制本身演變過程的自覺性反思，似乎也意味著現代主義基因在新世紀的當代臺灣文學創作活動中依然強韌無比。

歷史、虛構與疼痛

詹偉雄（文化評論家）

I Am not Interested in truth. I Am Interested in Reality.

——Hayden White

身為業餘讀者，我很享受讀小說的時光。

小說帶著讀者離開眼前現實，進入另一個時空。讀者能津津有味地讀下去，是因為作者創造出引人入勝的角色人物，透過一個個接續的事件，穿越他們的對話或獨白，讓我們捉摸出角色奇特的命運，也許也讀出一些人生的況味。當然，小說中的場景勾勒、物事寫真、時裝造型，乃至陽光、落雨、雲霧、晨曦……這些靜態的描寫，也能建構出氣韻十足的時代感，讓讀者胸臆大開。

也因此，在我有限的閱讀經驗裡，我一直偏執地相信：小說應當是虛構的。

我以為，小說作者除了最大範圍的時間與空間——例如石黑一雄寫《長日將盡》的第一次世界大戰或白先勇《臺北人》中的臺北城——之外，他或她所處心積慮的，就是避免其小說中的主角、場景、情節、事件、器物……有其準確、清晰的現世社會對應。這樣的傳統有其合理之處，因為「全然虛構」的預設，會讓讀者產生「懷疑擱置」（suspension of disbelief）的閱讀準備，不會對故事裡的細節斤斤計較、考究真偽，帶入它種情緒的雜質，如此才更能從容地「享受故事」。

我是這麼深信著，一旦我們與小說家共享了敘事中諸多的「事實」和「真實」，我們不可能不帶入閱讀小說前對這些關鍵事物（或事務）的既有評價，如此也就不可能平靜地待在敘事的情節進行中，這麼一來，閱讀美學的純度便有了折扣。藝術表意的關鍵在於「再現」（re-presentation），創作者運用「事實」（facts）以建構「真實」（reality），最終則揭櫫某個隱晦的「真理」（truth），小說讀者普遍習慣了那些敘事中的「事實」和「真實」與閱讀者親身經歷的人生世況是平行宇宙，如此他才能不設防地進入敘事之中，領略作者所擺布的各種道德困境或人生謎團，只要在「真理」的這個終點上，小說讀者能獲得某種感動、啟示、領悟……乃至悲憫，小說便完成了它的「敘事真理」（narrative truth）任務。

當然，這樣的想像與以為，概括的不是現代小說發展的真相，而是我做為業餘讀者的身世。「紀實小說」的出現，說明著即便讀者能判別小說中的「事實」和「真實」，卻仍能緊張於敘事背後有那麼一個更迷惘與更深邃的「真理」——當然，這是厲害小說家才能辦到的事——而輕易地鬆脫那個自我訓詁的防衛栓，美國作家卡波提（Truman Capote）針對一樁謀殺案所寫的《冷血》（*In Cold Blood*），就是這麼一部傑作。

另一個動搖小說虛構邊界分際的敘事類型是「現代新聞」，它們揭露一個個事實，嘗試建構一組真實的因果情節，執意要為新聞事件提供一個封閉式的真理詮釋，但愈來愈多的事後探究卻顯示：這些標榜「事實」、「真實」、「真理」一以貫之的新聞寫作，其實比全然虛構的小說創作更不可靠。

「歷史小說」則是另一種類型，身為讀者的我們，完全明白小說中所有的人事地時物都是「真」的，卻也自動地把它們全都當成「虛構」來看待，亦或者，我們完全不計較於事物和事件之真，卻全心全意陶醉於主角和歷史對拚之運命糾葛，也就是全然虛構的那部分，終至念念不忘。

捧讀黃崇凱的《文藝春秋》，對於我這個業餘讀者，則是另外一種考驗。

十一篇小說，每篇都對應著一個貨真價實的真人或真物，故事便圍繞著主角與這一真人真事的糾葛而展開。然而，小說的張力並不來自於情節的推進，主人翁沒有神奇與戲劇的經歷，他往往只是現時社會的一具縮影，對比著那從歷史中走出來的人物與文本（半世紀前的聶華苓與瑞蒙・卡佛、日據時期西渡北京的鍾理和、八〇年代的楊德昌、叛亂監獄中編寫英文教材的柯旗化、世紀初自殺的文藝營導師袁哲生），淡泊而困頓地存在著。璀璨、華麗而迷人的，卻是那些迢遙時空距離外的人與物，他們被小說家以極度精細、檔案學式的描繪與勾勒，如同浮空投影般地現身在二〇一七年的現世時空裡，隱現著一種輝煌且傲岸的詩意。

不同於紀實小說與歷史小說，《文藝春秋》要求讀者纖密地審視這些人物檔案，介入這些實質主角的人生判斷和抉擇，它不允許我們把這些情事方便地、權宜地當作虛構看待，在閱讀的這一刻，它律令著一切都是史實，而且它還在我們通曉的材料之外，提供更多的細節，譬如在〈三輩子〉這篇與聶華苓自傳同名的小說裡，敘事主人翁是一名當年刺探她也愛慕著她的情治人員，讀者很輕易地界分出他的想像與渴望是虛構的，但他的跟蹤與調查細節，卻可是歷史與傳記中有憑有據全然可考，這種極度真實框架下的虛構，閱讀感受非常獨特，我姑且揣度，這是一種獨特的歷史敘事情懷。

當今的歷史學主流，早已揚棄定於一尊的真理詮釋，學者明瞭要進入歷史，只能憑著各種新出土的史料多次來回，歷史是穿梭現在與過去的一種永恆的意義建構，重點不在得出蓋棺論定的結論，而在於由其一次次織縷密布的細部逆溯，獲取那飄逝迷離的歷史情懷，滋潤出直面惶然現實的創造力。歷史學家懷特（Hayden White）鼓吹歷史學與文學的結合，他曾這麼說：當一般歷史學家提及文學時，率皆認為文學是虛構的，但我不建議把文學寫作看作是全然想像的東西，因為它處理的都是無比真實的事物。

《文藝春秋》記錄著文化人撞上歷史真實後的疼痛、寂寞和猶豫，它也召喚百科全書似的既存文本，讓於其中度過青春歲月的讀者，得於時光隧道中分享片刻溫暖——歷史無言但閃現光芒，文藝也因能春秋，而不再輕如鴻毛。它是如此致意著也因而抵抗著，它是九〇年代臺灣文青的一部心態史，也是一本新銳小說。

哭笑不得的臺灣心靈史

駱以軍（小說家）

這本小說集的第一篇是〈當我們談論瑞蒙．卡佛，我們談些什麼〉，它似乎定下了這《文藝春秋》十一個像獨立短篇，又像一部長篇的十一篇章變奏的主要密碼鎖的迴路設計：當我們談論××（可能是聶華苓、王禎和、鍾理和、袁哲生），我們談論什麼，而這談論著這個××的「我們」是誰？在作者的設計裡，他們是某種「瑞蒙．卡佛小說式的人物」：他們是非典型人物，生命的挫敗者，被隔絕於正常人生之外的被掠奪者，某部分來說，他們可能不是理想的談論者，因為他們在談論××的時候，可能閒扯搭聊的是另一回事，另一種東西。這個談論者的生命困境，或他原本隱藏未露的黑暗陰鬱，屈辱與損壞，會在那談論的過程像車子漏油那樣漏出來。

這篇〈當我們談論瑞蒙．卡佛，我們談些什麼〉，那個「我」很明顯是個瑞蒙．卡佛控，他在和廢材朋友哈啦，一種典型臺灣青年間的虛無、怨恨、賭爛的對話中，他們好像聊的都是臺灣人大陸人這些話題，關於已經發生交流的臺陸青年對統獨的擡槓，突然在某個轉岔，「我」開始說起瑞蒙．卡佛那倒楣、困頓的作家人生，他的酗酒和五十歲就掛掉，瑞蒙．卡佛在這樣的被談論中，造成了一個上揚的詩意，但立刻讓廢材哈啦的氣氛冷掉。第一篇的起手式，黃崇凱似乎以一篇臺式瑞蒙．卡佛腔的小說，預示了「當我們談論瑞蒙．卡佛時，其實我們那時在談的是臺灣」，一種一言難盡，可能得用曲率、折射、繞射、描繪一個不存在的白矮星、必須講另一件事情、穿過那些（他挑選過的）各自生命史或某種倒楣、掉鏈的小說家的小說，「當我們談論聶華苓或漢聲小百科或楊德昌或林強，我們談些什麼？」我們談的其實是這個小說家奇異的曲率所描出的古怪、暗藏隱晦、突梯、哭笑不得的臺灣心靈史。

這本書中的各篇小說，敘事者都予人一種「畫外音」、「鏡頭之外的人」、「和那個作家有極遙遠距離的讀者」，可以說理想的閱讀可能被剝奪損壞，變成一種充滿執念的對某個作家或某本書歧路或另造歪路的追尋。可以說這本書可以稱為「十一個尋找作家的讀者的故事」。譬如〈三輩子〉這篇，敘事者是個長期監視聶華苓的情報人員，他可能是「聶華苓」這個作家最忠實的讀者，像電影《竊聽風暴》，情報人員對無所知的對象進行監視，那形成一種最違反道德的全景觀察，非常怪的這種視覺暴力卻非常接近偏執狂讀者的理想狀態：包括雷震案所牽連的白色恐怖；傅正被抓（軍警來帶人時，聶華苓讓女兒繼續彈琴的歷史場面）；殷海光抑鬱而終；保羅．安格爾來臺北時，兩人的邂逅；乃至兩人在愛荷華成立國際寫作計畫……，非常弔詭的是，這位情報局人員隨著監視的獵物老去，他也逐漸老去，那些無人知曉他在畫面之外監視的畫面，竟和後來聶華苓自傳《三生三世》記錄的段落完全一致。文學史的紀錄片與情報局的檔案文件疊印成同樣的敘事。時間在迫害者和被迫害者身上形成一種奇異的共同完成，事實上，在黃崇凱的《文藝春秋》挑選了聶華苓，她正是被放逐於臺灣文學史時鐘之外的人物，那種「什麼都不是」的恐懼、瘋狂與崩解，寫在她於美國時創作的《桑青與桃紅》。由一個始終在場卻隱身的情報員，來重描這個「在之外」的存在，這或也給予接下來諸短篇，一種亞歷塞維奇所謂「二手時代」，一種觀測鏡成為無效工具，然其玻璃之稜角、色暈、弧形反成為考古證物的不可能被看見的曾經發生。

〈如何像王禎和一樣活著〉是這本書裡我最喜歡的一篇，這個科幻小說的設計，讓一百五十年後在火星生活的年輕人，學校老師給的作業，是探討王禎和這位幾乎被遺忘的臺灣小說家。敘事者是在「未來」的時間之外，甚至地球之外的火星，這樣想將王禎和的小說復建，將臺灣認同的難題擴張成火星認同，離散與歷史痙攣造成的我與他者在時光中完全不同的感性，放到了星際尺度。火星移民者在幾代後，對地球產生了複雜的脫離情感。幾百年後一個火星孩子重讀王禎和的小說，也成為一種歷史或庶民史曾經的傷害、羞辱，難以被後來的讀者破譯之悲哀。火星上「開採的礦藏、金屬資源大多流到地球，而這個經濟圈的形成，自然要壓榨新開發的地方，就跟古時候的大帝國四界壓榨殖民地沒啥不同」。臺灣如果做為這科幻小說火星的隱喻，則地球未必是中國，甚至是王禎和小說中焦慮或戲謔化的全球資本主義鏈所造成的看不見的（美日）殖民情境。因為被甩離到遙遠的火星，「我」被迫在空間和時間的域外，重新翻譯出王禎和小說的現實維度。某種移形換位，臺灣小說或臺灣文學，成了像火星文學一般，可能永遠是地球本位文學史的漂流幻影。黃崇凱可以將王禎和小說的閱讀、解譯，放置在這麼奇異的虛擬時空，將王禎和小說獨特的滑稽笑謔，以一種投擲向未來的座標，將那滑稽突梯再平方或立方，這裡或暗藏了《文藝春秋》一書的「臺灣文學史」悲觀，如果這是一個持續漂離的模型，那麼王禎和小說人物，某個時光考古層的後殖民糾葛、顛倒、滑稽，將難以被後來的讀者曲徑通幽。

〈遲到的青年〉是借大江健三郎的長篇小說之名，核心之語是「我在戰爭中遲到了，無可挽回地遲到了」，做為日本戰後的社會、心靈、歷史感、作家的意識，種種的思辨體小說。但黃崇凱卻像是顛倒了這個題目原意的，寫了一位生涯跨越二戰結束的臺灣作家黃靈芝，像當時許多已嫻熟用日文創作，卻在戰後驟轉中文書寫、禁絕日文的同一個島嶼，無所適從竟而失語的臺籍作家相同。他持續以優美的日文創作，不論小說或徘句，那成為一個無人閱讀的祕境。這篇小說或可見黃崇凱小說語言可以任意變換的功力，全篇竟類仿日文小說的典雅、壓抑、感傷的大正文風，黃靈芝的「遲到」，是透過日據臺灣時建構的文學啟蒙、想像與教養，之後這些「文學」所依附之語文，被禁制消失，那個持續、延遲的創作，仍在自己的宇宙靜靜燃燒，這是語言的畫外音，語言的鏡頭之外的人，文學史時間的魯賓遜。那並不像遲到，而是以對文學的虔敬，趕赴一場盛宴，卻發覺包廂已全被撤換的荒謬。「自禁絕使用日語文以來，他在病中反倒常想著，語言究竟是什麼？就藝術創作來看，無需語言的音樂和繪畫，絲毫不受語言的影響，唯獨以言語文字為媒介的文學被牢牢框限。」黃靈芝的一生創作，「以無根、無繁衍、無互動的語言書寫，那也不過是我個人的事」，在這《文藝春秋》裡，很奇異的無比之「瑞蒙．卡佛」。

〈夾竹桃〉是另一個版本的「遲到的青年」，敘述者是鍾理和在北平時期相識的一位臺灣文學青年，所謂臺灣文學之意識，產生自與黃靈芝以日文文學啟蒙約同一時間點，然背後的現代文學場景卻是老舍、周作人的北平，鍾理和的〈白薯的悲哀〉，或是「臺灣—瀋陽—北平—上海」這樣國家之外流浪動線的某種「五四腔」的自我疑惑。鍾理和做為那時代臺籍作家有中國經驗者，戰後回到臺灣；而這篇小說的敘述者卻留在四九年（一九四九年）之後的北京，經過三反、五反、文革，老舍投湖自盡，傅雷先生服毒自殺，「我」因臺灣人身分在共和國的暴亂中吃盡苦頭。他仍持續連結著「中國的臺灣人」的難以言喻之感，竟是和其實已在四九年（民國四十九年）辭世的鍾理和單向的寫信。這也是個忠實讀者的故事，但「白薯的悲哀」似乎是臺灣回歸中國時光源頭的裂隙，鍾理和回到臺灣，他的作品始終有「原鄉」與「祖國」這兩個對位；而這位持續和他對話的臺灣同鄉，留在大陸卻始終什麼都不是。《文藝春秋》裡的這些人物群，讓我想到博拉紐《狂野追尋》中的那些墨西哥人、內在寫實主義者，他們是像灑豆子般被扔進不同歷史情境中的倒楣鬼，沒辦法追溯大歷史，只有糊里糊塗、四散彈跳的個人生命史。

〈你讀過《漢聲小百科》嗎？〉這篇也極妙，這裡引一段維基百科上的介紹：

《漢聲小百科》是一套由臺灣「漢聲雜誌社」編輯、「英文漢聲出版公司」（Echo Publishing Co., Ltd.）一九八四年十二月至一九八五年十一月出版的一套兒童百科，全套書共十二冊，為臺灣著名的兒童知識性書籍之一，以「本土性」、「圖象化」與「科幻導入」為三大特色（參見其序文〈進入科學世界的書〉），口號是「帶孩子進入多采多姿的科學世界」。不同於一般百科書籍，該套百科的十二冊各以月份為名，並以日期為單元，共有三百六十八個條目（一月冊包含一個十二月三十一日，十二月冊多一個個別單元）。雖然該書為百科類書籍，卻以故事劇情貫串十二冊的全部主題：身懷各種超能力的小百科從外太空前往地球實習，最後落腳臺北市李家，指導阿明（李永明）、阿桃（李永桃）兩兄妹學習與關心身邊與世界上的各種知識……

臺灣六、七年級一代的人，可能是看著小百科長大的，那不只是一種「挑選過的世界知識啟蒙」，甚至可能就是他們持續生長其中，說不出的窄扁、憂鬱、一個壺中世界，「世界的模型」，或說是相較真正的大型百科，漢聲小百科是一臺灣人能意會而笑的刪減、卡通化的版本。這些讀著小百科的少年少女長大了，發現世界並不像小百科所描述給他們的那麼有趣豐富，這篇小說最妙的是，它假設小百科裡的那位「阿桃」長大了，她的真實人生是什麼境況？無有特殊的初戀、破處、工作，和任教學校男同事婚外戀，跑汽車旅館；至於那個「阿明」則是個男同志，卻娶了個女人生了兩小孩，最後變多元成家兩個爸爸一個媽媽兩小孩生活在一起。這篇小說讓我像起日本內向世代小說家三浦朱門的《箱裏的造景》，即使不是亂倫，所有人也生活在一種封閉關係的藤蔓互纏。那或是黃崇凱這一輩人的「寶變為石」，臺灣或不再是聶華苓出走、黃靈芝失語、鍾理和自況為悲哀白薯，或王禎和的殖民語境顛倒的那個臺灣，而是健保基金崩潰、服貿像浪潮可能衝擊礁岩生態各行業、青年貧窮、工廠生產線般的升學就業、一種惶然、困沮，從《漢聲小百科》的萬花筒轉換成一種窒息沉悶的筒狀世界。這個長大後的阿桃說「我閉眼念口訣似的背誦小百科教導的人體知識：人體內含6根鐵釘，可製成900支鉛筆的碳，可製成2000支火柴頭的磷，足以載人飛上高山的氫氣，頭髮可支持8000公斤，心臟一生跳動26億次，指甲一生可長250公分，眼睛能分辨800萬種顏色，鼻子可分辨4000種氣味，打噴嚏的速度比颱風還快，一生可排泄3000公斤的糞便。許多知識在轉換之間逐漸散失意義，無用的知識使我安心。」

〈向前走〉全篇就像一首rap饒舌歌，滴滴度度就說了一遍臺灣解嚴後的流行歌簡史，「周杰倫第一張和第二張專輯全部歌曲、張惠妹前兩張點得到的歌、孫燕姿前三張點得到的歌、蔡依林《看我七十二變》之後兩張的歌（小雞說明：我以前很討厭她，但你看她多麼努力，即使被甩了照樣唱歌跳舞又整型不斷挑戰極限多讓人敬佩）、全部的陶喆、王力宏、陳綺貞、五月天、伍佰以及全部的張學友（每一首都會唱有嚇到我）；點得到的薛岳、沈文程、葉啟田、施文彬、江蕙、梁靜茹、莫文蔚、林強、張震嶽、優客李林、董事長、四分衛、脫拉庫、乩童秩序、L.A. BOYZ、MC Hot Dog、大支……」或也可看出這小說家切換不同語言腔調的功力；但或許從這篇之後，《文藝春秋》這書便進入「小時光」，既展演一種雜駁碎物野史癖（應該像《春申舊聞》那樣的文人筆記），但確實這一切流光幻影的人名、歌曲又那麼朝花夕死，他們短暫地只活在一代人的青春記憶裡，〈你讀過《漢聲小百科》嗎？〉若是小說家試圖展延一種「二次元世界的人物拉到真實世界」的乖異感、影戲感；〈向前走〉則是一種一維的線性時間，無法追憶逝水年華，因為一直向前走的矢向，饒舌歌說這故事的人便蒸發消失，不會再說第二次。

〈宇宙連環圖〉是借卡爾維諾書名，同樣的將活著的時光拉扯進一個漫畫誌的小歷史，隨著連環圖的嵌入，敘事也被切斷，「小賀打烊妥當，靠在吧檯畫圖。關掉背景音樂的室內，冰櫃運轉聲斷續，鄰近狗吠低低流過。這些細碎聲音會生出線條，這些線條會連成圖樣，這些圖樣連續編織下去，就是連環圖。小賀專注，幾乎沒有意識地任隨右手和自來水毛筆自動運作。」我們可以確定黃崇凱是非常清楚對小說語言的介質、節奏、句式之限制，充滿一種不信任的剝離和分裂意識，也許這篇的《文藝春秋》，如前幾篇暗藏了一個不在場的臺灣作者：楊德昌，但整篇卻以流光打在白牆上，阿伯心中繁花簇放的那些漫畫，做為這邊這個世界的播放。這篇小說讀著讀著，竟讓人想起陳淑瑤的《流水帳》，在臺南的這一家叫「阿魯吧」但很像里民活動中心的pub，時光像粉塵漂浮打轉，傳遞這些漫畫英雄的美國、日本，或《漢聲小百科》裡那對未來烏托邦的想像，都和這小說裡的這群人極遙遠，他們像被棄置在一個低成本電影的播放感和空鏡頭之中。

〈狄克森片語〉這篇延續著前面所言「對小說形式的神經質、敏感、抽離意識」，這是我們一整代一整代臺灣人升學考試，那近乎「器官」的必然附帶物，這篇小說仿狄克森片語的句式與舉例造句，「主詞、受詞、名詞、形容詞、副詞和動詞組成的結構」，我們可能被這些造句延展成一種考試的機械化的整段故事，這樣由狄克森片語的章節形式，後面卻藏著一個在白色恐怖年代，僅因別人誣告便到綠島坐十幾年牢的倒楣鬼的故事：柯旗化的故事。和《狄克森片語》一樣，我們整個上下幾代，對於聯考英文的必備參考書：《新英文法》，其實這本英語教材的作者，經歷著十幾年的冤獄，他甚至是柏楊這些外省政治犯的獄友，也經歷了一九七〇年的泰源監獄暴動，許多人被槍斃了，時移事往，囚犯們陸續被釋放了，只有他進入一種卡夫卡式的荒謬、胡鬧、無表情的施暴，刑期無止境的延長。諷刺的是，坐困火燒島，無法參與孩子成長，失去真實人生的倒楣鬼，諷刺的是，這個倒楣鬼，他的《新英文法》卻成為整個臺灣所有考生的必備英語書。那是一個卡夫卡的《美國》，所有人學著那個國度的片語、文法、句式的使用，但黃崇凱顛倒夢幻的用那考生必備的參考書語句，說了一個「活在另一邊世界的人」的故事。這也就是「臺灣的瑞蒙·卡佛」，經過戰後個人史被歷史曲扭，一些微小的惡、平庸的暴力，可以將某個個體內在擊打成常人無法想像的鐘乳岩洞，瘖痍嗚咽，小說家不斷往那幽微之境探勘，「沒有比這還瑞蒙·卡佛了」的奇特投影。

隱藏於〈宇宙連環圖〉牆上光影的楊德昌，在〈七又四分之一〉這篇裡全景簇放，黃崇凱又展演了一次所謂瘋狂讀者、最專業且偏執，對某位創作者的百科全書加八卦雜誌的如數家珍，那變成一種催眠夢囈的敘事，而小說背景設計在二〇七〇年代的人工智慧電影遊樂場，遊園者（或讀者）可以介入、拆解、重組楊德昌每部電影中的段落。這個遊樂園主人最後說的一段話：「我花了一輩子做這些，藉此研究楊德昌電影的每個鏡頭、段落，分析他如何拍出這些作品，為的就是希望可以複製出另一個楊德昌，令他繼續創作，完成有限生命來不及做完的事業。我希望知道他怎麼看待現今這個世界，希望他透過電影記錄我們此時的生活，甚至尖銳地揭露或批判現世。我希望他一直拍下去。這次又失敗了。不過我不會放棄。我會再次把你造出來，讓你學習所有電影的知識，讓你再深入地理解楊德昌，直到你可以化身為他，在這個世界拍出真正的電影來。」這段話可以做為這整本《文藝春秋》的作者自況，這是一本將「後設」造建成「可能和作者真實生活的那個年代」、「作者在作品中摺縮隱密的那個世界」，另外一個平行宇宙。那可能是我們現在這個世界一百年後的未來，可能是《文藝春秋》中諸創作者形色匆匆閃瞬錯過的另一個垂直街景，一個挪移換位、也許瑣碎、喇賽、沮喪，但多出那一個躑躅時光的觀看和想望，「如果這個創作者可以不那麼衰，不受到那麼不公平，不那麼抑鬱，不在一個八又二分之一又被削減成七又四分之一的國度」的「黃崇凱小宇宙」。

這本小說集的最後一篇〈寂寞的遊戲〉寫袁哲生，我讀了自然被那難以言喻的「時光」與「小說」這件事的後座力衝擊，袁是我同輩創作者，許多同時在三十上下對創作未來的徬徨、不得志、自嘲衰咖的情景，如在眼前。活著是一種接力賽，小說中這個參加了文藝營，因此記下了袁哲生做為文藝營導師的形象，乃至於袁自死，一種潦草、尚未搭建完整的這個時代的文青對文學的入場券想像，結果可能告訴這年輕人「那裡頭是什麼」的兄長人物，留下了「寂寞的遊戲」。更年輕一代面對文學環境的蕭索、迷惘。小說的後半，敘事跳成約三十年後，這位追記袁哲生的後輩，也已死去，活著的時光，或以這活著的時光而執行敘事這件事的，變成這文青已半老的妻子。袁哲生的短篇擅寫空鏡，或人物不被多餘心理描寫，只但寫其在生存狀態的一種輕輕搖晃、人間失格、或進不去正常的舞臺，或是臺灣小說最早有受瑞蒙．卡佛短篇影響者，這本《文藝春秋》以瑞蒙．卡佛開局，以袁哲生收尾，既讓人對這樣一場「文藝春秋」吁嘆哀感，也嘆服整個鐘錶機械盒般，繁複隱密的嵌錯結構。從聶華苓、王禎和、黃靈芝、鍾理和、甚至藏於故事後開「阿魯吧」的賀景濱、寫英文參考書的柯旗化、流行碎片的林強、楊德昌，乃至過早結束生命的袁哲生，他們各自被時代不同形狀的暴力或乖運痛擊，形成不同的凹凸歪斜生命史，但他們各自在星系的外面的外面漂浮，被一臺後來飛行出去的小太空船伸出機械手臂打撈，每一次伸向那無垠黑暗處，就多領會一些文學微小但尊貴的什麼。當我們談論這些文藝春秋時，黃崇凱想說的其實是什麼呢？

我們可能忽略了黃崇凱從《壞掉的人》、《黃色小說》一路創造的，某種古谷實風格，或博拉紐《狂野追尋》中，那些貧窮、偷拐搶騙、對真實茫然爆幹，距世界文學中心最遠之邊陲的內在寫實主義年輕詩人，這種廢青的人物形象。我們可能忽略黃崇凱可能是黃錦樹那「虛構出一本不存在的馬華小說選，且每篇偽造的小說可能都是充滿世界前沿小說的極品」，但真實的那個應該出現這種小說群的背後，卻是離散或政治因素對「可能頂級小說家之生成環境之滅絕」，這種朝未來無中生有的文學史狂想，唯一的類似願景。我們也可能忽略了，這本書中各自單篇，都內含著對「小說之可能」不同形式的辯詰、掙撲、找尋逃逸之次元路徑，這些技藝的難度。他用這些狂想的形式每篇不同的讓這些作家成為小說的充氣娃娃，這卻讓我想到美國女作家喬伊斯．卡洛．奧茲的《狂野的夜！》，書中大開美國文學史巨人的玩笑，艾蜜莉．狄金森成了家用郵購機器人，馬克吐溫成了色爺爺，海明威舉槍自殺的前一個小時，這有一個姿態，沒有一個文學史的巨人是不能惡搞的。《文藝春秋》當然在顫慄哆嗦一種年輕文學朝聖者的自問：我們處在他們不同型態、不同被遠遠隔離、不同的倒楣、不同的受到創傷，我們能做得比他們夠好嗎？你看得出他對不同的這些作家未竟全業的瑞蒙．卡佛式命運，他苦思這不同小說方法論去塗色填補那些大哉問的空洞。

我認為這是一本可敬的書。

祝福這本書。

附錄

〔依作家生年排序〕

鍾理和（1915-1960）

一九四五　中短篇小說集《夾竹桃》於北京馬德增書店出版
一九五七—五八　參與鍾肇政發起的《文友通訊》
——
一九六〇　短篇小說集《雨》由鍾理和遺著出版委員會編輯出版
一九六一　長篇小說《笠山農場》由鍾理和遺著出版委員會編輯出版，經多次再版，二〇〇〇年林丕雄譯之日文版於日本出版
一九七六　張良澤編短篇小說集《故鄉》出版；張良澤編《鍾理和全集》全八冊出版
一九八三　中短篇小說集《原鄉人》於北京出版；二〇〇五年中國現代文學館重編再版
一九九一　彭瑞金編短篇小說集《鍾理和集》出版
一九九七　鍾鐵民主編《鍾理和全集》全六冊出版
一九九八　錢鴻鈞編《臺灣文學兩鍾書》出版，收錄鍾理和與鍾肇政往來書信，及〈文友書簡〉、〈文友通訊〉
二〇〇九　鍾怡彥編《新版鍾理和全集》全八冊出版

聶華苓（1925-）

一九五九　短篇小說集《翡翠貓》出版

一九六〇　所任職《自由中國》因政治因素被停刊；長篇小說《失去的金鈴子》出版

一九六三　短篇小說集《一朵小白花》出版；散文集《夢谷集》於香港出版

一九七二　英文著作《沈從文評傳》於紐約出版

一九七六　長篇小說《桑青與桃紅》於香港、北京等地出版，先後被譯為英文、南斯拉夫文、荷蘭文、韓文等多種版本，一九八八年始於臺灣出版

一九八〇　短篇小說集《王大年的幾件喜事》於香港出版；短篇小說集《臺灣軼事》於北京出版；散文集《三十年後》於湖北出版

一九八三　散文集《愛荷華札記》於香港出版；散文集《黑色，黑色，最美麗的顏色》先後於香港、廣州出版，一九八六年於臺灣出版

一九八四　長篇小說《千山外，水長流》先後於成都、香港等地出版

一九九〇　散文集《人，在二十世紀》於新加坡出版

一九九七　散文集《鹿園情事》出版

二〇〇四　回憶錄《三生三世》於天津出版，二〇〇五年於臺灣出版

二〇一一　自傳《三輩子》出版

黃靈芝（1928-2016）

一九六二 短篇小說〈蟹〉入圍日本群像新人文學賞初選，到一九六五年為止，還有〈輿論〉、〈古稀〉、〈豚〉也入圍同一獎項

一九六九 將〈蟹〉譯為中文版，發表於《臺灣文藝》二十五期；該版本於一九七〇年獲吳濁流文學獎

一九七一 〈蟹〉的日文版在日本地方報《岡山日報》上連載，到一九七三年為止，該報陸續刊載了〈紫陽花〉、〈豚〉、〈法〉、〈「金」の家〉、〈古稀〉、〈床屋〉等多篇作品

一九七一 自費出版《黃靈芝作品集》，至二〇〇八年止，共出版二十一冊，作品集中包括俳句、短歌、詩、童話、小說、文藝評論、論文等，以非賣品的形式致贈親友

一九八六 自費出版《黃靈芝小說選集》

二〇〇二 小說集《宋王之印》由岡崎郁子所編，以其日本時代姓名國江春菁在日本出版

二〇〇三 俳句集《臺灣俳句歲時記》在日本出版

二〇〇六 臺南市政府文化局出版期刊《鹽分地帶文學》第七期製作黃靈芝特集，刊出〈臺灣俳句五十首〉、張月環譯小說〈董桑〉、葉泥譯詩〈魚〉與〈牛糞〉

二〇〇七 《鹽分地帶文學》第八期刊出阮文雅譯小說〈蟹〉與〈男盜女娼〉

二〇一一 《鹽分地帶文學》第三十四期刊出阮文雅譯小說〈紫陽花〉

二〇一二 《鹽分地帶文學》第四十一期刊出阮文雅譯小說〈輿論〉、第四十二期刊出阮文雅譯散文〈我的母親〉

二〇一三 《鹽分地帶文學》第四十五期到第四十六期刊出阮文雅譯小說〈豬〉（分上、下刊登）

二〇一六 《鹽分地帶文學》第六十三期製作黃靈芝懷念特輯，刊出阮文雅譯小說〈古稀〉、第六十四期刊出阮文

雅譯小說〈輔仔〉、第六十六期刊出阮文雅譯小說〈阿金的家〉、第六十七期刊出阮文雅譯小說〈癌〉

二〇一七 《鹽分地帶文學》第六十八期刊出阮文雅譯小說〈天中殺〉

• • •

柯旗化（1929-2002）*曾因政治案件先後入獄十七年（1951-1953、1961-1976）

一九五八 「第一出版社」成立；《初中英語手冊》出版

一九六〇 《英文單字成語手冊》、《初中英文法要訣》、《活頁英文測驗卷》、《新英文法》出版

一九六四 《新英文法》改訂版出版

一九六七 《新英文法》增補改訂版出版

一九六九 小說集《南國故鄉》出版

一九七七 《國中英語總整理》出版

一九七八 《國中新英文法》、《國中英語手冊》出版

一九八二 《高級英文翻譯句型總整理》上下冊出版

一九八六 詩集《鄉土的呼喚》出版

一九九〇 詩集《母親的悲願》出版

一九九二 日文自傳《臺灣監獄島》在日本出版，其後柯旗化與多位友人接力翻譯成中文

——

二〇〇二 《臺灣監獄島：柯旗化回憶錄》中文版由柯旗化長子柯志明彙整修訂後出版

二〇一〇 《獄中家書：柯旗化坐監書信集》由謝仕淵編撰，國立臺灣歷史博物館出版

二〇一三　柯旗化故居「第一出版社」開放參觀

•••

陳蕙貞（1932-2005）

一九四六　長篇日文小說《漂浪的小羊》獲《中華日報》小說徵文首獎，二〇〇五年臺灣南天書局曾經再版，中譯版二〇一五年由臺灣大學出版中心出版

•••

瑞蒙．卡佛 Raymond Carver（1938-1988）

一九七六　短篇小說集 *Will You Please Be Quiet, Please?* 問世，臺灣中譯版《能不能請你安靜點》二〇一一年出版

一九八一　短篇小說集 *What We Talk About When We Talk About Love* 問世，臺灣中譯版《當我們討論愛情》二〇一一年出版

一九八三　短篇小說集 *Cathedral* 問世，臺灣中譯版《大教堂》二〇一一年出版

二〇〇〇　卡佛第二任妻子黛絲．葛拉格（Tess Gallagher）編纂的 *Call If You Need Me: The Uncollected Fiction and Other Prose* 問世，臺灣中譯版《需要我的時候給個電話》二〇一三年出版

二〇〇九　*What We Talk About When We Talk About Love* 未經編輯刪修版 *Beginner* 先後在英國、美國等地出版，臺灣中譯版《新手》於二〇一三年出版

二〇一六　臺灣寶瓶文化將卡佛未經發表的三十三篇散文集結成《叫我自己親愛的：瑞蒙．卡佛談寫作》出版

王禎和（1940-1990）

一九六九　短篇小說集《嫁粧一牛車》出版

一九七〇　短篇小說集《寂寞紅》出版

一九七五　短篇小說集《三春記》出版

一九八〇　短篇小說自選集《香格里拉》出版

一九八二　長篇小說《美人圖》出版，改寫自一九七三年愛荷華寫作班回臺後所發表短篇〈小林來台北〉

一九八三　《小林來台北》改編成劇本

一九八四　長篇小說《玫瑰玫瑰我愛你》出版；劇本《嫁粧一牛車》出版

一九八五　《美人圖》改編成劇本；電影評論集《從簡愛出發》出版

一九八五　《人生歌王》開始連載，一九八七年出版

——

一九九三　遺稿《兩地相思》發表於《聯合文學》雜誌，一九九八年由鄭樹森整理出版；劇本《大車拚》出版

楊德昌（1947-2007）

一九八二　《光陰的故事》第二段「指望」上映

一九八三　《海灘的一天》上映

一九八五 《青梅竹馬》上映

一九八六 《恐怖份子》上映

一九八九 「楊德昌電影公司」成立

一九九一 《牯嶺街少年殺人事件》上映

一九九四 《獨立時代》上映

一九九六 《麻將》上映

二〇〇〇 《一一》在法國首映，後陸續在日、韓及歐洲多國上映，二〇一七年七月始在臺灣上映

•••

袁哲生（1966-2004）

一九九五 《靜止在樹上的羊》出版

一九九九 短篇小說集《寂寞的遊戲》出版

二〇〇〇 短篇小說集《秀才的手錶》出版

二〇〇一 與漫畫家陳弘耀合作出版倪亞達系列圖文書《倪亞達1——真是令人不屑！》出版

二〇〇二 圖文書《倪亞達臉紅了》、《倪亞達fun暑假》出版

二〇〇三 中篇小說《猴子》、《羅漢池》出版；圖文書《倪亞達黑白切》出版

——

二〇〇五 文集《靜止在：最初與最終》出版

島嶼新書

30

文藝春秋

作者——黃崇凱
執行長——陳蕙慧
總編輯——張惠菁
責任編輯——盛浩偉
行銷企劃——陳雅雯、尹子麟、余一霞
校對——黃崇凱、莊瑞琳、吳芳碩
封面設計——王志弘
排版——藍天圖物宣字社

社長——郭重興
發行人兼出版總監——曾大福
出版——衛城出版／遠足文化事業股份有限公司
發行——遠足文化事業股份有限公司
地址——二三一四一　新北市新店區民權路一〇八－二號九樓
電話——〇二－二二一八一四一七
傳真——〇二－二二一八八〇五七
客服專線——〇八〇〇－二二一〇二九
法律顧問——華洋法律事務所蘇文生律師
製版——瑞豐電腦製版印刷股份有限公司
初版一刷——二〇一七年六月
初版七刷——二〇二一年十二月
定價——三八〇元

國家圖書館出版品預行編目資料

文藝春秋／黃崇凱作
一初版一新北市：衛城出版：遠足文化發行，2017.07
面；　公分.一（島嶼新書；30）
ISBN 978-986-94802-1-5（平裝）

857.63　　106007209

填寫本書線上回函

◎本作品由財團法人國家文化藝術基金會贊助創作　NCAF 國｜藝｜會

特別聲明：有關本書中的言論內容，不代表本公司／出版集團之立場與意見，文責由作者自行承擔。

ACRO POLIS 衛城
EMAIL　acropolis@bookrep.com.tw
BLOG　www.acropolis.pixnet.net/blog
FACEBOOK　http://zh-tw.facebook.com/acropolispublish

● 親愛的讀者你好，非常感謝你購買衛城出版品。
我們非常需要你的意見，請於回函中告訴我們你對此書的意見，
我們會針對你的意見加強改進。

若不方便郵寄回函，歡迎傳真回函給我們。傳真電話—— 02-2218-8057

或上網搜尋「衛城出版FACEBOOK」
http://www.facebook.com/acropolispublish

● 讀者資料

你的性別是 □ 男性 □ 女性 □ 其他

你的職業是 ________________ 你的最高學歷是 ________________

年齡 □ 20 歲以下 □ 21-30 歲 □ 31-40 歲 □ 41-50 歲 □ 51-60 歲 □ 61 歲以上

若你願意留下 e-mail，我們將優先寄送 ________________ 衛城出版相關活動訊息與優惠活動

● 購書資料

● 請問你是從哪裡得知本書出版訊息？（可複選）
□ 實體書店 □ 網路書店 □ 報紙 □ 電視 □ 網路 □ 廣播 □ 雜誌 □ 朋友介紹
□ 參加講座活動 □ 其他 ________

● 是在哪裡購買的呢？（單選）
□ 實體連鎖書店 □ 網路書店 □ 獨立書店 □ 傳統書店 □ 團購 □ 其他 ________

● 讓你燃起購買慾的主要原因是？（可複選）
□ 對此類主題感興趣 □ 參加講座後，覺得好像不賴
□ 覺得書籍設計好美，看起來好有質感！ □ 價格優惠吸引我
□ 議題好熱，好像很多人都在看，我也想知道裡面在寫什麼 □ 其實我沒有買書啦！這是送（借）的
□ 其他 ________

● 如果你覺得這本書還不錯，那它的優點是？（可複選）
□ 內容主題具參考價值 □ 文筆流暢 □ 書籍整體設計優美 □ 價格實在 □ 其他 ________

● 如果你覺得這本書讓你好失望，請務必告訴我們它的缺點（可複選）
□ 內容與想像中不符 □ 文筆不流暢 □ 印刷品質差 □ 版面設計影響閱讀 □ 價格偏高 □ 其他 ________

● 大都經由哪些管道得到書籍出版訊息？（可複選）
□ 實體書店 □ 網路書店 □ 報紙 □ 電視 □ 網路 □ 廣播 □ 親友介紹 □ 圖書館 □ 其他 ______

● 習慣購書的地方是？（可複選）
□ 實體連鎖書店 □ 網路書店 □ 獨立書店 □ 傳統書店 □ 學校團購 □ 其他 ________

● 如果你發現書中錯字或是內文有任何需要改進之處，請不吝給我們指教，我們將於再版時更正錯誤

____
____
____
____
____

請沿虛線剪下

廣　告　回　信
臺灣北區郵政管理局登記證
第 1 4 4 3 7 號

請直接投郵•郵資由本公司支付

23141
新北市新店區民權路108-2號9樓

衛城出版 收

● 請沿虛線對折裝訂後寄回，謝謝！

ACROPOLIS 衛城出版

島嶼新書

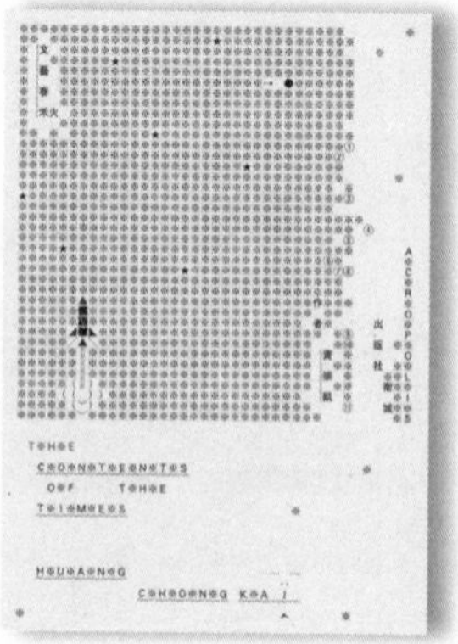